ハヤカワ文庫 NV

〈NV1510〉

深海のYrr（イール）

〔新版〕

4

フランク・シェッツィング

北川和代訳

早川書房

8923

目次

深海のYrr〔新版〕 4

登場人物

シグル・ヨハンソン………………ノルウェー工科大学教授。海洋生物学者
レオン・アナワク…………………クジラの研究者
ジャック・グレイウォルフ
　　　　（オバノン）……環境保護運動家
カレン・ウィーヴァー……………海洋ジャーナリスト
ゲーアハルト・ボアマン…………海洋地球科学研究所ゲオマールの地球科学者
アリシア（リシア）・
　　　　デラウェア………生物学専攻の女子大学生
スー・オリヴィエラ………………ナナイモ生物学研究所所長
ミック・ルービン…………………生物学者
スタンリー・フロスト……………火山学者
ヤン・ファン・マールテン………デビアス社の技術責任者
マレー・シャンカー………………NOAA（海洋大気局）の音声分析の専門家
ベルナール・ローシュ……………分子生物学者
サマンサ（サム）・クロウ…………SETI（地球外知的文明探査）の研究員
クレイグ・C・ブキャナン………ヘリ空母インディペンデンス艦長
フロイド・アンダーソン…………同航海長
ルーサー・ロスコヴィッツ………同潜水艇ステーション指揮官
ケイト・アン・ブラウニング……ロスコヴィッツの部下
ジャック・ヴァンダービルト……CIA 副長官
サロモン・ピーク…………………アメリカ海軍少佐
ジューディス
　　（ジュード）・リー………同司令官

第三部　インディペンデンス（承前）

八月十五日

グリーンランド海　インディペンデンス

　イールから返事が届いたのを契機に、クロウはより複雑な第二のメッセージを深海に送った。人類に関する情報、人類の進化の歴史と文明を知らせるメッセージだ。ヴァンダービルトは初め難色を示したが、クロウに説得されて、このままでは何の解決にもならないことを納得した。イールは勝利を手にする寸前なのだ。彼女は言った。

「あとにも先にも、チャンスはただ一つ。わたしたちが存在する価値のある生物だと、彼らにはっきり理解させなければならない。それには、人類のことをできるかぎり多く伝えるしかない。今までのところ、彼らは考えてくれてはいない。これを送れば、わたしたちのことを考える気にさせられる」

「どれだけ価値観を共有するかが問題ね」

リーが言った。

「わずかかもしれないわ」

オリヴィエラ、ヨハンソン、ルービンは実験室に閉じこもったままだ。三人は、ゼラチン質が分割するか、完全に分解する状態を作りだそうと試行錯誤していた。ウィーヴァーやアナワクとは常に情報を交換し合っている。ウィーヴァーはヴァーチャル空間の中のイールにDNAを与え、フェロモン物質を組み入れた。それには成果があり、単細胞生物が集合体を形成する際に匂い物質を利用することが、理論的に証明された。しかし、本物のゼラチン質は非協力的で、実際には証明できないままだ。単細胞生物、正確に言えば、単細胞生物の集合体は平らな物体に形を変え、シミュレーションタンクの底に沈んでしまった。

デラウェアとグレイウォルフは、軍用イルカの撮影した映像をチェックした。しかし、映っているものはインディペンデンスの船体、わずかな魚、互いを撮り合ったイルカの姿だけだ。二人は、モニター画面のある戦闘情報センター(CIC)とウェルデッキを行き来した。ウェルデッキでは、ロスコヴィッツとブラウニングが今もディープフライトの調整を続けている。

強い意志を持った人間でも、たまに仕事から離れて別のことを考えないと、熱中しすぎでオーバーヒートしてしまう。それをよく知るリーは気象データを取り寄せ、予報が的確かどうかチェックした。明日の朝までは、波のない穏やかな天候が続きそうだ。実際、波の高さは今朝に比べて低くなっている。

彼女は多忙なアナワクを無理を言って呼びだし、北極地方の料理について尋ねてみたが、驚いたことに、彼にはほとんど知識がないとわかった。そこで、料理のメニューはピークに任せた。彼が食事の準備を命じられたのは、入隊して初めてのことだ。

彼はすぐに各方面に電話をかけ、二機のヘリコプターがグリーンランドに向けて飛び立った。午後遅く、リーはその日の夜九時に料理長が全員をパーティーに招待するとアナウンスした。ヘリコプターは、グリーンランド沖の夕食会を成功に導く食材を満載して戻ってきた。アイランドのすぐ前のフライトデッキに机や椅子、ビュッフェテーブルが並べられた。ステレオも引っ張りだされ、寒さよけのヒーターが至るところにおかれた。

厨房はフル回転となった。リーは奇想天外なアイデアを考えだし、短い時間で実行に移せと要求することで有名なのだ。鍋やフライパンはカリブーの肉でいっぱいになり、マクタークという、ぱりっとしたイッカクの皮が切り分けられた。アザラシの肉でスープを取り、ケワタガモの卵はゆで卵になった。インディペンデンスのパン職人は、バノックというイースト発酵させない平らなパンを焼いた。レシピは、毎年パン作りコンテストに出場するイヌイットのものだ。サーモンとイワナは香草とともにグリルされ、セイウチの冷凍肉はカルパッチョにされライスとともに盛りつけられた。ピークはグルメではないので、地元の専門家の勧めに従ってあらゆる食材を持ってこさせた。しかし、一つだけ断わったものがある。セイウチの生の腸は、どんなに熱心に勧められても絶対にお断わりだった。

ブリッジと機械室、CICには非常要員が配置されたが、そのほかの乗員、科学者、兵士の全員が午後九時ちょうどにフライトデッキに姿を見せた。巨大ヘリ空母の各所が無人になった代わりに、フライトデッキは人で溢れた。約百六十名がノンアルコールのウェルカムドリンクを手にし、各テーブルに散らばった。ビュッフェが開くのを待ちながら、いつからともなく人々のあいだに話の輪が広がった。

リーが催したパーティーは不思議な風景の中で始まった。壮大な鋼鉄のアイランドを背に、見わたすかぎりの荒涼とした海原。靄は晴れ、水平線には雲がシュールな形を作りだし、そのあいだを縫うように、丸い太陽が沈まないまま移動していく。大気は刺すように冷たく透明だ。濃紺の空はどこまでも高かった。

パーティーの初めのうちは、この艦に乗るようになった事情について、誰もが努めてロにしないようにしていた。しかし、偶然ここに乗り合わせたようなまったく関係のない話題ばかりの会話は、うわべだけにとどまりとても不自然で、人々はやりきれない思いをしていた。やがて真夜中が近づく頃、あたりが薄闇に包まれると、皆が纏(まと)っていた脆(もろ)い鎧(よろい)はついに砕け散った。いつの間にか、誰もがファーストネームで呼び合い、したい話をするようになっていた。人々はテーブルにおかれた蠟燭(ろうそく)の神秘的な灯りを囲み、話し上手な人の語りに耳を傾けた。

「本当のところは、知性を持つ単細胞生物なんて信じてないんでしょう？」

午前一時をまわった頃、艦長のブキャナンがクロウに尋ねた。

「信じてはいけないの？」

「なんといっても、知性体ですよ！」

「そのようね」

ブキャナンは言葉を探した。

「……やつらがわれわれの姿に似てるなんて期待はしてない。でも、きっと単細胞よりは複雑だ。チンパンジー、クジラやイルカは賢いらしいが、複雑な体をしているし、脳もでかい。アリは本物の知能を発達させるには小さすぎると習った。では、単細胞はどうやって知能を機能させるんだ？」

「艦長、何か混同されてませんか？」

「え？」

「彼らが持つであろう知能と、あなたにとって都合のいい知能」

「おっしゃる意味がわからないが」

「彼女が言うのは、人類が支配者としての地位を譲り渡さざるをえないとしたら、少なくとも敵は強大で、背が高くてハンサム、筋肉隆々でなければならないのかということ」

ピークが口をはさんだ。

ブキャナンは手のひらでテーブルをたたいた。

「信じられないな。原始的な生物がこの地球の支配者だとは。単細胞の知能が人間にひけをとらないなんて考えられない。ありえないことだ！　人間は進歩した生物……」

「進歩？　複雑さ？　進化が進歩だと思うの？」

クロウは首を振ると、ブキャナンをさえぎって言った。

彼は苦しげな目をした。クロウが続ける。

「進化とは、ダーウィンに言わせれば、存在をめぐる戦い。強者が生き残る戦い。とにかく、ほかの生物との戦いか、自然災害との戦いから進化は生じる。あるいは、選別から生じることもある。でも、それが自動的に高度な複雑性につながるかしら？　高度な複雑性が進歩なのかしら？」

ピークが代わりに答えた。

「私は進化のことはよく知らない。だが、たいていの生物は自然界の歴史とともに、常に大きく複雑になるように思える。人間の場合もそうだ。進化は潮流のようなものだと思う」

「潮流？　それは違うわ。わたしたちがいるのは、長い歴史のほんの短い期間にすぎないのよ。その中で複雑性が試されている。人間は進化の袋小路に行きどまったと決まっているのかしら？　そう思っているだけなのよ。そう考えて、人間が自然の潮流の頂点にいると見なしている。進化の木を思い出してみて。この枝分かれした木には、太い枝と細い枝がある。人間はどこにいるかしら。太い枝？　細い枝？」

「もちろん太い枝だ」

「そう答えると思ってた。それが普通の人間の見方だわ。一つの種の中で、多くの枝が死に絶えて一つだけ残るとすると、生き残ったものが太い枝だと考えてしまう。なぜか？生き残ったからなのか？　わたしたちは、ほかの枝より長くなっただけで重要ではない枝を、重要視しているだけなのかもしれない。人間は、かつて進化という枝をたくさん広げていた種の唯一の生き残りなのよ。まわりの枝は全部枯れてしまい、ホモという名の最後の生き残りになった。ホモ・アウストラロピテクス、絶滅。ホモ・ハビリス、絶滅。ホモサピエンス・ネアンデルタレンシス、絶滅。ホモサピエンス・サピエンス、まだ絶滅していない。わたしたちは一時的に地球上での優位を勝ちとった。でも、注意して！　進化における成り上がり者の優位を、本質的な優勢や長期にわたる生存と取り違えてはならない。人間は、考えているよりも早く消滅するかもしれない」

「たぶん、そのとおりなのだろう。だが、あなたは決定的なことを見逃している。最後まで生き残った種である人間には、高度に発達した自意識がある」

「それに異論はないわ。でも、その発達を自然界という大きなパノラマの中でよく見てごらんなさい。それが進歩や突出した潮流だといえるかしら？　単細胞生物は、いわゆる潮流を複雑な神経系に発達させなかったけれど、その八十パーセントが人間よりも大きな成功を収めている。人間の精神とか自意識は、わたしたちの副次的な世界観からのみ生じた進歩だわ。これまで人間が地球の生態系に唯一もたらしたものは、トラブルだけなのよ」

隣のテーブルで、ヴァンダービルトが言った。

「今も私は、背後に人間が絡んでいると確信している。だが、自分の考えを変える用意もできている。もし人間が黒幕ではないのなら、われわれはイールの正体を徹底的に洗ってやる。やつらが何を考え、何を計画しているのか探りだすまでは、CIAはあの薄気味悪いやつらから決して目を離さない」

彼は兵士や乗員に囲まれて、アナワクやデラウェアと立って話をしていた。

「あなたのCIAでは不可能だわ」

デラウェアが言った。

「お嬢さん！　あんたに忍耐ってものがあれば、どんなやつの心の中にも忍びこめるさ。たとえ、いまいましい単細胞であっても。すべては時間の問題だ」

「違いますよ。ものごとを客観的に見られるかどうかの問題です。あなたが客観的に観察できるかどうかだ」

アナワクが言った。

「当たり前だ。そのために、われわれは知性と教養を備えているんだ」

「ジャック、あなたは賢いかもしれない。でも、自然を客観的に観察する能力はない」

「事実、あなたの見方は動物のように主観的で、窮屈だということよ」

デラウェアが付けたした。

「動物って何だ？　セイウチか？」

ヴァンダービルトは言って甲高い声で笑った。

アナワクは笑みを浮かべた。

「真剣に話しているんですよ。ぼくたちは、考えてるよりもずっと自然に近いんだ」

「私は違う。私は都会育ちだ。田舎なんぞに行ったこともない。父親もそうだ」

「そんなこと関係ないわ。たとえば、わたしたちはヘビを怖がるけれど、崇(あが)めもする。サメも同じで、サメの神様はたくさんいる。ほかの生き物との精神的なつながりを、人間は生まれながらに持っている。きっと遺伝子的に定められているのよ」

「あんたたちは未開の民族のことを言ってるんだ。私は都会の人間の話をしている」

「そうだな……あなたには病的に恐れるものがありますか？」

アナワクがちょっと考えて尋ねた。

「特にないが……」

「本当に嫌いなものは？」

「ある」

「何ですか？」

「特別なものじゃない。誰もが嫌いだろう。クモだよ、クモは嫌いだ」

「なぜ？」

ヴァンダービルトは肩をすくめた。

「なぜって……あいつら、気味が悪いんだよ。あんたもそう思わないか？」

「全然。だが、それはどうでもいい。重要なのは、文明社会に生きるぼくたちが恐怖を感じる対象は、人間が町に住む以前にぼくたちが恐れていたものだということだ。ぼくたちは、圧倒されるような岩壁、嵐、荒れ狂う海、底の見えない水面、ヘビやイヌやクモを恐れるようになった。なぜ、電線やリボルバー、ジャックナイフ、車、爆弾やコンセントを恐れないのか。どれもずっと危険なものでしょう？　なぜなら、ぼくたちの脳にはルールがインプットされている。ヘビのような形や、たくさん足のあるものには気をつけろと」

　アナワクの言葉を引きついで、デラウェアが続ける。

「人間の脳って自然環境の中で発達を遂げたのよ。機械文明の中ではないの。わたしたちの精神は二百万年以上の歳月をかけて、自然とつながって進化した。おそらく、その期間にできた生き残りの法則は遺伝子に刻みこまれている。いわゆる文明社会で起きたことは、人間の進化の歴史からすれば、ほんの一瞬でしかない。あなたの父親やお祖父さんが都会育ちだからといって、古代から伝わる遺伝子情報があなたの脳から消失したと思うの？　なぜ、わたしたちはガラスの中で蠢く小さな虫を怖がるのか？　どうして、あなたはクモが嫌いなのか？　なぜなら、人類の歴史の中で、そういう恐れがわたしたちの命を救ってくれたから。なぜなら、ほかの生き物より怖がりな人間は、めったに危険な目に遭わず、多くの子孫を残すことができる。そういうことなのよ。ジャック、わかった？」

ジャック・ヴァンダービルトの視線がデラウェアからアナワクに移る。

「で、それとイールと何の関係があるんだ？」

今度は、アナワクが答える。

「彼らがクモのような姿かもしれないということですよ。そうだったら、どうします？あなたが客観的だとは言えないでしょう！イールがどんな姿であろうと、彼らを忌み嫌うかぎり、ゼラチン質や単細胞や毒を持つカニを嫌うかぎり、彼らの考えをぼくたちは知ることはできない。絶対に不可能だ。結局、ぼくたちは彼らを絶滅させることだけに終始する。彼らがぼくたちの巣穴に忍びこんで、ぼくたちの子どもをさらうことを阻止するために」

少し離れた暗闇に、ヨハンソンは一人佇(たたず)んでいた。昨夜のことを懸命に思い出していると、リーが近づいてきた。グラスを彼に差しだす。赤ワインだった。

ヨハンソンは驚いて言った。

「ソフトドリンクだけだと思ってましたよ」

彼女は彼のグラスと合わせた。

「もちろん。でも、それほど厳格でなくても。それに、ゲストの好みは考えないと」

彼はひと口味わった。おいしいワインだ。いや、選り抜きのワインだ。

「司令官、あなたという人はどういう人間なんですか？」

「ジュードと呼んで。わたしに敬礼する必要のない人たちは、そう呼んでくれる」

「あなたという人が理解できないんだ」

「どうして？」

「あなたを信用できない」

リーは愉快そうに笑い、ワインを飲んだ。

「それはお互い様だわ。ところで、昨日の夜はどうしたの？　まったく覚えていないなんて、わたしが信じると思うの？」

「本当に何も覚えていない」

「あんなに遅く、格納デッキで何をするつもりだったの？」

「リラックスしようと思って」

「それなら、オリヴィエラとリラックスしてたじゃない」

「忙しく働いていると、たびたびリラックスが必要になる」

彼女は視線を彼からはずし、海を眺めた。

「何を話していたの？」

「仕事のことだ」

「ほかには？」

ヨハンソンは彼女を見つめた。

「あなたは、いったい何をするつもりなのだ？」

「わたしは、この危機を乗り越える。あなたは？」

一瞬、彼は答えを躊躇した。

「あなたと同じやり方かどうかはわからないが、私もそのつもりだ。けれど、すべて終わったら、何が残るだろうか？」

「わたしたちの価値観。わたしたちの社会的価値」

「人間社会？　それともアメリカの社会？」

彼女は彼の目を見た。美しいアジア的な顔に青い瞳がきらめいた。

「そこに違いがあるの？」

クロウはすっかり腹を立てていた。オリヴィエラが彼女を援護する。二人は大半の聴衆を味方につけ、ピークとクレイグ・ブキャナン艦長は防戦一方だった。しかし、ピークが次第に考えこむようになると、ブキャナンも怒り心頭に発した。クロウが言った。

「人間は自然の進化の過程で必然的に生まれたのではないわ。人間は偶然の産物なのよ。巨大隕石が地球に衝突して、恐竜を絶滅させてくれた結果、運よく誕生できた。そうでなければ今頃は、知性を持った新恐竜がこの惑星に住んでいる。あるいは、単に動物だけかもしれない。人間が誕生したのは自然の恩恵を受けたからであって、絶対的な意味があったからではない。人間の誕生は、カンブリア紀に多細胞生物が初めて登場してからの、何百万という進化の道筋のたった一つでしかないのよ」

「だが、人間はこの地球を支配しているんだぞ。あなたが望むと望まないとにかかわらず」

ブキャナンが主張した。

「本当に？　今のところはイールが支配しているのよ。現実を直視しなさい。わたしたちは、進化において成功を収めたとはまだ確定できない哺乳動物の、小さな一種でしかない。最も出来がいいのは、コウモリとネズミとカモシカ。人間が登場するのは地球の歴史の輝ける最終章ではなく、長い歴史の数ページ。自然界には、輝ける時代に向かって流れる潮流など存在しない。あるのは選別だけ。地球上の一つの種にすぎない人間は、肉体的にも精神的にも、つかの間、複雑な発達を遂げたかもしれない。けれど全体から見れば、それは潮流でもなければ進歩でもない。生命は一般に進化に向けた衝動は示さない。生命は生態系に複雑な要素を付け加えるけれど、バクテリアは三十億年前からシンプルな姿を維持してきた。何かを改善しようとする理由はないわ」

「あなたが言うことと神のプランとは相容れないだろう？」

ブキャナンは言った。その声には脅しとも聞こえる響きがあった。

「もし神が存在し、知性ある神だとすれば、わたしが言ったとおりの世界を創造したはず。わたしたちは神が創造した傑作ではなく、一つの生命なのよ。この世界で、一つの生命としての役割を自覚すれば、わたしたちは生き残るでしょう」

「神が人間に自分の姿を与えたということは？　あなたはそれも否定するのだろう？」

「あなたは心が狭いから、神がイールに自分の姿を与えたとは絶対に考えないでしょうね」

彼の目がぎらついた。クロウは彼に煙草の煙を吹きかけ、答える隙を与えない。

「こんな議論は余分だけれど、神はどんなプランに基づいて、お気に入りの種を創造したのかしら？　最優秀のプランではなかったの？　人間の体はほかの生物と比較して大きい。けれど、体が大きいのは優れたことかしら？　選別の過程で、大きいものが優勢となる種もある。でも、大半は小さくても問題なく生きていける。大量絶滅の時代には、小さいほうがずっと生き残る確率が高い。何百万年に一回、大きな生物は姿を消し、進化はいちばん小さな生物から再スタートする。生き物はまた大きくなり、次の隕石が衝突する。ばーん！　これが神のプラン！」

「それは終末論だ」

「いいえ、現実だわ」

今度はオリヴィエラが言った。

「人間のように高度に特殊化した生物は、極端な環境変化を生き抜けない。なぜなら、適応能力がないから。コアラは複雑な生物で、ユーカリの葉しか食べられない。ユーカリが絶滅したら？　コアラも同じく絶滅する。一方、たいていの単細胞生物は、氷河期も火山の噴火も、酸素が過剰でもメタンが過剰でも耐えられる。何千年も仮死状態にあったのに、また息を吹き返す。バクテリアは深い岩盤の中にも、熱水噴出孔にも、氷河にも存在する。人間はバクテリアがいなければ生きていけないが、バクテリアは人間がいなくても大丈夫。今でも、バクテリアが大気中の酸素を生みだしてくれる。わたしたちの体を形成する酸素、窒素、燐（りん）、硫黄、炭素は微生物のおかげで供給される。バクテリア、菌類、単細胞生物、腐肉食動物（スカベンジャー）や虫が枯れた植物や動物の死骸を分解し、発生した化学物質を生命のサイクルに戻す。海も陸上と何ら変わりはない。微生物は海を支配する。シミュレーションタンクにいるゼラチン質は、明らかにわたしたちより古くから地球に存在し、わたしたちより賢いわ。たとえ、あなたが気に入らなくても」

「人間と微生物を比べることなどできるはずがない。人間には特別な意味があるのだ。それを知らないで、あなた方はここで何をしようというのだ？」

ブキャナンが凄みのある声で応じた。

「正しいことをするために来たのよ！」

「そう言ってあなたは、人類ってものを裏切ってるわけだ」

「いいえ。人間がこの地球を裏切るのは、生物の外見とその重要性を間違って判断するから。そんなことをする生き物は人間だけ。悪い動物、重要な動物、役に立つ動物というように、わたしたちは判定する。わたしたちが目にするものだけで自然を評価する。けれど、目にするのは小さな断片にすぎない。そして、その断片に価値があると思いこんでしまう。わたしたちの注目は大型獣や脊椎動物、特に人間に向けられる。脊椎動物はどこでも目にするわね。現存する脊椎動物は四万三千種たらず。そのうち、爬虫類が六千種以上、鳥類が約一万種、哺乳類が約四千種。一方、無脊椎動物は今日までに確認されたものが百万種。そのうち、甲虫が二十九万種。それだけで脊椎動物の種の七倍の数になる」

ピークはブキャナンを見た。

「クレイグ、オリヴィエラの言うとおりだ。認めたほうがいい。彼女たちが正しいんだ」

クロウが口を開く。

「人類は繁栄しているわけではないの。繁栄している種といえば、サメを見てごらんなさい。サメは四億年前のデボン紀から、その姿を維持して生存している。人類の祖先が誕生する百倍も前に生まれ、現在は三百五十種が生きている。でも、イールはもっと古いかもしれない。イールが単細胞生物で、集合体を作ろうなんて技を編みだしたのなら、わたしたちより果てしなく先を行っている。追いつくことは不可能。ひょっとすると、彼らを殺せるかもしれない。でも、あなたはリスクを冒せるかしら？　人間の存在に、彼らがどのような役割を果たしているのか、わたしたちには全然わからないのよ。彼らがいなければ、人間は生きていけないのかもしれない」

「ジュード、あなたはアメリカの価値を守るつもりなのか？　それなら、われわれは失敗するだろう」

ヨハンソンは首を振って言った。

「アメリカの価値に反対なの？」

「べつに。だが、クロウの話を聞いただろう。よその惑星の知性体の姿は、人間とも哺乳類とも違う。ＤＮＡさえ持っていないかもしれない。彼らの価値体系はわれわれのものとはまったく異なるのだ。どんな社会的、道徳的な枠組みが深海にあると思うんだ？　深海にいるのは、細胞分裂と集合体になることを文化の土台とする生物だ。あなたの目的が、人間同士でさえ同意できない価値を守ることならば、どうやって彼らと理解し合うんだ？」

「わたしのことを誤解しているようね。わたしたちがモラルを独り占めしたのではない。でも、他者の考えをどうしても理解する必要があるのかしら？　共生することに全力を傾けるのが、より賢明な道なのかしら？」

「それぞれの世界で、他方に干渉しないで平和に生きろと？」

「そうよ」

「それは時代遅れの考えだ。アメリカやオーストラリア、アフリカ、北極の先住民なら、あなたの見方を歓迎するだろう。人間が絶滅に追いこんだ動物もそうだ。しかし、この状況はもう単純なものではない。われわれは彼らの考えを理解できないかもしれない。それでも、試してみなければならない。互いに充分な迷惑をかけ合っているからだ。別々に生きるには、共通の生存空間は狭くなりすぎてしまった。もう共生の道しか残されていないんだ。われわれが、おそらく神から与えられた権利を引き下げる以外に、うまくいくはずがない」

「では、単細胞生物の文化にわたしたちが順応するべきだと、あなたは考えるの？」

「もちろん違う。とにかく遺伝子的に不可能だ。たとえどのようなものでも、われわれの文化は遺伝子に組みこまれている。文化の進化は先史時代に始まり、脳に刻みこまれている。文化は生物学的なものだ。つまり、軍艦を建造するために、新しい遺伝子を得たと考えてもいい。われわれは飛行機やヘリ空母やオペラハウスを造る。それは、人間が石斧と肉を交換していた大昔の行動を、戦争や会合や貿易といった、いわゆる文化レベルに高めたということなんだ。すなわち文化は人間の進化の一部だ。文化があるから、われわれは安定した状態を保ち……」

「……安定した状態が優勢だとわかるまで。シグル、あなたの言おうとすることは理解できるわ。先史時代に、遺伝物質が文化を組みこみ、それに応じて遺伝的な変化が起きた。遺伝子がわたしたちに行動をとらせる。遺伝子によって、わたしたち二人はこうして話し合うことができる。わたしたちが自慢にする教養は、遺伝子のおかげ。文化は、生存競争と深く結びついた社会行動にほかならない」

ヨハンソンは沈黙した。

「わたし、間違ったことを言ったかしら？」

「いや。うっとりとして聞いていたんだ。まったくそのとおりだ。人類の進化は、遺伝子的な変化と文化の変遷の相互作用だ。遺伝子の変化によって、われわれの脳は大きく成長した。われわれが話せるようになったのも、そのおかげだ。五十万年前に人間の喉頭が構造を変え、言語中枢が大脳皮質で発達した。しかし、この遺伝子的な変化は文化の構築に発展した。言語はわれわれに認識する力、過去を表現し未来を予測する力、創造する力を与えた。生物学的な変化は文化を生みだし、さらに文化を発展へと導いた。非常に長い歳月がかかったが、着実に起きたことだ」

リーはほほ笑んだ。

「あなたの眼鏡にかなってよかった」

「かなわないはずがない。しかしあなた自身も認めたが、われわれの輝ける文化の多様性には、遺伝子的な限界がある。そして、その限界の向こうに人間ではない知性体の文化が始まるんだ。人間はさまざまな文化を発展させたが、文化はわれわれの存在を守るという必要性に基づいて生まれた。われわれと対立する種、当然、生存空間と資源をめぐる戦いにおいて敵となる種の価値を、われわれが引き継ぐわけにはいかない」

「あなたは、誰もが仲よくする銀河連合を信じないのね？」

「『スター・ウォーズ』のような？」

「そうよ」

「あれはいい映画だね。けれど、ここで言う連合は、非常に長いときを経て初めて成功する。われわれの遺伝子に、異知性体との交流が刻みこまれてからだ」

「それなら、わたしが正しいわ！　イールを理解しようと努力する必要はない。互いに平和に生きる道を探せばいい」

「それは違う。なぜなら、彼らはわれわれを放っておいてはくれないからだ」

「では、わたしたちは負けた」

「なぜ？」

「わたしたちの考えは、人類と非人類は決してコンセンサスに達しないということでは一致しなかったのね？」

「キリスト教徒とイスラム教徒は決してコンセンサスには達しないということでは一致する。でもねジュード、われわれはイールを理解できないし、理解する必要もないのだろうが、われわれが理解できないものにも余地は認めなければならない。それは両サイドが同様に、それぞれの価値観を無条件に擁護することとは違うんだ。解決策は一歩退くことにあり、今のところは、われわれが退くかどうかが問われている。一歩退くという策は機能し、それによって視野が広がる。世界の理解が広がれば、自分たちからも一歩ずつ距離をおき、自身を客観的に眺めることができる。距離をおいて眺めれば、広い視野で見ることができる。その距離がなければ、今とは違うわれわれの姿をイールに見せることはできない」

「彼らとコンタクトをとろうとするだけで、すでに一歩退いたことにならないかしら？」

「それを退くと呼ぶなら、どんな結果も生じるはずがない」

リーは沈黙した。

「教えてくれ。私はあなたを高く評価している。なのに信用できないのはどうしてだ？」

二人の視線がぶつかった。

方々（ほうぼう）のテーブルから話し声が押し寄せてきた。その声は大波のようにデッキを洗い、二人に襲いかかって砕けた。話し声に混じって呼び声が聞こえた。やがて叫び声に変わる。

そのとき、艦内アナウンスの甲高い声が響きわたった。

「軍用イルカから警告あり！　注意せよ！　軍用イルカから警告あり！」

リーが先に視線をはずした。振り返って、薄闇の中の海に目をやった。

「なんてこと」

海はもう薄闇に包まれてはいなかった。

光り輝いていた。

波が蛍光色に輝いていた。濃青色をした島が深海から海面に現われ、そこから青い光が周囲に流れでていく。まるで、空が海に溢れるかのようだ。

インディペンデンスは光の海を漂っていた。

「あんたの送ったメッセージの答えだとしたら、よほど感銘を与えたらしい」

グレイウォルフがその光景に見入ったまま、クロウに言った。

「きれいね」

デラウェアがささやいた。

「あれを見ろ！」

ルービンが叫んだ。

海面の光が脈打ちはじめた。そこに巨大な渦がいくつも現われた。初めはゆっくりだった回転が次第に速度を増し、ついに渦状銀河（かじょうぎんが）のようにまわりはじめた。青い海流が渦に呑みこまれていく。中心部の青が濃くなった。燦々（さんさん）と輝く無数の星が一瞬きらめきを増し、色褪せて……

閃光が走った。

フライトデッキで叫び声が上がる。

突如、光景が一変した。まばゆい放電が海面に閃き、渦のあいだを枝分かれして駆け抜ける。海面のすぐ下で、音のない嵐が荒れ狂っていた。次の瞬間、渦がインディペンデンスから後退を始めた。青い靄は息をもつかせぬ速さで水平線をめざし、視界から消えた。

グレイウォルフが真っ先に我に返った。

アイランドに向かって駆けだす。

「ジャック！」

デラウェアが彼を追った。あとの者も続く。グレイウォルフは昇降口の梯子(はしご)を一気に飛び降りると、通路を全速力で走ってＣＩＣに飛びこんだ。ピークとリーがすぐあとに続く。

船体のカメラは暗い海しか捉えていない。そこに二頭のイルカが姿を見せた。

「何があった？　ソナーは？」

ピークの大声に、要員の一人が振り返った。

「外に、何か大きなものがあります。何でしょう……私にはわかりませ……」

リーが男の肩をつかんだ。

「何でしょう、って？　ちゃんと報告しなさい。この間抜けが！　さあ、何が起きているの？」

男の顔が青ざめた。

「それは……それは……初め画面には何も。次の瞬間に、何か平たいものが。無から現われた、本当です。海が一瞬にして物体に変わって、壁のようなものが……あたり一面に……」

「コブラを直ちに発進。広範囲に偵察させる」

「イルカからの情報は？」

グレイウォルフが訊いた。

「未確認の生物。イルカがいちばんに探知しました」

女性兵士が答えた。

「位置の特定は？」

「そこら中に同時に現われ、離れていきました。現在、艦より一キロメートルを後退中。ソナーは、全方向に巨大な物体を捉えています」

「イルカは今どこに？」

「インディペンデンスの下、隔壁の外に集まっています。怖いのでしょう。中に入りたがっている！」

　ＣＩＣには続々と人々がつめかけた。

「衛星画像をスクリーンに映せ」

　ピークが命じた。

　巨大スクリーンに、ＫＨ‐12衛星が捉えたインディペンデンスの艦影が映しだされた。暗い海に浮かんでいる。青い光や閃光は、跡形もない。

「つい先ほどまで、この下の部分が明るく光っていました」

　衛星画面の担当要員が言った。

「ほかの衛星は？」

「現時点では無理です」

「わかった。ＫＨ‐12をズームアウトしろ」

　男は指示を衛星の制御ステーションに伝えた。数秒後、モニター画面のインディペンデンスが小さくなった。まわりには、グリーンランド海がどんよりと広がっている。スピーカーからイルカの甲高い鳴き音が聞こえてきた。今もなお、未確認生物の存在を告げている。

「まだ縮小が足りない」

KH‐12はさらにズームアウトした。百平方キロメートルの範囲を捉えている。全長二百五十メートルのインディペンデンスは流木の大きさだ。

全員が息を止めて画面に見入った。

ようやく誰の目にも明らかになった。

青く輝く、大きな光の輪ができていたのだ。輪の中に放電がきらめいている。

「どのくらいの大きさだろう？」

ピークが小声で言った。

モニター画面に向かう女性が応じる。

「直径四キロメートル。いえ、もう少し大きい。チューブのような形をしています。衛星画像に見えるものは開口部で、それが深海まで続いている。われわれは……何かの口の中に浮かんでいるようで」

「それで、これは何だ？」

「ゼラチン質かもしれない」

ピークの隣に現われたヨハンソンが答えた。

「ブラヴォー！　あんたは、やつらに何を送ったんだ？」

ヴァンダービルトが喘（あえ）ぎながら、クロウに文句を言った。

「姿を見せてと頼んだのよ」

「それがいいアイデアなのか？」

そう言う彼のほうへ、シャンカーが腹立たしげな顔をして振り向いた。

「コンタクトをとりたかったんだろう？　文句があるのか？　彼らが馬に乗った使者を送ってくると、思ってたのか？」

「シグナルを受信！」

全員がその声に振り返った。音響データを監視する男の声だった。シャンカーが男に駆け寄り、身をかがめてモニター画面を覗きこんだ。

「何なの？」

クロウが呼びかけた。

「スペクトログラムのパターンからすると、スクラッチ信号だ」

「返事かしら？」

「わからない」

「輪が縮まります！」

全員が大スクリーンを見上げた。輝く輪がゆっくりと艦に向かって縮んでいる。そのとき、二つのかすかな光点がインディペンデンスを離れた。攻撃ヘリが偵察飛行を開始したのだ。スピーカーから聞こえるイルカの鳴き音が激しくなった。

いっせいに、誰もが話を始めた。

「静かに！　もう一つ信号が聞こえる」

リーが大声を出した。眉根を寄せて、イルカの声に聞き入っている。

デラウェアが目を閉じて耳を澄ました。

「未確認の生物と、それから……」

「オルカだ！」

グレイウォルフが叫んだ。

「複数の巨大な体が深海から接近中。光のチューブの中からです」

ソナー担当の女性が言った。

グレイウォルフはリーをじっと見た。

「気に入らんな。イルカを中に入れたほうがいい」

「今でなければだめなの？」

「イルカの命を危険にさらしたくない。それに、イルカにつけたカメラの映像が必要だ」

リーは一瞬ためらった。

「わかったわ。中に入れなさい。ロスコヴィッツに連絡しておきます。ピーク、あなたは兵士を四名連れて、オバノンとウェルデッキに向かいなさい」

「レオン、リシア」

グレイウォルフが呼びかけた。

ルービンは急いで出ていくグレイウォルフたちの後ろ姿を見送った。リーのほうに身を傾けると、小声で何か告げた。彼女はじっと聞き入り、うなずくとモニター画面に顔を向けた。

「待ってくれ！　私もいっしょに行く」

ルービンがあとを追った。

ウェルデッキ

ロスコヴィッツは助手のアン・ブラウニングともう一名の技術者を伴い、先にウェルデッキに到着した。故障したディープフライトが目に入り、大声で罵った。潜水艇はいまだに修理が終わらない。キャノピーを開けたまま水面に浮いている。天井からぶら下がった鎖一本で固定されているだけだ。

「とっくに修理が終わっててもいいはずだ」

栈橋を歩きながらロスコヴィッツが文句を言うと、ブラウニングが反論した。

「考えていたより原因が複雑で。自動操縦装置が……」

「くそ！」

ロスコヴィッツは潜水艇を眺めた。水門（スルース）の上あたりに浮かんでおり、水面から四メートル下に、その形が見てとれた。

「まったく頭にくる。イルカを出し入れするたびに目ざわりなんだ」

「それほど目ざわりではありません。修理が終われば、天井に引き上げますから」

彼はしつこく不平を言いながら、コントロールパネルの前に立った。すぐ目の前に浮かぶ潜水艇が視界をさえぎり、そこからはスルースが見えない。モニター画面だけが頼りだ。もっと激しく悪態をついた。インディペンデンスの装備変更を急ぐあまりの手抜き仕事だ！　なぜ、どれもこれも機能しないのだ？　なぜ実戦配備されてから問題が起きるのだ？　潜水艇が邪魔してスルースが見えないとは、何のためにシミュレーションテストをしたのだ？

格納デッキのほうから足音が響き、グレイウォルフ、デラウェア、アナワク、ルービンが傾斜路（ランプウェイ）を下ってきた。ピークと兵士四名があとに続いた。兵士たちは両側の栈橋に散開した。ルービンとピークはロスコヴィッツの脇に立ち、グレイウォルフたちはネオプレーン製のドライスーツを着こみ、ゴーグルを装着した。

グレイウォルフが指でオーケーの合図を作った。

「準備完了。イルカを中に入れよう」

ロスコヴィッツはうなずくと、スピーカーのスイッチを入れてイルカを呼び寄せる音声を流した。グレイウォルフたちは水に飛びこんだ。水中ライトに体が照らしだされる。三人はスルースの真上まで泳ぎ、次々と潜っていった。

ロスコヴィッツが外殻の隔壁を開けた。

デラウェアはスルースの端にある計器パネルに向かって潜った。たどりつかないうちに、ガラス隔壁の下三メートルにある、巨大な鋼鉄の隔壁が動きだした。左右に開く隔壁の隙間に深い海が広がっていく。すぐにイルカ二頭が飛びこんできた。そわそわとした様子で、ガラス隔壁を鼻先でつついた。グレイウォルフが待つように合図を送る。もう一頭がスルースの中に泳いできた。

鋼鉄の隔壁が完全に開いた。ガラス隔壁の下に奈落の底が口を開けている。デラウェアは闇にじっと目を凝らした。三頭のイルカのほかは、青い光も閃光もオルカも、不審なものは何も見えない。彼女はガラス隔壁に手が触れるところまで潜り、イルカを一頭ずつ確認した。突然、四頭目が艦に近づいてくると、体を翻（ひるがえ）してスルースに飛びこんだ。グレイウォルフがうなずき、彼女はロスコヴィッツに合図を送った。ゆっくりと鋼鉄の隔壁が閉まりはじめ、大きな音を立てて左右の扉がぴたりと閉じた。シャフト内の計測器が作動し、海水の検査を始めた。しばらくするとセンサーに緑色のライトが点灯し、ガラス隔壁が音もなく開きだした。

わずかに開いた隙間をすり抜けて、イルカたちはウェルデッキに戻り、グレイウォルフとアナワクに迎えられた。

ピークはロスコヴィッツがガラス隔壁を閉める様子を眺め、視線を複数のモニターに注いだ。ルービンはプールの端まで行き、スルースをじっと見下ろしていた。

「あと二頭だ」

ロスコヴィッツがつぶやいた。

スピーカーからイルカの甲高い鳴き音が聞こえてきた。艦の外を泳ぐイルカは次第に落ち着きをなくした。グレイウォルフに続いて、アナワクとデラウェアの頭が水面に現われた。

「イルカたちは何と告げているんだ?」

ピークが尋ねた。

「ずっと同じだ。未確認の生物と複数のオルカ。モニターに何か映ってないか?」

グレイウォルフが言った。

「何も」

「じゃあ大丈夫だな。残りの二頭を収容する」

ピークはぎょっとした。モニター画面の端に濃い青色の光が輝きはじめていた。

「急げ。近づいてきた」

三人はふたたびスルースに潜っていった。ピークはCICを呼びだして尋ねた。

「そちらの様子は?」

リーの声が雑音に混じってコントロールパネルから響いた。

「輪が縮まってきているわ。ヘリの報告では、光の輪は沈んでいくらしい。でも、衛星画像ではまだはっきり確認できる。輪の中心が艦の真下に入りこんでいくように見える。すぐにそっちが明るくなるはず」

「明るくなってます。これは何ですか? 青い靄?」

ピークの問いに、ヨハンソンの声が割りこんで答える。

「いや、もはや靄の形ではない。単細胞が集合体となり、ゼラチン質のチューブを形成した。何が起きるかわからない。作業の様子を注意して見守る必要がある」

「ロスコヴィッツ、どんな具合だ?」

ピークは尋ねた。

「今やってますよ。隔壁を開けてます」

アナワクは夢中でガラス隔壁に貼りついた。鋼鉄の隔壁が左右に開くと、先ほどとはまるで違う光景が広がった。少し前は暗い闇だったのが、今は青い光が溢れている。ゆっくりと濃さが増していった。

これはあの靄とは違う。むしろ、周囲から光に照らされているようだ。CICで見た衛星画像を思い出した。艦は巨大な光のチューブの真ん中に浮かんでいた。

そうだ、チューブの内側が見えているのだ。チューブの大きさを想像すると、アナワクは胃がひっくり返る思いがした。恐怖が襲ってくる。五頭目のイルカが突然スルースに飛びこんできた。彼は思わずガラス隔壁から遠のいた。逃げだしたい気持ちを抑えることができない。イルカがガラスに体を押しつけ、アナワクはなんとか自制した。次の瞬間、六頭目が入ってきた。鋼鉄の隔壁が閉まる。センサーが水質を検査し、安全確認がロスコヴィッツに知らされた。ガラス隔壁が開いた。

ブラウニングがディープフライトに飛び乗った。

「何のつもりだ？」

ロスコヴィッツが訊いた。

「イルカが戻ったから、わたしも自分の仕事をします」

「そんな予定はなかったぞ」

「いえ、その予定でした。修理を完了させます」

彼女はしゃがみこんで艇尾のコンパートメントを開けた。

「ブラウニング、もっと重要なことがある。そんな仕事はあとにしろ」

ピークが不機嫌そうに言った。視線をモニター画面からはずすことができなかった。画面の光は急速に輝きを増している。

「ピーク、そちらは終わったか？」

ヨハンソンの声が響いた。

「ああ。そっちの様子は？」

「チューブの先端が艦の下に向かっている」

「やつらはこっちに危害を加えることができるだろうか？」

「いや、インディペンデンスを揺るがす生物など想像もできない。彼らはゼラチン質だ。ゴムのようなものだ」

「彼らはこの下にいる。もう一度、隔壁を開けてくれ。ロスコヴィッツ、早く！」

ルービンがデッキの端から振り向いて呼びかけた。目がぎらぎらと輝いている。

「何だって？　気でも違ったのか？」

ロスコヴィッツは目を見開いた。

ルービンが近づいてきて彼の脇に立った。

「司令官？」

ルービンはマイクに向かって呼びかけた。回線がかちりと音を立てた。

「どうしたの？」

「大量のゼラチン質を手に入れるチャンス到来です。隔壁をもう一度開けるように提案しましたが、ピークとロスコヴィッツが……」

「リスクが大きすぎます。それは無理だ」

ピークが言った。

「外側の隔壁を開けるだけだ。しばらく待てば、彼らは興味を抱くだろう。少しでも中に入ったら隔壁を閉める。実験に使うには、それで充分だ。これならどうです?」

ルービンが言った。

「汚染されていたらどうするんだ?」

ロスコヴィッツが反論した。

「リスクを恐れてもしかたない! とにかく大丈夫だ。汚染の有無がわかるまで、ガラス隔壁は開けないのだから」

ピークは首を横に振った。

「いいアイデアには思えない」

ルービンが目をむく。

「司令官! たった一度のチャンスなんです!」

「わかったわ。でも充分に注意して」

ピークは悲しい目になった。ルービンは高笑いをしながら桟橋の縁に歩み寄り、両腕を振りまわして水中の三人に呼びかけた。

「おい、それが終わったら急いで……」

グレイウォルフ、アナワク、デラウェアはイルカからハーネスをはずすのに懸命で、彼の呼ぶ声は聞こえない。

「どうせいっしょだ。ロスコヴィッツ、外側の隔壁を開けてくれ。内側のガラス隔壁が閉まっているかぎり、大丈夫だ」

「ちょっと待ったほうが……」

「待てない。リーの言葉を聞いただろう。待っていたら、やつらは消えてしまう。少しだけスルースのシャフト内に入れてくれ。すぐに外の隔壁を閉めればいい。一立方メートルもあれば充分だ」

なんとふてぶてしい男だ！　ロスコヴィッツは、ルービンを水中に突き落としてやりたかった。けれども、あのばかはリーのお墨つきをもらっている。

彼女の命令だ。

鋼鉄の隔壁を開くスイッチを押した。


デラウェアのイルカはひどく興奮していた。そわそわとして、まるで落ち着きがない。カメラをはずそうとすると、逃げだしてスルースのほうに潜っていった。半分はずれたハーネスを体からぶら下げたまま、ガラス隔壁の上をまわっている。彼女は大きく足を蹴ってあとを追った。

桟橋で起きていたことなど知る由もない。

どうしたの、こっちにおいで。怖がらなくてもいいのよ。

そのとき、何が起きたのかわかった。

一瞬、彼女は泳ぐのも忘れるほど驚いた。体が沈んでいき、前歯がガラスの壁にあたった。そのガラスの下で鋼鉄の隔壁が開いていく。海は強烈な青に輝いていた。深海に閃光が走った。

ロスコヴィッツはどうしたのだろう? なぜ隔壁を開けるのか?

イルカは狂ったように円を描いている。彼女に近づいてきて、鼻先でつついた。明らかに、彼女をガラス隔壁から押しのけようとしている。彼女がすぐに反応しないとわかると、イルカは体を翻(ひるがえ)して逃げていった。

デラウェアは光り輝く奈落を凝視した。

何が起きたのだろう? ぼんやりとした影が視界に現われた。影ははっきりとした点となり、接近するにしたがって大きくなる。

急速に近づいてきた。

点は形になった。

瞬間、黒い額の巨大な頭と、白い顎が姿を現わした。半分開いた口に歯が並んでいる。

それは、彼女がこれまでに見た最大のオルカだった。深海から垂直に上昇し、艦を避けようともせずにスピードを上げる。彼女の頭の中にさまざまなイメージが交錯し、すぐに一つにまとまった。ガラス隔壁は厚く頑丈だが、生きた爆弾には耐えられない。体長十二メートルのオルカ。時速五十六キロメートルの最高速度で発射。

速すぎる。

彼女は無駄だと悟ったが、それでもガラスの壁から離れようとした。

魚雷のように、オルカがガラス隔壁を突き破った。衝撃波を受けて彼女は回転して飛ばされた。鋼鉄の枠が引きちぎられ、ガラスが粉々（こなごな）に砕け散る。オルカの白い腹が彼女の目に飛びこんだ。衝突の衝撃をものともせず、オルカが突き進んでくる。肩甲骨（けんこうこつ）のあいだに何かがぶつかり鋭い痛みが走った。思わず悲鳴を上げようと開けた口から、水が肺に入ってくる。両手両足を激しく動かし、上下の感覚をなくした。

パニックが彼女を襲った。

ロスコヴィッツには事態を把握する暇などなかった。オルカがガラス隔壁を突き破ると、足もとの桟橋が轟音とともに激しく震えた。巨大な水の山ができて、ディープフライトを持ち上げる。ブラウニングがよろめいて両腕をばたつかせた。オルカは水中に体を沈めると、ふたたびスピードを上げる。

「隔壁を！　隔壁を閉めろ！」

ルービンが叫んだ。

オルカの頭が潜水艇を直撃し、高く放り投げる。鋭い金属音がして、艇を支えていた鎖が切れた。ブラウニングの体が宙を飛び、コントロールパネルにぶつかった。ブーツをはいた足がロスコヴィッツの胸を突き、彼は後ろに投げ倒される。ピークを巻きこんで壁に激突した。

「潜水艇！　潜水艇が！」

ルービンが叫んだ。

額から血を流したブラウニングが水に落ちた。その上に、垂直に立ったディープフライトが艇尾から墜落する。艇はすぐに浸水して沈んでいった。ロスコヴィッツは力をふりしぼって起き上がり、コントロールパネルまで行こうとした。風を切る音が彼に向かってきた。見上げると、ちぎれた鎖が鞭のように迫ってくる。彼は身をかわした。だが、こめかみをかすめた鎖が首に巻きつく。息ができない。

前方に引き倒されて、そのまま桟橋の端を越えた。

惨事は、グレイウォルフから離れたところで始まった。彼は水中にいたため、桟橋が揺れたのには気づかなかった。まず目にしたものは潜水艇の鎖が引きちぎられ、ブラウニングとロスコヴィッツに降りかかった凄惨な運命だった。ルービンは叫び続け、コントロールパネルの横で激しく両腕を振っている。背後にピークの顔が現われた。兵士たちは銃を構えて惨事の現場に急いだ。

デラウェアを探して、グレイウォルフの目が水面を走った。アナワクはすぐ側にいる。だが、彼女の姿はどこにもなかった。

「リシア？」

返事はない。

「リシア！」

心臓が凍りついた。勢いをつけて水に潜ると、スルースに向かった。

デラウェアは間違った方向に泳いでいった。背中の痛みは耐えがたく、溺(おぼ)れ死ぬ恐怖に捉われた。突然、スルースが真下に現われた。二枚のガラス隔壁は粉々(こなごな)に砕け、鋼鉄の隔壁が今まさに閉じようとしている。その下の海が唯一の灯りだった。

彼女は向きを変えた。

そんな！

キャノピーを開けたままのディープフライトが、艇首を下にして石のように沈んできた。彼女は全力をふりしぼって足を蹴った。潜水艇はまっすぐに向かってくる。折りたたまれたマニピュレータが眼前に迫る。カワウソのように体を伸ばしてかわそうとしたが、無駄だった。潜水艇は彼女の体の真ん中に激突した。肋骨(ろっこつ)が折れる音がし、口が開いて悲鳴が上がる瞬間、またしても大量の水を飲みこんだ。潜水艇は容赦なく彼女を引きずったままスルースを通り抜け、彼女を海に押しだした。一瞬で骨が凍りついた。遠のいていく意識の中で、鋼鉄の隔壁が潜水艇にぶつかるのを目にした。衝撃とともに、艇は沈むのをやめた。しかし、彼女は沈み続ける。視界から消えていく潜水艇を両腕を伸ばしてつかんだが、指が滑った。もう力は残っていない。二つの肺は粥(かゆ)のようにどろりとし、腹腔内の臓器のすべてが潰れてしまったかのようだ。

お願い、助けて。戻りたい。艦に戻りたい。死ぬのは嫌だ。

潜水艇が隔壁に挟まってできた隙間に、グレイウォルフの顔を見た。きっと夢だ。助けられる夢を見ているのだ。

黒くて大きなものがすぐ横に来た。大きく開いた顎、きれいに並ぶ弾丸のような歯。

オルカの顎が彼女の肺を切り裂いた。

そのとき、光り輝く物体が脇を通り過ぎていった。しかし、彼女はもう見ることができない。生命体がスルースに入りこむときには、デラウェアは息絶えていた。

ピークは怒りにまかせてコントロールパネルを拳で打った。隔壁を閉めようとしたが失敗した。ディープフライトが扉に挟まったのだ。隔壁をもう一度開けて潜水艇を犠牲にするか、何が艦に入ってくるかわからないが、このままにしておくかだ。

ブラウニングの姿はどこにもない。ロスコヴィッツは両脚を水に浸けて、鎖にぶら下がっていた。喉に食いこむ鎖のあいだに手を入れて、体をばたつかせている。

あのオルカはどこだ？

「ピーク」

ルービンが怒鳴った。

水は沸騰したように泡立っている。兵士たちは何をすべきかわからずに走りまわっている。グレイウォルフは潜っていった。アナワクの姿はない。デラウェアは？　彼女に何があったのだ？

誰かに脇腹を突かれた。

「ピーク！　くそ！　なぜ隔壁を閉めないんだ！」

ルービンが言って、彼をコントロールパネルから押しのけた。彼の指がキイボードの上を激しく動き、スイッチを押した。

「このクソ野郎！」

ピークは叫んで拳を振り上げた。ルービンの顔に拳が入る。彼はよろめいて水に落ちた。水しぶきが上がった。泡立つ水面の真ん中にオルカの背びれが現われ、近づいてくる。

ルービンが水面に顔を出し、水を吐きだした。

彼も背びれを見つけ、悲鳴を上げた。

ピークはディープフライトを離そうと、隔壁の開閉スイッチを押した。

コントロールランプが点灯するはずだ。

ランプは点かなかった。

グレイウォルフは理性をなくした。

オルカの群れがインディペンデンスの下を泳いでいる。一頭がデラウェアに嚙みつき、彼女の体を視界から奪い去ったのは一瞬前のことだ。彼は無意識のうちに、隔壁の隙間に泳いで戻った。深海から何かが近づいてくるのが見える。目の前で閃光が輝き、放電が走った。そのとき、彼は巨大な拳で殴られたように、艦の中に滑りこんだ。何もかもが水中を漂っている。一瞬アナワクの顔が左手に現われ、すぐまた消えた。水を蹴る二本の脚が見える。大きなものが向かってくる。白い腹――艦に突っこんだオルカだ。彼の頭上を泳ぎ去った。ふたたび、潜水艇を挟んだ隔壁が……

そして、何かが隔壁のあいだをすり抜けて入ってきた。

巨大なサンゴの触手のようだ。そのような触手を持つサンゴなどいるはずがない。直径三メートルの触手を持つサンゴはいない。形のない物質がウェルデッキに向かって、猛烈な速さで漂っていく。彼がスルースを通り抜けた瞬間、ゼラチン質でできた筋肉がいくつもの細い管に枝分かれした。なめらかな表面に、光を放つ模様が浮かび上がっている。

ルービンは命懸けで泳いだ。

背びれが迫る。彼は喘(あえ)ぎながら桟橋にたどりつき、パニックに駆られて体を持ち上げようとしたが、両肘ががくんと折れる。銃声が聞こえた。また水に落ちると、信じられない光景が目に飛びこんできた。瞬間、夢が叶えられたことを知った。あの知性体が入りこんできたのだ。だが、よりによってこんな状況のときに。

彼は水面に顔を出した。目の前に、水面を激しく蹴る二本の脚がある。ロスコヴィッツが目をむいて、彼を見下ろしていた。絞首台にぶら下がっているようだ。両手で首に巻きついた鎖をはずそうともがいている。

喉を絞めつけられる声が唇のあいだから漏れた。

おお神よ！　お助けください！　背びれはルービンに迫るが、方向を変え……

泡立つ水からオルカが姿を現わした。大きく開けた口にロスコヴィッツの両脚が消えた。顎が閉じる。一瞬、オルカが宙に静止した。ふたたび水中に沈んでいき……

ロスコヴィッツの胴体から血が滴（したた）り、海面でゆっくりと揺れていた。ルービンは目を離すことができなかった。長く尾を引く悲鳴が聞こえる。やがて、それが自分の口から出ているのだとわかった。

悲鳴はいつまでも止まらない。

ふたたび背びれが迫った。

戦闘情報センター（CIC）

リーは自分の目が信じられなかった。わずか数秒で、ウェルデッキは惨劇の場と化した。彼女は呆然として、ピークが桟橋を走るのを見た。兵士たちはとにかく水に向けて発砲している。脚を食いちぎられたロスコヴィッツの胴体。

「インターフォンをつなぎなさい」

突然、CICに銃声と悲鳴が響きわたった。人々の顔に驚愕の色が浮かぶ。ウェルデッキの惨劇に呼応するように、皆がいっせいにしゃべりだした。何をすべきか、彼女は懸命に考えた。当然、援軍を送る。今度は榴弾を携行させよう。普通の銃弾でいったい何を撃ちまくっているのだろうか？

彼らは自制心を取り戻さなければならない。

自分がウェルデッキに行くのがいいかもしれない。

彼女は黙って隣の上陸部隊作戦センター（LFOC）に行った。戦時には、そこが揚陸作戦の司令中枢となる。ウェルデッキがコントロールを失った場合、そこからバラストタンクの注水と排水を操作し、艦尾ゲートの開閉を行なうことができる。ところが、スルースだけはLFOCでは操作ができない。インディペンデンスを改修する際に、見落とされた点の一つだ。

「艦尾のバラストタンクを排水しなさい。艦尾から水を抜くのよ」

リーは、驚愕してコンソールに座る要員に命じた。ウェルデッキのスルースは閉じているのだろうか？　水は出ていくだろうか？　モニター画面に映る惨劇からは、何の情報も得られない。通常であれば、艦尾を持ち上げると、ウェルデッキの水はスルースや艦尾のゲートから抜けていく。それが機能しなくても、非常用ポンプシステムがあった。時間はかかるが、目的は達成できる。

リーはポンプを始動するよう命じ、ＣＩＣに駆け戻った。

ウェルデッキ

隔壁は反応しない。ピークにはその理由がまるでわからなかった。すぐさま武器庫に走ると、捕鯨砲を砲弾とともに取りだした。兵士たちは水中に向かって銃を乱射している。オルカがロスコヴィッツの脚を食いちぎったあと、スルースから入りこんだ、おぞましい物体が水面近くでうねっていた。

目の片隅に、水から這い上がるルービンの姿が映った。ほっとすると同時に吐き気をもよおした。ルービンは嫌いだ。けれども、かっとして彼を水に突き落とすことは許されない。ルービンの命は何があっても守らなければならないのだ。彼には任務を完結してもらわないとならない。

背びれは栈橋から離れていった。その向こうを、アナワクとグレイウォルフが反対側の栈橋に向かって懸命に泳いでいる。光を放つ触手が二人を追った。だが、気味の悪い物体はそこらじゅうにあり、あらゆる方向にうねっていく。一方、オルカは明らかに二人を狙っていた。

誰かが餌食になる前に、オルカを始末しなければならない。

突然、ピークは冷静になった。何よりもまずしなければならないのは、あの歯の生えた肉の塊を片づけることだ。

捕鯨砲を構え、狙いを定めた。


アナワクは迫り来るオルカを見た。ウェルデッキの水が泡立ち、しぶきを上げている。まるで生き物のようだ。青く輝く大きなうねりの中を、オルカが二人を狙って迫ってきた。黒い頭が水面に現われ、二人に息を吹きかけた。あと数メートル。このままでは桟橋までたどりつけないだろう。何かしなければならない。バンクーバー島のクラークウォト入江でオルカに襲撃されたときは、グレイウォルフが間一髪で助けにきてくれた。しかし今、彼のおかれた状況はアナワクと同じだ。二人で生きのびるチャンスをつかむしかない。

オルカが潜った。

「やり過ごそう」

グレイウォルフに向かって叫んだ。

意図が伝わっただろうか。しかし、のんびり説明する暇などない。

彼は大きく息を吸って、水の下に体を沈めた。

ピークは罵(ののし)り声を上げた。

オルカは消え、グレイウォルフとアナワクの姿も見えない。桟橋を走り、オルカの姿を探した。ウェルデッキはシュールな地獄と化している。閃光、形のない物質、泡立つ水が視界をさえぎっていた。目の前で、兵士の一人が水中をうねるヘビのような物質に向けて発砲したが、まったく効果はない。

「ばかな真似はやめろ！」

ピークは兵士をコントロールパネルの方向に突き飛ばした。

「警報を鳴らせ。隔壁が開くようになんとかしろ。潜水艇を振り落とすんだ。そのあとで隔壁を閉めるんだぞ」

ピークの視線が水面に貼りついた。

兵士は発砲をやめて駆けだした。

ピークは水際に足を踏みだし、目を細めた。捕鯨砲が手にずしりと重かった。

オルカはどこだ？

オルカの姿は見えない。

その代わり、水面には青白い光を放つ物体がうねっている。アナワクが水の下に体を沈めた瞬間、けたたましい騒音は泡立つ水の立てる音に掻き消された。グレイウォルフがすぐ横で水をかいていた。口から空気が漏れる。アナワクは彼の腕をしっかりつかんで引き寄せた。作戦がうまくいくかわからないが、水面に顔を出せば勝ち目はない。

頭のない巨大なヘビのようなものが迫ってきた。半透明の青く輝く組織の表面に、筋状の光が脈打っている。そこから鞭のような細い触手が無数に伸びて、ウェルデッキの底をさわっていた。不意に、アナワクはその行為の意味を理解した。彼らは環境をスキャンしているのだ。触手はあらゆる場所に触れていた。彼が驚愕し、同時に魅了されて眺めていると、ヘビ状の本体からさらなる触手が生まれ、彼の方向に伸びてきた。

触手のあいだで、オルカが口を開けた。

アナワクの頭の中に変化が生まれた。外界をシャットアウトし、冷静に疑問の答えを探す。このオルカの脳にはどれくらいの本能が残っているのか？　ゼラチン質がどれくらいを占めるのか？　オルカがすでに本能ではなく、未知の知性体の意識で動いているとしたら、どのような行動をとるだろうか。オルカは光り輝くゼラチン質の一部なのだ。普通のオルカだと思ってはならない。これは二人にとっては利点だ。オルカを混乱させられるはずだ。

オルカが迫った。

アナワクはグレイウォルフを突き放すと、身を翻(ひるがえ)した。彼は反対方向に泳いでいく。作戦を理解してくれたのだ！　オルカは二人が左右に分かれた真ん中に突っこんだ。数秒の時間を稼ぐことができた。

オルカには目もくれず、アナワクは触手の真ん中に向かった。


ルービンが桟橋で四つん這いになり喘(あえ)いでいた。兵士が彼を飛び越えてコントロールパネルに急ぐ。表示に目を走らせて装置を確認すると、鋼鉄の隔壁を開くスイッチを押した。

充分に押しこめない。

部隊の兵士は全員、艦載システムの操作をひととおり教えられている。彼はブラウニングがしていたことを思い出し、パネルに身をかがめてスイッチをよく調べた。

引っかかって横にずれている。

ブラウニングがぶつかったのかもしれない。修理は簡単だ。銃をつかんでたたいた。

スイッチは元に戻った。

アナワクは未知の世界を漂っていた。

まわりで触手のカーテンが揺れている。触手の群れに入るのが正しいかどうかはまったくわからないが、今さらどうしようもない。ゼラチン質は攻撃してくるかもしれないし、何の反応もしないかもしれない。汚染されているかもしれないが、その場合は全員が死ぬ。

オルカは彼を見つけることが難しくなった。

光を放つ触手が彼のほうに向かってきた。何もかもが動きだした。彼の体も左右に揺れていた。やがて触手が数を増し、突然、一本がアナワクの顔に触れた。

彼はそれを脇にどけた。

さらに多くの触手が伸びて頭をさわられた。頭がずきずきと痛む。肺も苦しい。すぐに浮上しなければならない。ゼラチン質の好き勝手にさせるわけにはいかない。

両手で触手の束をつかんで左右に分けた。それは柔軟性の高い筋肉のようで、しかも常に形を変える。彼に巻きついていた触手は変形して後退し、その瞬間に別の末端で生まれた触手の束に吸収される。触手の動きはまるで予測がつかないが、明らかにアナワクに強い興味を抱いている。

彼はそこから逃れなければならない。

すぐ脇に、すらりとした体が現われた。彼は本能的に背びれをつかんだ。イルカは止まることなく触手を突き抜けた。いきなりアナワクの視界が開ける。イルカにしっかりつかまると、横からオルカが突進してきた。イルカは水面をめざす。すぐ後ろでオルカの巨大な顎が閉じた。その瞬間、彼はイルカといっしょに水面を突き破り、人工岸に向かった。

兵士はスイッチを押した。

銃でたたいただけの野蛮な修理だったが、スイッチは機能した。鋼鉄の隔壁がゆっくりと動きだし、潜水艇を解放する。艇はふたたび沈みだした。その脇を通り、生命体がスルースに入ってくる。ディープフライトは音もなく艦を離れ、深海に消えていった。

兵士は隔壁を開けたままにしておこうかと、ちらりと思った。だが、それは命令とは違う。そこで命令に従った。もう邪魔をする潜水艇はない。強力なモーターで扉が左右から閉じる。木の幹ほどもある生命体の塊が、隔壁に挟まれて押し潰された。

ピークは捕鯨砲を持ち上げた。

たった今、彼はアナワクの姿を捉えた。オルカに襲われたように見えたが、すぐに水面に現われた。一方、オルカは反対方向を泳いでいる。兵士たちが黒い背中めがけて銃を乱射した。オルカの体が沈んだ。

仕留めたのだろうか?

「隔壁が閉まりました」

兵士がコントロールパネルから叫んだ。

ピークは手をあげて了解の合図を送る。それから桟橋をゆっくりと歩いた。視線がウェルデッキの反対側を探った。銃弾は気持ちの悪いゼラチン質に歯がたたない。だが、砲弾を撃ちこむのは危険だ。水中にはまだ人が残っているのだ。

彼は桟橋の縁に立った。

グレイウォルフはアナワクを見習って触手のあいだを泳いだ。全力で水をかきウェルデッキの端をめざす。しかし、数メートル泳いだところで生命体の塊に行く手を塞がれ、方向を変えざるをえなかった。

だが、彼はすでに方向感覚をなくしていた。

触手が彼に向かって伸び、肩のあたりで体をくねらせた。吐き気がこみ上げてくる。彼はすっかり動揺していた。瞼(まぶた)の裏にはデラウェアの死の光景が刻みこまれており、繰り返し映画のように蘇(よみがえ)ってきた。ゼラチン質の突起をたたき落とすと、身を翻(ひるがえ)して逃れようとした。

気がつくと、彼はスルースの真上を漂っていた。潜水艇は消えている。閉まる隔壁に直径一メートルもあるゼラチン質の束が挟まれて、真っ二つに断ち切られた。

生命体の反応は明らかだった。

切断されたことに怒っている。


ピークに激しい水しぶきがかかった。目と鼻の先にオルカがそそり立っていた。驚いたことに、彼は恐怖に立ち向かおうとしてピンク色の口を覗きこんだ。その瞬間、ウェルデッキのすべてが吹き飛ぶほどの衝撃が走り、彼はのけぞった。生命体が荒れ狂っていた。ゼラチン質は凶暴なまでに成長して大蛇となり、天井まで鎌首をもたげる。壁に激突して、桟橋を疾走する。兵士たちは悲鳴を上げ、銃を乱射した。兵士たちの体が宙を舞って水中に墜落した。そのとき、ピークは何かに両脚をすくわれた。背中を桟橋に打ちつけ、肺から空気が抜けたように胸を締めつけられた。オルカの巨体が斜めにのしかかってくる。彼はうなり声を上げ、思わず捕鯨砲を抱きしめた。一気に水中に突き落とされる。捕鯨渦巻く泡の中をまっすぐ沈んでいった。両脚が青く輝くゼラチン質に突き刺さる。

砲でゼラチン質を押すと、挟まれた脚が自由になった。頭上で、オルカが水に飛びこんだ。強烈な水圧を受けて、ピークの体はぐるぐる回転した。オルカの顎が開き、きれいに並んだ歯がすぐそこに見える。その口に、彼は捕鯨砲を突っこんで引き金を引いた。

　刹那、時間が止まった。

　オルカの頭から、鈍い爆発音が響く。音は大きくないが、世界が真っ赤に染まった。彼は大量の血と肉片を浴び、水中を後ろ向きに飛ばされた。一回転し、脇の壁に激突すると、その反動を利用して桟橋に体を引き上げた。喘（あえ）ぎながら腹ばいで水際から逃れる。あたり一面が血の海だった。血糊に脂肪や骨の破片が混ざり合っている。彼は立ち上がろうとして滑り、尻もちをついた。激痛が走る。左足がおかしな角度に折れ曲がっているが、今はどうでもよかった。

　目の前に繰り広げられる光景を、信じられない思いで凝視した。

　生命体はほとんど暴徒と化していた。触手はあらゆるものに鞭を加える。壁際におかれたロッカーが引き倒され、装備が空中を飛んだ。兵士の姿は一人しか確認できない。その一人は銃を乱射しながら桟橋を走り、触手の一本に捉えられて水に引きずりこまれた。半透明の塊がピークに迫り、彼は身をかがめた。それはヘビの姿でも触手でもない。これまで見たことのない物体だ。彼は目を見開いた。物体の先端が飛行機の形に変わった。一秒後、魚の姿に形を変えた。そして、糸のように細く枝分かれした。水の中は異様な姿のオルカでいっぱいになった。背びれが盛り上がったと思うと、すぐまた消滅する。歪んだ頭が現われて鼻先を高々と突き上げると、姿が完成しないまま形をなくし、塊となって水中に激突する。

ピークは目をこすった。錯覚なのか、水面が下がった気がする。ウェルデッキの騒音に機械の立てる轟音が混じっていた。デッキを排水しているのだ！　バラストタンクの海水が抜かれていく。インディペンデンスの艦尾がそれとわからないくらい上昇し、この人工の港にあるすべてが海に流れだしていく。暴れまわっていた触手は後退し、すぐに生命体の全部が水中に戻っていった。彼は壁に体を押しつけて立ち上がった。しかし、左足に体重をかけると、がくんと折れた。倒れこむ寸前、二本の腕に助けられた。

「つかまれ」

グレイウォルフだった。

ピークは彼の大きな肩につかまり、左足を引きずって歩こうとした。決して背は低くはないが、彼と並ぶと、いかに自分が貧弱か思い知らされた。ピークはうめいた。グレイウォルフは勢いをつけてピークを抱え上げると、そのまま脇の桟橋を歩いて人工岸に向かった。

「止まれ。もういい、ここで充分だ。降ろしてくれ」

グレイウォルフは彼をそっと床に降ろした。そこは、実験室に通じるランプウェイのすぐ前だった。ウェルデッキの全体がよく見わたせる。水面が下がり、水に沈んでいたイルカの水槽が見えるようになった。ポンプの立てる轟音が相変わらず響いている。ピークは水中にいた人々のことを思った。おそらく全員が死んでしまったのだろう。兵士たち、デラウェア、ブラウニング……

アナワクはどこだ！

彼の視線が水面を探した。アナワクがいた！

呟きこみながら人工岸を上がってくる。グレイウォルフが駆け寄り、水から上がるのに手を貸した。水面は下がり続けている。水中に、生命体の大きな塊が見えた。青色の鈍い光を放ちながら、出口を探すように動いている。その姿はほっそりしたクジラか、ずんぐりしたウミヘビのようだ。もう閃光は走らず、触手もない。片隅に泳いでいっては、壁にそって身をくねらせて次の隅まで泳ぐ。迅速に的確に出口を探しているが、出口はどこにもない。

「くそったれが！　今に乾燥させてやる」

ピークがうめいた。

「だめだ。助けなくては」

ルービンの声だった。ピークが振り向くと、彼がランプウェイから現われた。声は震え、両腕で自分の体を抱きしめているが、目はぎらついていた。ゼラチン質を艦に入れろと主張したときの目と同じだ。

「助ける？」

アナワクがおうむ返しに言った。

ルービンがためらいがちに近づいてきた。水面に用心深く目をやる。生命体が猛烈な勢いで円を描いていた。水深は深いところでも二メートルだ。生命体は薄く平らな形に変わっていた。明らかに体を水に沈めておくためだ。

「たった一度のチャンスだぞ。それがわからないのか？　すぐにシミュレーションタンクからカニを出して、海水を入れ替え、できるかぎりたくさんの生命体を入れる。カニより、こっちのほうがずっと重要だ。そうすれば、われわれは……」

その瞬間、グレイウォルフが一気に彼に飛びかかり、両手で首を絞め上げた。ルービンの目と口がかっと開き、舌が飛びだす。

「ジャック！　やめろ！」

アナワクがグレイウォルフの腕を引きはがそうとした。

ピークは立ち上がった。左足は体重をかけても大丈夫だ。骨は折れていない。しかし激痛が走り、一歩も踏みだせなかった。それでも、あのいまいましいルービンを助けなければならない。絶対にそんなことはしたくないのだが。

「ジャック、そんなことをしても意味はない。放してやれ」

彼は呼びかけた。

グレイウォルフは無視して、高々と腕を宙に突き上げた。ルービンの顔がみるみる青味を帯びる。

「オバノン、もう充分だわ！」

リーが兵士たちを連れてランプウェイに現われた。

「殺してやる」

グレイウォルフは冷ややかに言った。

彼女は一歩近づき、彼の右の手首を握った。

「オバノン、やめなさい。ルービンにどんな憎しみを抱いているか知らないけれど、彼の任務は重要なの」

「もう重要じゃない」

「オバノン！　わたしに、あなたを傷つけるような嫌な思いをさせないで！」

グレイウォルフの視線がさまよい、リーに止まった。彼はリーが真剣だと悟った。ルービンをゆっくり降ろし両手を離した。ルービンは膝をつくと喉を押さえて喘いでいる。嘔吐し、唾を吐いた。

「こいつのせいで、リシアが死んだ」

グレイウォルフは抑揚のない声で言った。

リーはうなずいた。その表情ががらりと変わった。

「ジャック、本当に残念だわ。でも、わたしは彼女の死を無駄にしないと約束する」

彼女は優しく語りかけた。

「死はいつだって無駄なんだ。おれのイルカたちはどこだ？」

グレイウォルフは抑揚のない声で言うと、踵を返した。

リーは兵士たちを従えて桟橋に上がった。ピークはばかな男だ。なぜ最初から、兵士に榴弾を装備させなかったのだろうか？　こういう事態を予測できなかったからか？　そんなばかな！　これは、まさにリーが予測していた事態だった。厄介事がどのように現われるかはわからなかったが、起きることは確信していた。〈シャトー・ウィスラー〉で科学者たちに会う前に、すでに事態を想定し、その対策も講じていたのだ。

ウェルデッキは水溜まりがいくつか残っているだけになった。壮絶な光景だ。彼女の足もと、四メートル下のデッキにオルカの死骸が転がっている。白い歯の光る頭があった部分に、ずたずたになった真っ赤な肉片がぶら下がっていた。少し先には、兵士の遺体が横たわっている。イルカは三頭しか残っていない。残りはパニックに駆られて、隔壁が開いているあいだに逃げだしたのだろう。

「とんでもない惨状だわ」

デッキの中央に集まった塊はまったく動かない。わずかに残った水に洗われている縁の部分に、短い触手が生まれて蠢(うごめ)いていた。生命体は死ぬ間際だ。このような絶望的な状況下でも、形を変えて触手を水の中に伸ばすとは、恐ろしいまでの能力だった。ゼラチン質の表層にはすでに崩壊の兆しが見えている。透明な蠟(ろう)のような液体が滴(したた)っていた。

この塊が無数の単細胞生物の集合体だということを、リーは思い出した。目の前で、それが結合を失おうとしている。ルービンの言うとおりだ。今すぐに捕獲しなければならない。迅速に作業して、可能なかぎりの集合体を生きたまま確保するのだ。

アナワクが無言で後ろをついて来た。リーは観察を続けた。ロスコヴィッツの体、厳密には体の残りが空中で揺れているが、それには目もくれない。デッキで何かが動いた。彼女はそれを横目に見ながら桟橋の端まで歩き、梯子(はしご)を伝って降りた。アナワクも続く。先ほど動いたものが何なのかわからないが、今はリーの視界に動くものはない。耐え難い悪臭を放つロスコヴィッツの胴体と充分な距離をおいて歩いていると、反対側からアナワクに呼ばれた。急いで生命体の山をまわりこんだリーは、危うくブラウニングの体につまずくところだった。

目を見開いたままのブラウニングが、崩壊していく生命体に半分埋もれていた。

「手を貸してくれ」

アナワクが言った。

二人で遺体を引っ張るが、強靭(きょうじん)なゼラチン質がぴたりと貼りつき、両脚をなかなか放そうとしなかった。遺体は異様に重く感じられた。顔はニスを塗ったように輝いている。リーはよく観察しようと顔の上に身をかがめた。

ブラウニングが上体を起こした。

「うわっ！」

リーは飛びのいた。発作を起こしたようにブラウニングの顔が引きつり、しかめ面になった。両腕を高く上げると口を開き、すぐまた閉じた。指先が何かをつかむように曲がった。両脚をばたつかせ、背中を反らせて首を激しく上下に振った。

こんなこと、ありえない！

リーは冷血な人間だが、さすがに驚愕した。生ける屍を凝視していると、アナワクがしぶしぶとブラウニングの脇にしゃがんだ。

「自分の目で見たほうがいい」

アナワクが小声で言った。

彼女は吐き気を抑えて近づいた。

「これだ」

リーは目を凝らした。ブラウニングの顔を覆う輝く膜が滴っていた。リーはとっさにすべてを理解した。ねばねばした物質が束となり、肩と首を伝って耳の中に消えていく。

「体の中に入っていった」

リーがつぶやくと、アナワクはうなずいた。彼の顔は灰のように白い色に変わっていた。褐色の肌のイヌイットには見られない肌色だ。

「彼女の体を操ろうとしている。おそらくあらゆるところから体内に入り、構造を探っているんだ。けれど、ブラウニングはクジラじゃない。脳内に残されたわずかな電気信号が、彼女を操ろうとする生命体に反応しているだけだ」

アナワクはひと息おいた。

「それもすぐに終わる」

リーは答えなかった。

「脳の機能を最大限に操ろうとしている。だが、彼らは人間がどう動くかは知らない」

彼は言って、立ち上がった。

「司令官、ブラウニングは死んだ。彼らの実験もこれでおしまいだ」

カナリア諸島　ラ・パルマ島沖　ヘーレマ

狭い潜水ステーションの中で、ゲーアハルト・ボアマンは潜水スーツを不審の目で眺めた。表面は銀色に輝き、ヘルメットの部分はガラス製で、関節を持つ腕の先はペンチの形をしたマニピュレータになっている。スーツは大型スチール製コンテナの中に吊るされて、人形のように虚空を見つめていた。

「月に行くわけではないと思うのだが」

「ゲエールラアード！　水深四百メートルの世界は月面と同じだ。いっしょに行きたいなら文句を言うな」

スタンリー・フロストは笑った。

正直なところ、フロストは、デビアス社の技術者ファン・マールテンを連れていくつもりだった。そこでボアマンは、ヘーレマのシステムを熟知するファン・マールテンは、コントロール室にどうしても必要だと言って、考え直すよう迫った。けれども、深海でのトラブルが心配だとは、おくびにも出さなかった。

「それに、きみたちが何のあてもなく海底を見まわしても、まったく無駄だと思う。優秀なダイバーかもしれないが、メタンハイドレートにかけては私が上だ」

ボアマンは言った。

「だから、あんたがここに残ったほうがいい。あんたはハイドレートの専門家だ。あんたに何かあったら、われわれには代わりがいない」

「エアヴィーンがいるじゃないか。彼も私と同じ専門家だ。いや、それ以上だろう」

ゲオマール研究所所長のエアヴィーン・ズースは、すでにキールから到着していた。

「この潜水は散歩に出かけるのとはわけが違う。潜水経験はありますか？」

ファン・マールテンが訊いた。

「何回も」

「深海に、ですか？」

ボアマンは躊躇(ちゅうちょ)した。

「水深五十メートルまでだ。普通のスキューバダイビングで。けれど、今のコンディションは最高だ。ばかな真似も絶対にしない」

彼が言い張ると、フロストは考えこんだ。

「頑強な男が二人いれば充分だろう。爆薬も持っていくし……」

「爆薬！　何だって！」

ボアマンが驚いて声を荒らげた。

フロストが両手をあげた。

「わかった、わかったよ！　あんたの助けが必要だ。あんたはいっしょに行く。だけど、苦しいからといって、弱音を吐くなよ」

三人がいるところは水深十八メートルに沈む、左舷の浮体内部（ポンツーン）だった。ポンツーンは浸水しているが、ファン・マールテンが区画の一部を水が入らないように隔離した。プラットフォームとは梯子のあるシャフトでつながっている。カメラロボもそこから潜降させたのだ。彼は、この作戦では深海にダイバーを送る場合もあるだろうと考えた。そこで、特殊な潜水スーツをバンクーバーのニュイツコ・リサーチという、常識破りの発想で有名な会社に発注しておいたのだった。

「重そうだな」

ボアマンが言った。

フロストはヘルメット前部のガラスをいとおしそうに撫でた。

「九十キログラム。このエクソスーツは確かに重いが、海中ではまるで気にならない。自由自在に動ける。スーツは空気を内包し、ダイバーの体を繭のように包むから、血液中に窒素の泡が生じる減圧症にかかることはない。だから、減圧室に入る必要もない」

「フィンもついている」

「すごいだろう？　石のように沈むのではなく、カエルのように泳いで潜れるんだ。スーツの構造は、水深四百メートルでも自由な動きを可能にする。両手は半円形のカバーで保護されている。指は繊細すぎるからグラブの形にはなっていないが、その代わり、手の先にはマニピュレータを装備している。センサーが感知した感覚は、スーツの中のダイバーの手に伝わる。遺言書に署名だってできるぞ。それほど器用なんだ」

「どのくらい潜っていられるんだ？」

「四十八時間です。でも心配ない、それほど時間はかからないと思いますよ」

ファン・マールテンが答えた。ボアマンの驚愕した顔を見てにやりと笑い、全長百五十センチメートルほどの、魚雷の形をした二台の潜水ロボットを指さした。プロペラがあり、先端はガラス張りのヘッドライトだ。上面から数メートルの長さのケーブルが伸び、その先端はハンドル、ディスプレイ、スイッチが一体化したコンソールになっていた。

「この自律型無人潜水機がお二人の探知犬、トラックハウンドです。フラッドライトの足場をめざすようプログラミング済みで、一センチたりとも目標をはずしませんよ。だから、自分たちで方向を探す必要はなく、ただ手綱を握るだけでいい。四ノットの速度が出るから、三分で海底に着きますよ」

「プログラムはどのくらい信頼できるものなんだ？」

ボアマンが不審そうに尋ねた。

「かなりのものです。トラックハウンドは水深や現在位置を知るためのセンサーを搭載するから、道に迷うことはない。障害物があれば必ず迂回する。ケーブルの先端にあるコンソールで、プログラムを作動させます。行きと帰り、それだけです。〈0〉のスイッチを押せば、プログラムを作動させずにプロペラがまわる。あとはハンドルを操作して、このワンちゃんをあなた方のお好きな方向に走らせることができる。ほかに質問は？」

ボアマンは首を振った。

「では始めましょう」

ファン・マールテンの手を借りて二人はスーツを着た。背中の開口部から中に入る仕組みだ。背中には二本のエアタンクが組みこまれている。スーツを着た姿は、正装して月に散歩に出かける騎士のようだとボアマンは思った。開口部のフラップが閉じると外界の音が遮断されたが、すぐに何か聞こえてきた。湾曲したガラス越しに、スーツを着たフロストが何か話しているのが見えた。その瞬間、いつもの野太い声がヘルメット内部に轟いた。外の音もいっしょに聞こえてくる。

「無線で話すほうが、手で合図するより確実だ。マニピュレータの使い方は大丈夫か？」

フロストが訊いた。

ボアマンは指を動かしてみた。マニピュレータは指の動きに連動した。

「大丈夫だ」

「ファン・マールテンが差しだしているコンソールを握ってみてくれ」

一度で握ることができた。ボアマンは安堵のため息をついた。マニピュレータの操作がこんなに簡単なら、安心できるというものだ。

「もう一つ。腰の位置に平らで四角いスイッチがある。それがＰＯＤだ」

「何のスイッチ？」

「あんたが悩んだり、心配するような代物じゃない。安全対策だ。それを使うようなときは来ないだろう。だが、万一のことを考えて話しておく。スイッチを入れるには、強くたたくだけでいい。わかったか？」

「PODって何だ?」

「潜ってるときにあると都合のいいものだ。いつか教えてやるよ」

「今、聞きたいが……」

「あとだ。準備はいいか?」

「完了!」

ファン・マールテンが床のハッチを開けた。ライトに照らされて青く輝く水が足に跳ねた。

「そのまま倒れこんでください。トラックハウンドは私があとから投げ入れます。この下のシャフトを出るまでは、スイッチを入れないように。一人ずつ、フロストが先に」

フロストに続いて、ボアマンはフィンを縁まで押しだした。どんな小さな動きも重労働だ。大きく息を吸い、体を前方に傾けた。体が水面にぶつかった。そのまま一回転する。途中、ハッチから漏れる光が頭上を通りすぎ、ふたたび頭が上になった。ゆっくりと沈んでいく。シャフトを抜けると、そこは魚の群れのど真ん中だった。魚は体をきらめかせて四散した。すぐに螺旋(らせん)を描くように集まり、また群れにまとまった。群れは何度か形を変え、最後に長く伸びると逃げていった。彼はすぐ脇にトラックハウンドを見つけ、手綱を握った。見上げると、黒い浮体(ポンツーン)にシャフトの光が明るく輝いている。フィンを蹴ると、体が安定することがわかった。スーツの重さは全然感じない。本当に快適なポータブル潜水艇だ。

フロストが空気でできた繭に包まれ、そばに来た。横に並んでいっしょに沈みながら、ヘルメットの中からボアマンを見ている。彼がスーツの中でも野球帽をかぶっていることに、ボアマンはそのとき初めて気がついた。

「気分はどうだ？」

フロストが尋ねた。

「R2‐D2の兄貴分になったようだ」

フロストは笑った。彼のトラックハウンドのプロペラが回転を始めた。すぐに潜水ロボットは鼻先を下に向け、彼を深海に引っ張っていった。ボアマンもプログラムを作動させた。衝撃とともに頭が下を向く。あっという間に海は暗くなった。ファン・マールテンの言うとおり、ものすごいスピードだ。あたりはすっかり闇の世界に変わった。トラックハウンドの放つ鈍いライトのほかは、何も見えなかった。

意外にも、闇の中にいると嫌な気分になった。彼は何百回となくモニター画面の前に座り、カメラロボが深海に潜降するようすを観察した。自身も伝説の潜水艇アルヴィンに乗り、深度四千メートルに潜った経験がある。しかし潜水スーツを着て、電気仕掛けの犬に引かれて未知の世界に向かうのは、異次元の話だった。

トラックハウンドが正しくプログラムされていることを願うばかりだ。そうでなければ、どこに着くかは神のみぞ知る。

ライトがプランクトンの雨を照らしだした。ボアマンはまっすぐ深海に沈んでいく。ヘルメットの中に、トラックハウンドの立てる電子音が響いていた。前方に、糸のように細い生物が脈打つような動きをして、闇の中をのんびりと漂っているのが見えた。信じられないほど美しい深海クラゲだ。宇宙船のような円形の体が光のシグナルを放っている。それが、巨大な怪物が彼らを追ってくる警告ではないことを、彼は祈った。やがてクラゲは視界から消えた。少し先では別のクラゲが光っている。そのとき、目の前に光り輝く白い靄（もや）が広がった。彼はぎくりとした。しかし靄は白く、青色ではない。発光していた生物は、自分の放った光の中に消えてしまった。それはマスティゴセウティスというイカの仲間で、普通は水深千メートルでようやく遭遇する生物だ。敵に対して白く輝くのは意味がある。闇の中で生物が黒ければ、威嚇にもならない。

トラックハウンドは彼を引っ張り続けた。

彼は前方の闇に目を凝らしてフラッドライトを探した。しかし、先を行くフロストのライトが小さく見えるほかは、完全な闇の世界だった。その光は少なくとも動いている。そうでなければ、自分が静止しているように錯覚してしまうだろう。星のない宇宙空間に静止した二つのライト。

「スタンリー?」

「どうした?」

すぐに答えが返り、ボアマンはほっとした。

「そろそろ何か見える頃じゃないか?」

「気の短いやつだな。ディスプレイを見てみろ。まだ水深二百メートルだ」

「そうか。見えるはずがないな」

彼は、フロストがプログラムを信用しているのかどうか訊けなかった。その代わりに、高まる不安を抑えようと努めた。クラゲにでも会えないかと思ったが、何も姿を見せなかった。そのとき、トラックハウンドが急に方向を変えた。

前方に何かあるのだ。彼は目を見開いた。遠くに光がある。初めはかすかだった光が、ぼんやりと四角形に見えてきた。

心の底から安堵した。いい子だ、よくやった!

フラッドライトの光は、まだほんのかすかな輝きだ。

光に本当に近づいているのだろうかと考えるうちに光は明るさを増し、パイプの足場にハロゲンライトがついたフラッドライトの細部が見えてきた。そこに向かっていると思っていたら、突然、巨大なライトが頭上に輝いた。もちろん、実際は自分たちがライトの上方にいる。だが、頭を下にして突き進んでいくと上下の感覚が逆になり、海底斜面のテラスまでもが頭上にあるような錯覚を起こすのだ。フロストの姿がちらりと見えた。まるで光溢れるサッカー場に落下する爆弾に、彼の影が引かれていくようだ。やがて全容が目の前にはっきり現われた。斜面にせりだした海底のテラス。黒いヘビのような吸引チューブが闇にそそり立つ。その先端の開口部は岩塊に堰き止められ……

蠢くゴカイ。

「フラッドライトに突っこむ前に、トラックハウンドのスイッチを切れ。あとは泳いでいくぞ」

フロストが言った。

ボアマンはスーツの中にある手の指を動かして、マニピュレータでコンソールを操作しようとした。しかし、今回はスイッチからわずかにそれて、トラックハウンドを止められない。速度を落としていたフロストを追い越した。

「おい、ゲエールラアード！　どこへ行くんだ？」

再挑戦するが、マニピュレータがまた滑った。ようやく三度目で潜水ロボットを止めることができた。ボアマンはフィンを蹴り、体を水平に保つ。フラッドライトの足場は、本当に目と鼻の先だった。ライトが果てしなく全方向に並んでいる。すぐに上下の感覚が戻ってきて、海底斜面が足もとに広がった。

規則的にフィンを蹴り、身動きのとれない吸引チューブまで泳ぎつくと、その横に体を沈めた。フラッドライトは頭上十五メートル付近に浮かんでいる。すぐにゴカイがフィンを這い上がりはじめたが、我慢して無視するしかない。ゴカイは潜水スーツの素材に歯がたたない。単に気味の悪い姿をしているだけで、人間に危害を及ぼすことはないだろう。

だが、決して存在してはならないゴカイについて、何を知っているというのだ。

ボアマンは、すぐ脇の海底に沈むトラックハウンドを張りだした岩の上に停めて、チューブを見上げた。人の背丈ほどの黒い溶岩が重なり合って、モーターのプロペラを堰き止めている。それはなんとかなるだろう。心配なのは、チューブの口を岩壁に押しつけている高さ四メートルほどの巨岩だ。水中では浮力もあり、溶岩石は孔が多く軽いとしても、二人だけで動かせるだろうか。

フロストが合流した。

「気持ち悪いな。見わたすかぎり、魔王のガキどもだらけだ」

「誰だって?」

「ゴカイだよ！　受難だな、まったく。さて、まず小さな岩から片づけて、進み具合を見てみよう——ファン・マールテン？」

「聞こえますよ」

音質の変わったファン・マールテンの声が響いた。無線がヘーレマともつながっていることを、ボアマンはすっかり忘れていた。

「まず、そこらを片づけて、プロペラを解放する。もしかすると、それだけで吸引チューブは自力で抜けだせるかもしれない」

「了解——ドクター・ボアマン、気分はどうです？」

「最高だ」

「二人とも気をつけてください」

フロストは手近なところにある丸い岩を指した。プロペラの羽根のジョイント部にのしかかっている。

「それから始めよう」

二人は仕事に取りかかった。しばらく岩を押したり引いたりしていると、岩は横にずれてプロペラが解放された。その際、岩が何百匹というゴカイをすり潰した。

「やったぞ！」

フロストが満足そうに叫んだ。

続いて二つの岩を同じ要領で動かした。岩はもっと大きかったが、なんとか横にずらせた。

「水中では、われわれはこんなに力持ちだ」

フロストは喜んだ。

「ファン・マールテン、プロペラをすっかり解放した。壊れているようには見えない。一度、まわしてみてくれないか？　フル回転させるな！　まわすだけだ」

数秒後、ぶーんと音が響いてタービンの一つがまわりはじめ、残りも次々とまわりだした。

「いいぞ！　今度はフル回転させてくれ」

二人は吸引チューブから安全な位置まで後退し、プロペラの回転を見守った。

チューブがわずかに動いた。しかし、それだけだった。

「だめだ」

コントロール室のファン・マールテンが言った。

フロストは不機嫌そうな顔で覗きこんでいる。

「そのようだな。もう一度、今度は別の方向に向けてみてくれ」

それもうまくいかなかった。それどころかプロペラが泥を巻き上げて水が濁った。

ボアマンは自由に曲げ伸ばしできる潜水スーツの腕を振った。

「ストップ！　止めてくれ！　われわれの視界が悪くなるだけだ」

プロペラが回転をやめた。泥が海中に拡散し、縞模様を作った。チューブの先端はまったく見えない。

フロストは潜水スーツの脇についた平らな箱を開けて、鉛筆ほどの大きさの物体を二つ取りだした。

「やはり問題は、あの巨大な岩だ。ゲエールラアード、あんたは気に入らないだろうが、あれをどけなければならない」

ボアマンの視線がゴカイの上をさまよった。浚渫が終わった海底をまた占拠している。

彼は言った。

「リスクが大きすぎる」

「少量の爆薬を使う。岩が海底に突き刺さった部分に仕掛けて、足もとをすくってやろう」

ボアマンはフィンを蹴って一メートル上昇し、問題の岩に向かった。ヘッドライトを点灯し、舞い上がった泥の中を海底まで沈んだ。慎重に膝をつくと、岩の刺さったあたりまでヘルメットを近づけた。マニピュレータでゴカイを脇に掃いてどける。数匹が強大な口吻をむきだして、人工の手に噛みついた。彼は腕を振ってゴカイを落とし、堆積物を調べた。血管のような汚れた筋が見える。マニピュレータで筋をなぞると、まわりが崩れ、細かい気泡が彼に向かって立ち昇った。

「だめだ。その作戦はよくない」

「ほかに方法はあるのか？」

「岩の、下三分の一ほどのところに、切れ目か隙間がないか探そう。そこにもっと多くの爆薬をつめて爆破させ、二つに切り裂く。運がよければ上の部分が吹き飛び、あとは苦労なく土台を動かせる」

「わかった」

フロストが濁った水の中をやって来た。二人は少し上昇した。視界はましになり、岩の表面をくまなく調べた。やがてフロストが深い切れ目を発見し、灰色をした捏ねたガムのようなものを押しこみ、鉛筆大の爆薬を突き刺した。

「これで、どんぱちには充分だろう。さあ、安全なところまで離れよう」

二人はトラックハウンドのスイッチを入れ、明るく照らされた区域の端まで行った。数メートル先で、テラスは暗闇に消えている。そのあたりを漂う泥の粒子はまばらで、光があたって乱反射するほどではない。それでも、光は深海に急激な変化を与えていた。光の波長の順に海の色が変わっている。二メートルから三メートル先が赤色、その向こうがオレンジ色、次が黄色。十メートルより先は緑色と青色だけになり、やがてそれも分散して闇に呑みこまれてしまう。その向こうの世界は存在をやめていた。

ボアマンは光に照らされた安全地帯から、その暗闇に行くのは気が進まなかった。フロストがそこまで後退しないことがわかると、彼は安心した。青色が墨のような闇に紛れるところに、岩壁にできた影のような隙間を見つけた。奥に穴が開いているのだろう。大昔、火山が噴火すると、灼熱した岩が斜面を転がり、どろどろとした溶岩がゆっくりと冷めて異様な形に固まった。この海底で人生を過ごさなければならないと想像すると、背筋がぞっとした。

フラッドライトを見上げた。ライトの白い光のまわりに、青いオーラが輝いていた。

「いいだろう。じゃあ片づけるとするか」

フロストは言って、点火した。

岩の真ん中から、石屑や泥の混じった巨大な気泡が噴きだした。ボアマンのヘルメットの中に衝撃音が轟いた。黒っぽい輪が広がると、いくつもの気泡が続き、岩の破片が四方に飛び散った。

彼は息を止めた。

岩の上半分がゆっくりと傾きはじめた。

「やったぞ！　神様ありがとう！」

フロストが雄叫びを上げる。

岩は自重で傾きを増した。やがて下半分を残して、チューブの脇に転落した。新たに大量の泥が巻き上げられる。フロストは重い潜水スーツを着た体でジャンプし、両腕を振りまわした。まるで、アメリカのために月面で飛び跳ねたアームストロング船長のようだ。

「ハレルヤ！　ファン・マールテン！　岩を粉々（こなごな）にしてやった。さあ、吸引チューブを動かしてみてくれ」

ボアマンは今の爆発が地滑りの引き金にならないようにと、心の底から祈った。巻き上がる泥の中からモーター音が聞こえてきた。突然、吸引チューブが動きだす。チューブが縮み、泥の中から先端の開口部が巨大なゴカイの頭のように現われ、ゆっくりと上昇した。口は初め二人のほうに向き、やがて反対方向に回転した。まるで、あたりを偵察するかのようだ。その正体を知らなければ、半分食べられてしまった気分になるだろう。

「成功だ！」

フロストが叫んだ。

「偉大な人たちだ」

ファン・マールテンが乾いた口から声を出した。

「そんな大それたことじゃない。さあ、ゲエールラアードと私が吸いこまれる前に、吸引チューブを止めてくれ。現場を確認してくる。それが済んだら、そっちに戻る」

吸引チューブは少し上昇し、丸い口を下に向けて止まった。光の中に開口部がぶら下がっている。フロストが泳ぎだし、ボアマンが続いた。彼はフラッドライトの足場に目をやり、ふたたび前方を向いた。はっきり何とは言えないが、気になるものがあったのだ。

「かなり濁っているな。ゲエールラアード、よく調べてくれ。あんたのほうが専門家だから」

ボアマンはトラックハウンドのライトをつけた。しかし少し考えて、また消した。

何だろう？　気のせいなのか？

視線をふたたびフラッドライトの足場に向けた。今度は上までずっと見上げる。光が前より強くなった気がするが、ありえないことだ。ずっと最高の光度を保っているのだから。

それは光のせいではない。あの青いオーラだ。オーラの輝きが増していく。

「あれが見えるか？」

ボアマンは腕をあげて足場を指した。フロストの視線がそれを追う。

「私には何も……いや、何か変だ」

「光だ。青く光っている」

「なんてことだ。そうだ、光が広がっていく」

大きな濃青色の暈（かさ）がフラッドライトの足場にかかっていた。水中で距離を推測するのは難しい。光の屈折率の関係で、実際よりも四分の一近づいて、三分の一大きく見えてしまうからだ。しかし青い光の光源は、明らかに足場よりもかなり後ろにある。ボアマンはハロゲンランプの光に目がくらんだ。それでも、青い光の中に閃光を見た。突然、青い光が濃さを失い、やがて消えた。

「嫌な気がする。もう戻ったほうがいい」

彼は言った。

フロストは答えず、フラッドライトをじっと見つめていた。

「聞いているのか？　早く……」

「そう急ぐな。お客さんが来たようだ」

フロストがゆっくりと言って、足場の上端を指した。二つの細長い影がよぎる。青い腹がライトを浴びて輝いた。次の瞬間、影は消えた。

「あれは何だ？」

「心配ない。PODのスイッチを入れるんだ」

ボアマンは潜水スーツの腰にあるスイッチを押した。

「あんたを不安にさせたくなかったんだ。これを何のために使うか説明したら、あんたは神経質になって、常にそわそわとあたりを探り……」

フロストの言葉が途切れた。足場の中央に、魚雷型の魚が二匹現われた。ボアマンは異様な形の頭を見た。信じられない速さで、顎を大きく開いてまっすぐ二人に向かってくる。彼は氷のような恐怖に心臓をわしづかみにされた。飛び上がって後ろに倒れ、腕でヘルメットを抱えこむ。そのような行動をしても無意味だが、彼の教養ある、現代科学を信じる心が原始の本能に屈した瞬間だった。本能のなすまま、彼は悲鳴を上げた。

「やつらは手を出せない」

フロストが力強い声で言った。

サメはフロストのすぐ前まで来て引き返していった。ボアマンは空気を求めて喘(あえ)ぎ、パニックを沈めようと戦った。フロストがすばやくフィンを蹴り、彼の脇に泳いできた。

「PODはテスト済みだ。機能する」

「いったいPODとは何だ？」

「シャークポッド(POD)はサメから身を守る装置だ。電磁波を出して、まわりに電界バリアを張る。サメは五メートル以内には近づけない」

　ボアマンは喘ぎ、必死でショックを抑えつけた。サメは大きく弧を描くと、フラッドライトの向こうに消えてしまった。

「サメは五メートルよりも近くに来た」

　彼は言った。

「最初だけだ。やつらは学習したから、次は近寄らない。サメには非常に繊細な感覚器官がある。電界はその感覚器官を刺激して神経系を阻害する。すると耐え難いほどの筋肉の痙攣を引き起こす。われわれがホオジロザメとイタチザメを餌でおびき寄せ、シャークポッドを作動させたところ、サメは電界の中には入ってこられなかった」

「ドクター・ボアマン、スタンリー？　二人とも大丈夫ですか？」

　ファン・マールテンの声が聞こえてきた。

「すべて順調だ」

　フロストが答えた。

「PODをつけてもつけなくても、もう戻ってきてください」

　ボアマンの目が不安そうにフラッドライトをさまよった。フロストが話してくれたことは大部分を知っていた。サメは頭の前面にロレンチーニ器官と呼ばれる小さな穴を持つ。

そこで、ほかの生物の筋肉の動きが生みだす、微弱な電子インパルスをも感知する。しかし、感覚器官を刺激することでサメが忌避する装置があるとは知らなかった。

「あれはシュモクザメだった」

ボアマンは言った。

「でかかったな。どちらも四メートルはあった」

「くそ！」

フロストは甲高い声で笑った。

「シュモクザメには特に効果がある。あの四角い頭を見ただろう。あいつらには、ほかの種よりも多くのロレンチーニ器官があるから」

「これからどうする？」

動きがあった。足場の背後の闇から二匹が姿を現わした。ボアマンは身動きせずに、サメが攻撃に移る様子を見守った。普通、サメは臭いをたどるときに頭を振るが、二匹はそのような行動はせず、まっすぐ向かってきた。ところが壁に突きあたったかのように、急に止まった。口をゆがめ、混乱した様子で反対方向に遠ざかる。しかしすぐに戻ってきて、二人を不安にさせた。適当な距離をとって旋回を始めた。

事実、シャークポッドは効果があった。

フロストの目測どおり、二匹ともたっぷり四メートルはある。体は典型的なサメの形だ。一方、名前の由来となった頭は独特の形をしている。両脇が扁平な翼のように長く伸び、先端に目と鼻孔がある。平らな撞木（しゅもく）の形をした頭の前面はなめらかで、斧の刃のようにまっすぐだ。

ボアマンは次第に落ち着きを取り戻した。愚かにも、冷静さを欠く行動をとってしまった。サメは、このチタン製のエクソスーツには歯がたたないだろう。

それでも逃げだしたかった。

「上昇するのに何分かかるだろうか？」

彼は訊いた。

「トラックハウンドならすぐだ。潜降するのと同じくらいだ。足場の上まで泳いでいき、プログラムを作動させる」

「了解」

「いいか、絶対その前に作動させるな。そんなことをしたら、もう一度、足場に突っこむことになるぞ！」

「わかった」

「気分はどうだ？」

「最高だ！　バリアはどのくらいの時間、有効なんだ？」

「バッテリーは約四時間もつ」

フロストは右腕のマニピュレータでトラックハウンドのコンソールをつかみ、規則的にフィンを蹴って上昇していった。ボアマンがあとに続く。

「やあきみたち、悪いがこれでお別れだ」

フロストが言った。

サメの追撃が始まった。しかし接近を試みては体を痙攣させ、口を引きつらせた。フロストは笑い、さらにフィンを蹴ってフラッドライトをめざした。まばゆいライトを浴びて、彼の姿は青い小さなシルエットになった。輪郭（りんかく）が輝いている。白と青、深海の色。

ボアマンは先ほど遠くに見えた、青い靄の暈（かさ）を思い出した。

そうだった！

先ほどは、あまりのショックで忘れていたが、青い靄はサメが出現する直前に現われたのだ。同じ現象が、クジラの異常行動の原因だった。おそらく、一連の異変やカタストロフィの原因なのだ。そうだとすると、あのサメは普通のサメではない。

そもそも、なぜサメがここに現われたのだろう？　サメの聴覚は素晴らしい。爆発音におびき寄せられたのだろう。だが、なぜ襲撃するのだ？　二人とも特別な匂いは発散していないし、サメの典型的な獲物の形とはほど遠い。深海でサメが人間を襲うことなど、ほとんど起こりえないのだ。

二人は足場の上端に近づいていた。

「あの二匹はどこか変だ」

ボアマンはフロストに呼びかけた。

「何もできないさ」

「それでも」

一匹が幅の広い平らな頭を翻して、少し先に泳いでいった。

「あんたの心配は間違いじゃなさそうだな。私が気になるのは、この深さだ。大型のサメは、水深八十メートルより深いところには決していない。あいつら、ここで何を……」

フロストが言いかけたそのとき、一匹がこちらを向いた。一瞬、静止すると、頭を軽く持ち上げて背中を丸めた。典型的な威嚇のポーズだ。それから何度も激しく尾びれを振ると、猛スピードでフロストに向かってきた。とっさのことで、彼はまったく回避行動をとれない。サメは急停止して棒立ちになった。それから電界の中に泳ぎ入ると、フロストの脇腹に激突した。

彼は四肢を大きく開き、腋の下を軸にしてコマのように一回転した。コンソールがマニピュレータから滑り落ちた。

「おい！　なんてことだ……」

足場の上方に、三四目が闇から現われた。ぞっとするような優雅さで、ライトの上端をかすめて泳いだ。そそり立つ黒い尾びれ、扁平な撞木の形の頭。

「スタンリー！」

ボアマンが叫んだ。

三四目は巨大だった。先の二匹よりずっと大きい。顎を開くと歯ぐきが現われ、口が横に広がった。その口でフロストの右上腕に嚙みつき、振りまわしはじめた。

「くそ！　とんでもないサメだ！　悪魔の使いめ！　やめろ！」

フロストが金切り声で叫んだ。

サメは尾びれを動かして体を安定させ、巨大な四角い頭を激しく振った。六メートルか七メートルはある。彼は木の葉のように揺れ、腕は肩までサメの口の中に消えていた。

「あっちに行け！」

「スタンリー、えらをたたけ。目を殴るんだ」

ファン・マールテンの声が響いた。

そうだ、ヘーレマではわれわれを監視している。この光景はすべて見えるのだ！

ボアマンはこのような状況をしばしば想像したことがあった。巨大サメに遭遇して襲われたら、あるいは、いっしょにいる誰かが襲われたらどうなるか。想像は現実とは違う。彼はとりわけ勇敢でも臆病でもない。彼を冒険家だとみなす者もいるが、彼自身は、危険は顧みないが無理はしない、度胸のすわった男だと考えていた。しかし今、凶暴なサメを前にしては、過去にどのような評価を受けようと関係ない。

ボアマンは逃げなかった。サメに向かって泳いでいった。

小さいほうの一匹が横から近づいてきた。サメの目がぴくりと動き、顎が麻痺(まひ)して膨らんだ。明らかに電界に入るのは困難らしい。それでも速度を上げて襲いかかってきた。

それは、突進してくる車と衝突するようなものだった。

彼は横に投げ飛ばされた。フラッドライトの方向に漂いながら、何が起きても、コンソールだけは絶対に手放さないと決めた。トラックハウンドは帰りの切符だ。それがなければ、酸素が尽きるまで闇の中をうろつきまわる羽目になる。

それまで生きていればの話だが。

突然、水圧に襲われ体が沈んだ。巨大なサメの尾びれになぎ倒される。必死で体勢を立て直そうとしていると、二匹のサメが近づいてきた。顎が開いたり閉じたりしている。直接フラッドライトに照らされて、サメの本当の色が見てとれた。真っ白な腹の上の背はブロンズ色に輝いている。歯肉や口の奥は鮭の切り身のように、オレンジ色がかったピンクだ。上顎には三角形をした特徴的な歯が、下顎には先端の尖(とが)った歯が見える。五列に並んだ鋼鉄のように強靭(きょうじん)な歯は、顎のあいだに入ったものなら何でも粉々(こなごな)に嚙み砕く準備ができている。

「ゲエーールラアアード！」

フロストが叫んだ。

ハロゲンライトを背にして、彼は反対の手でシュモクザメの巨大な頭をたたいていた。そのときサメが頭をひと振りし、エクソスーツの頑丈な腕を肩の継ぎ目で嚙み切ると、脇に放り投げた。酸素が大きな泡となり、引き裂かれた開口部から渦を巻いて噴きだした。サメは顎を開き、フロストのむきだしになった腕に食らいつき肩から引きちぎった。

血が酸素の泡と混じり合い、暗赤色の雲が広がった。サメが鞭のように体を動かすたびに、信じられないほど大量の血がほとばしる。フロストの金切り声には、もう言葉は聞きとれない。海水が潜水スーツに流れこむと、ごろごろと喉が鳴る音が聞こえ悲鳴が止まった。二匹のサメはボアマンへの興味を急速に失った。サメを操っているのが何であれ、捕食という本能を一時的にでも抑えることはできないのだ。二匹は泡立つ渦に突進した。息絶えたフロストに食いつき、エクソスーツを嚙み切ろうと振りまわした。

ファン・マールテンの叫びが無線の雑音に混ざり合った。

ボアマンはショックで体が動かない。それでも理性の一部が明晰に働き、サメの本能に期待するなと告げた。サメは操られている。一時的に捕食本能が目覚めただけだ。サメの脳に侵入したものの唯一の目的は、深海にいる人間を殺すことなのだ。

あの岩壁の隙間に戻らなければならない。

左腕のマニピュレータでコンソールのスイッチを押した。ここで間違ったスイッチを押せば、トラックハウンドのプログラムが彼をヘーレマに連れていくことになる。シャークポッドの電界が何の役にも立たない以上、上昇すれば死は避けられない。彼は正しいスイッチを押した。プロペラがまわりはじめた。ハンドルを操作して、フラッドライトの足場をあとに岩壁に向かう。加速するのがわかった。しかし、潜降するときのトラックハウンドの機敏な動きとは違い、今は耐え難いほど緩慢な動きに感じられた。

彼はフィンを蹴り、光の中から青い世界に滑りだした。海底に沿って進む。この状況でできることは少ないが、ダイバーの原則は岩陰で身を守ることだ。彼は黒い溶岩の壁に向かった。振り返ってフラッドライトを見上げる。血の雲が広がり、泡立つ渦の中に尾びれや背びれが垣間見えた。フロストの潜水スーツの一部が沈んでいく。思わずぞっとしたが、彼が驚愕したのは殺戮の光景ではない。殺戮に加わっているのは二匹だけだ。

巨大なサメの姿がなかったのだ。

彼は痺れるような恐怖に襲われた。プロペラを止めて周囲を見まわす。

巨大サメは舞い上がった泥の中から姿を現わした。口を大きく開き、息もつかせぬ速さで近づいてくる。今度こそボアマンは理性を失った。トラックハウンドのスイッチを入れる間もなく、サメの扁平なハンマー形の頭が激突した。衝突の弾みで彼の体は岩壁にたたきつけられ、どしんと岩に墜落した。サメはそのまま泳ぎ続け急旋回すると、スポーツカー並みの速さで戻ってきた。目の前に、縁に歯が整列した奈落が口を開けた。彼の体の左半分、肩から腰までが大きく開いたサメの口に消えた。

これでおしまいだ。

サメは彼をくわえたまま岩陰から滑りでると、彼を引きずりまわした。ヘルメットの中に轟音が響く。エクソスーツのチタン製の外殻に、サメの歯が軋む音がはっきりと聞こえた。サメが頭を振るたびに、ヘルメットがまわりの岩に激突し岩肌をこすった。世界がまわっている。チタニウム合金はサメの歯にしばらくは持ちこたえるだろうが、彼の頭はヘルメットの内側に激しくぶつかり、聴覚も視覚も失った。もうどうにもならない。運命は決まった。粉々に噛み砕かれてしまうのだ。彼の命は風前の灯火だった。

しかし、無力感から怒りが生まれた。

まだ息はしている。

まだ戦える！

頭上にハンマー形の輪郭が見えた。頭の幅は体長の四分の一以上もあり、左右に大きく広がっていた。彼から見えるのは縁だけで、目も鼻孔も見えない。彼はコンソールで頭をたたきはじめるが、効果があるようには思えない。サメはそのまま泳ぎ続け、フラッドライトに照らされた部分の端にやって来た。先ほど二人で岩の爆破を見守ったあたりだ。暗い海中に連れていかれたら、サメの姿を見ることすらできないだろう。

この光から出てはならない。

彼の怒りが限界を越えた。サメの口の中にある左腕を持ち上げて口蓋を打ちつける。サメが彼の体の半分に嚙みついたのは、本当に幸運だった。腕や脚だけを嚙まれていたら、とっくにフロストと同じ運命をたどっていただろう。潜水スーツの胴体部分には関節のような弱点がない。たとえ巨大なサメであっても、簡単には嚙み切れない。どうやらサメもそれに気づいたようだ。頭をさらに激しく振りまわす。彼は意識を失う寸前だ。肋骨が何本か折れているかもしれないが、サメに振りまわされるたびに、怒りが激しく増した。右腕を曲げて力をためると、ハンマー形の頭の端をめがけて、コンソールを何度も打ちつけた。

突然、体が自由になった。

サメが彼を吐きだしたのだ。きっと目か鼻孔か、繊細な部分を殴打されたのだろう。サメの体が頭上に向かうと、ボアマンは岩にたたきつけられた。一瞬、サメは逃げていくように見えた。彼は、その隙に何をすべきか必死に考えた。ヘーレマに戻るという夢は抱かなかった。サメは一時的に姿を消しただけで、彼に残された時間は数秒だ。急いでトラックハウンドを引き寄せると、細い胴体を両腕に抱えた。

これだけは絶対になくせない。

サメは暗がりに消えたが、すぐに青いシルエットが戻ってきた。

彼はあわてて岩壁を見た。

そこに隙間がある！

少し先で、サメの巨体が深海に沈んでいった。彼は岩壁に沿って隙間に体を押しつけた。フラッドライトの足場では、二匹のサメが今もフロストの残骸と格闘している。二匹はそのまま沈んでいき、明るく照らされた部分から消えた。二匹がフロストをずたずたに引き裂き、いつ、こちらに向かって来るだろうか。彼はそれ以上は考えられなかった。そのとき薄明かりの中を、巨大サメが信じ難い急角度でUターンしてきた。

彼は隙間に体を押しこんだ。

隙間は狭かった。背中のエアタンクが邪魔をして奥には入れない。腕をひねって体に押しつけ、体を隙間の奥深くに押しこんだ。その瞬間サメが突っこんできた。

頭の軟骨が岩の縁にぶつかり、サメは跳ね返った。頭の幅が広すぎて、隙間には入って来られない。サメは小さな円を描いて泳いだ。まるで自分の尾びれを追い駆けているようだ。ふたたび頭から壁に激突する。

隙間の入口の溶岩が崩れて破片が巻き上がり、ボアマンの視界がかすんだ。彼は腕をきつく体に押しつけた。この隙間がどこまで続くのかまるでわからない。サメは怒り狂って岩に激突した。岩の破片や泥が舞い上がり彼を包みこんだ。隙間に差しこんでいたフラッドライトの青い光がほとんど消えてしまった。

「ドクター・ボアマン？」

ファン・マールテンの声がかすかに聞こえた。

「ボアマン、お願いだ、答えてください！」

「聞こえる」

ファン・マールテンが大きな音を吐きだした。安堵のため息かもしれない。サメの立てる轟音の中では、何の音なのかほとんど区別がつかなかった。水中の騒音は地上の音とはまるで違う。あらゆる音が重なり合って、ごろごろと低くこもった轟音になる。ボアマンの体は震えていた。不意に攻撃がやんだ。彼は黒く濁った水の中で必死に隙間にへばりついた。何も見えず、フラッドライトのある方向をかろうじて推測できるだけだ。

「岩の隙間に体を押しこんでいる」

「ロボット潜水機を降ろし、二名を救援に向かわせます。あと二つスーツがあるから」

「シャークポッドは役に立たないんだぞ」

「わかってます。フロストがどうなったか見たから……それでも救援に向かいます。捕鯨砲を装備して……」

「砲弾か？　なんとご大層な！」

ボアマンが鋭い声を出した。

「フロストはそんなものは必要ないと言い張って」

「あたりまえだ」

「PODは問題なく……」

何かがボアマンにぶつかり、猛烈な勢いで隙間の奥に押しこまれた。彼は悲鳴を上げるのも忘れるほど驚愕した。濁った水の中に、隙間に沿うように横になったサメの頭が見えた。体を横に倒して押し入ってきたのだ。

なんと賢いやつだ。彼は心臓が喉から飛びだす思いだった。だが、そっちには不利だぞ。

彼はトラックハウンドを離さないように注意して、サメの頭を殴った。殴るたびに、顎が開いたり閉じたりするのがうっすらと見えた。サメは後ろ向きに泳ぐことはできない。四角い頭が上下するが、顎は彼には届かない。上になったほうの目玉がぐるぐるまわっている。彼はコンソールをつかんだ腕をあげると、目玉に向けて振り下ろした。

ハンマー形の頭がぴくりと動いた。

サメは自力では隙間から抜けでられない。彼はトラックハウンドを全力でサメの頭に押しつけた。普通のサメなら、ここまで深く入りこめないにちがいない。ゼラチン質はサメの脳のどこまでを支配したのだろうか。サメの動きを操作してはいるが、後ろ向きに泳がせることはできないのだろうか。

いや、可能だ。事実、サメは隙間から泳ぎ去っていった。

今のは三匹のうち巨大なサメのほうだった。

ボアマンは待った。

ふたたび何かが濁った水中に現われた。今度のサメは体を水平にしたままで突入してくる。小さいほうのサメの一匹だ。サメの頭がヘルメットの湾曲したガラスにぶつかった。顎を開き、整列した歯をプレキシガラスに立てる。サメの体が隙間をぴたりと塞ぎ、彼の視界はほとんど奪われた。だが、目の前に見えるものだけで充分だ。さらに隙間の奥に体を押しこむ。そのとき、壁の両側がなくなった。彼はそのまま後ろ向きに倒れこんだ。

そこはまったくの闇の世界だった。

左腕のマニピュレータでコンソールのスイッチを探る。トラックハウンドのライトのスイッチは、プログラムスイッチのすぐ上にある。先ほどまではわかっていたのに……

あった！

ライトがきらめいた。光をあてて様子を探ると、隙間は大きな空間につながっていたことがわかった。ライトの光芒が隙間を照らした。サメの頭がのぞいている。頭は左右に動くが、それ以上は入ってこられないようだ。

どうしたのだろう？

体が隙間に挟まってしまったのだ。

彼は腕をあげると、狂ったようにサメの頭を殴った。少なくとも体の半分は隙間からこちらに出ている。しかし、サメが血を流すほど殴るのは賢明なことではないと気がついた。そこで、全体重をかけてサメの頭を押した。水中ではたいした労力は必要ない。いったんサメから離れては、また頭に向かって体を押しつける。繰り返し胸や肩や腕を使って押すと、サメはゆっくり後退していく。トラックハウンドのライトが揺れ、ピンク色の口の中を照らした。えらが脈打つように動くのが見えた。

お前がどうやって外に出るか、それは私の知ったことではない。だが、お前は出ていってくれ！　ここは私の洞穴だ。さあ、出ていけ！

「出てけ！」

「ドクター・ボアマン？」

サメは後退し、やがて姿が消えた。

ボアマンの体が沈んでいった。両腕が痙攣（けいれん）している。どのように気持ちを静めればいいのかもわからないほど、彼は興奮していた。いきなり表現しようのない疲労感に襲われ、洞穴の底に膝をついた。

「ドクター・ボアマン？」

「これ以上、私は無理だ。なんとかして、ここから出してくれ」

ボアマンは言って、咳きこんだ。

「ロボット潜水機と救援要員をすぐに送ります」

「潜水機は何に使うんだ？」

「サメの嫌がるものをすべて持っていくんです」

「あれはサメじゃない。サメの形をしているだけだ。やつらは潜水機が何か知っている。われわれがここで何をしているか、理解しているんだ」

「サメが？」

フロストは、ファン・マールテンにすべてを打ち明けてはいなかったようだ。

「そうだ、サメがだ。クジラがクジラではなくなったように、やつらはもうサメじゃない。何かに操られているんだ。救援要員は気をつけてくれ」

ボアマンは激しく咳きこんだ。

「この穴からは外の様子はまったく見えない。外はどうなっているんだ？」

一瞬、ファン・マールテンが沈黙した。

「なんということだ」

「どうした！　教えてくれ」

「すごい数のサメだ。一ダース、いや何百匹も！　フラッドライトを破壊している。何もかも粉々だ」

当然のことだ。やつらにとっては、それが重要なのだ。ゴカイの浚渫を阻止する。それだけが重要なのだ。

「それなら忘れてくれ」

「何を？」

「救援のことだ」

ヘルメットの中に激しく雑音が響き、彼は答えを二度繰り返さなければならなかった。

「でも、もう準備はできてます」

「深海で待ち受けているものは知性を持った生物だ。サメは知性を持っている。頭に知性体が入りこんでいるんだ。ダイバー二人と潜水艇では太刀打ちできない。違う方法を考えてくれ。あと二日分たらずだが、酸素は残っている」

ファン・マールテンは躊躇（ちゅうちょ）した。

「わかりました。状況を見守ります。二、三時間もすれば、サメはいなくなるかもしれない。当面、その穴の中で大丈夫ですか？」

「さあね。普通のサメなら平気だが、やつらがどんな攻撃に出るかは、まったく未知数だ」

「必ず助けだします。酸素がなくなる前に」

「そう願いたい」

ふたたび隙間に光が差しはじめた。海流が海水の濁りを押し流していったのだ。ファン・マールテンの言葉どおりだとすれば、フラッドライトの光はいつか消えるだろう。

そのあとは、真っ暗な深海に一人残される。何百匹ものサメに立ち向かえる誰かが来てくれるまで。

未知の知性体のしわざでなければ、繊細な感覚器官を持つサメが電界に入るはずがない。普通のシュモクザメが、エクソスーツを着た男二人を襲うはずがない。たとえ襲っても、すぐに興味を失っただろう。シュモクザメは潜在的に危険な存在だと見なされているが、それほど好奇心は持たず、不審なものは避ける習性があるのだ。

普通なら、岩の隙間に入りこんだりしない。

ボアマンはうずくまった。酸素はあと四十時間と少し。PODは機能しない。救援要員が来て、殺戮の光景がふたたび出現するのだけは願い下げだ。もちろん、助けが来ればの話だが。

闇の中の殺戮。

彼はバッテリーを節約しようと、トラックハウンドのライトを消した。一瞬で、墨を流したような闇に包まれる。隙間からかすかな光が漏れるだけだ。

その光も見る見るうちに弱くなっていった。

グリーンランド海　インディペンデンス

ヨハンソンは落ち着かなかった。

彼はウェルデッキから戻ったところだ。デッキでは、リーの連れてきた兵士たちがルービンの監督のもと、ゼラチン質の塊をシミュレーションタンクに移送する準備をしている。実験室のタンクは空（から）にし、殺菌消毒が終わっている。タンクに収容されていた、フィエステリアに感染したカニは液体窒素の中に移された。すべての作業は最高の安全措置を講じた上で行なわれた。彼とオリヴィエラは、ゼラチン質をタンクに入れたらすぐに段階テストをしようと決めていた。クロウとシャンカーが第二のスクラッチ信号を解読するあいだに、テスト結果を出す予定だ。

リーは先ほど短いスピーチを行なった。

「ショックは今も消えません。わたしたちは心に深い傷を負いました。彼らはわたしたちの士気をくじき、破滅させようとしている。しかし、絶対に屈してはならない。皆さんは、この艦が安全なのかと疑問を持たれることでしょう。お答えします。艦は安全です！　敵にこれ以上の侵入の機会を与えないかぎり、インディペンデンスの艦内で心配することは何もない。それでも、迅速な行動が必要です。彼らとの対話の道を模索し続けなければならない。今、まさにそのときが来ました。人類に対するテロ行為をやめるよう、彼らを説得しなければならないのです！」

いる。太陽はふたたび空高く昇り、海はいつもの海に戻っていた。青い光も閃光もない。悪夢に変わる幻想的な光の光景もなかった。

パーティーの際、彼は赤ワインを持って現われたリーに、前夜の行動をしつこく尋ねられた。彼女が来る前に、彼が考えていたことが二つある。一つは、彼女は前夜の事件の真相を知っているということ。二つ目は、彼がどこまで覚えているのか、真実を語っているのか、彼女にはわからない。そのため彼女は不安を感じているということ。

自分は騙されていた。転んだのではなかったのだ。

秘密の扉に入るルービンを目撃した話を自分が語ったと、オリヴィエラが教えてくれなかったら、その話を思い出すことはなかっただろう。アンジェリ医師やほかの者たちから聞いた説明を鵜呑みにし、満足していただろう。ところが、オリヴィエラから教えられたために、頭の中で何かが動き、脳がまたプログラミングを始めたのだ。謎めいたイメージが浮かんでは消えた。単調な波を見つめていると、彼の視線は記憶の奥に向かっていった――オリヴィエラと金属の箱に座りワインを飲んでいる。ルービンが扉を抜けて格納デッキの壁に消える。二人は扉から少し離れたところにいる。扉……別のイメージが浮かんだ。彼は扉のすぐ前に立っている――それは、秘密の通路があるという充分な証拠だ。

そのあと何が起きたのか？

二人で実験室に戻った。そのあと一人でまた格納デッキに行った。何の目的で？　その扉に関係することなのか？

それとも、すべて妄想だろうか？

彼がさらに考えこんでいると、運命が味方してくれた。ウィーヴァーを彼のもとに送ってくれたのだ。彼女の小さなシルエットがデッキを近づいてくるのが見えると、彼は嬉しくなった。このところ彼女と接する機会は少なかった。最初に二人が出会ったときは、彼女は自分の心の内を打ち明けられる存在だった。しかし、彼女はティナ・ルンの代わりではないと、彼はすぐに悟った。二人は理解し合える仲になったが、〈シャトー・ウィスラー〉でもインディペンデンスに乗艦してからも、それ以上の深い関係には発展しなかった。彼は、ルンの身に降りかかったことを、ウィーヴァーを通じて埋め合わせしたかったのかもしれない。そのうちに状況が変わっていった。自分が責任を負う必要はないのではないか。ルンと分かち合った親密な関係は、ウィーヴァーとのあいだには築けない。彼はそう考えるようになっていた。今では、ウィーヴァーはアナワクといい関係を築いたようだ。本当のところ、彼女にはアナワクのほうがお似合いだった。

結局、彼女と自分は親密にはなれなかったのだろう。

しかし、親密さと信頼感は別のものだ。ウィーヴァーに信頼を寄せることは大いに意義がある。彼女は冷静な人間だから、この不可解な事件を夢だと決めつけたりしない。話に耳を傾け、信じるか信じないか、明確に判断を下してくれるはずだ。

思い出せること。はっきりしないこと。どの点が疑問か。リーの態度をどう思っているか。彼は簡潔に説明した。

ウィーヴァーはしばらく考えこんでから、彼に尋ねた。

「もう一度、確かめてみたの？」

ヨハンソンは首を振った。

「そんな機会はなかった」

「機会ならたくさんあったはず。確認するのが怖いのよ。もし何もなかったら、どうしようと心配している」

「そうかもしれない」

彼女はうなずいた。

「じゃあ、いっしょに見にいきましょう」

彼女には核心をつかれてしまった。事実、格納デッキが近づいてくると、彼は不安に苛まれた。何も発見できなかったら、どうすればいいのだ？　そして、心配どころか、扉などないと確信し、自分は精神を病んでいるにちがいないとまで考えた。彼は五十六歳で、ハンサムな男だ。理知的で、魅力的で、女性には事欠かないと思われている。

だが明らかに呆けた爺さんだったのだ。

結局、恐れたとおりになった。壁の前を行ったり来たりして探したが、扉の手がかりは何ひとつ発見できなかった。

ウィーヴァーは彼を見つめた。

「これぐらいでいいだろう」

彼はつぶやいた。

「気にしないで。壁はリベット打ちされ、どこにでもパイプが通っていて、溶接されている。ここに秘密の扉がある可能性はいくらでもあるわ。どこに扉があったのか、正確に思い出してみて！」

「私を信じてくれるのか？」

「あなたのことはよくわかってる。頭の変な人じゃないし、アルコール依存症でもないし、ドラッグもやらない。あなたは審美眼を持っている。そういう人には、ほかの人には見えない小さなものも見える。わたしも普通の人よりはものごとが見える人間だと思う。でも、目の前で扉が開いたとしても、気がつかないかもしれない。だって、こんなところに驚くような仕掛けがあるなんて思いもしないから。あなたが見たものが何なのか、わたしにはわからない。でも……わたしはあなたを信じるわ」

ヨハンソンは笑みを浮かべ、衝動的に彼女の頰にキスをした。そして、弾んだ足どりで、実験室に戻っていった。

実験室

ルービンの顔は今も蒼白で、声はオウムのようにしわがれていた。彼はかろうじて生きのびた。グレイウォルフの手で、危うくあの世に送られるところだったのだ。それでも彼は物わかりのいい態度を見せていた。硬い笑みを浮かべた彼の顔は、映画『カッコーの巣の上で』の中で、ジャック・ニコルソンに首を絞められたあとのラチェッド看護師を思わせた。左右を見るときは上体もいっしょに動く。その様子はまわりの人々の同情を得ようといわんばかりだ。さらに、グレイウォルフに対しては悪意を抱いていないと公言した。

「二人はつき合っていたのだろう？　それなら、グレイウォルフにはショックだったにちがいない。もう一度スルースを開けろと言ったのは、何を隠そう、この私だ。だからといって、私に襲いかかるのは許されない行為だ。だが、彼の気持ちはよくわかる」

彼は喉をぜいぜい鳴らしながら言った。

オリヴィエラはヨハンソンと視線を交わしただけで、何も言わなかった。

シミュレーションタンクの中には、ゼラチン質の大きな塊がいくつも漂っていた。ふたたび発光しはじめている。三人が注目しているのは、ゼラチン質そのものよりも青い靄(もや)のほうだ。ウェルデッキから二・五トンのゼラチン質を運びこんだとき、かなりの部分で崩壊が始まっていたからだ。微生物が泳ぎまわるタンク内を、ロボットが移動するのが見えた。ロボットは水分組成を計測する高性能センサーを搭載し、計測結果をコントロールパネルのモニター画面に表示する。ロボットの外側には複数のシリンダーがついており、スイッチ操作でシリンダーを伸ばし、蓋を開閉し、ふたたび元に戻すことができた。スフィアロボットと同じ程度の大きさだが、非常に頑丈で機敏な動きが可能だ。

ヨハンソンは宇宙船の船長のようなポーズでコントロールパネルの前に座り、左右の手にジョイスティックを握っていた。タンク内の現象をよりよく観察するために、タンクと実験室の照明は最低限の明るさに落としてあった。ゼラチン質は次第に回復してきたようだ。輝きを増し、内部から青い光が脈打つように流れだしている。

「そろそろだと思う。形を変えるわ」

オリヴィエラがささやいた。

ヨハンソンはロボットをゼラチン質の一つの塊の下に移動させた。ロボットのシリンダーの蓋を開け、塊が中に入るように動かす。シリンダーがまっすぐ塊に忍び寄り、ゼラチン質が押し分けられた。蓋は自動的に閉まってシリンダーはロボットに戻った。ゼラチン質の反応は鈍かった。青い靄に包まれて少し変形しただけだ。ヨハンソンはしばらく待ち、同じプロセスを別の場所で繰り返した。

ゼラチン質の塊の中でかすかな光が輝いた。塊は大人のイルカほどの大きさがある。ヨハンソンはサンプルの採取を続けながら観察すると、自分の目測が正しいと確信した。イルカの大きさだ。いや、イルカの形をしている。

そのときオリヴィエラが言った。

「信じられない。イルカのようだわ」

ヨハンソンはロボットの操作も忘れ、ほかの塊も次々と形を変える様子に見入った。サメを連想させるものもあれば、ダイオウイカに似たものもある。

「どうして、こんなことができるんだ?」

ルービンがしわがれ声で言った。

「プログラミングされているとしか、説明がつかない」

ヨハンソンが答えた。

「やり方は、どうやって知ったんだ?」

「学習したんだ」

「何だって?」

「形や動きを真似できるとしたら、彼らは変装の達人ね。そうでしょう?」

「私にはわからないな。彼らは本当に真似をしているのだろうか。私には、彼らが何かを……思い出しているように見える」

ヨハンソンが言った。

「思い出してる?」

「人間が思考するとき、脳で何が起きるか知っているだろう。特定のニューロンが光り、ネットワークを作って結びつく。そしてパターンができあがる。人の脳は形を変えられないが、ニューラルネットワークなら可能だ。もし、そこにできたパターンを読むことができるなら、何を考えているのかかなり正確に言いあてられるだろう」

「じゃあ、彼らはイルカのことを考えていると、あなたは思うの?」

「これはイルカには見えないぞ」

ルービンが言った。

「そんなことはない……」

ヨハンソンは驚いた。ルービンの言うとおりだ。形が変わっている。エイの形に変形し、ひれを大きく揺らして上昇している。ひれの先には細い触毛が生えていた。

「あれを見てみろ！」

エイの形が細長く変形し、細かく分かれて四散した。突然、それが何千もの魚の群れに変わった。いっせいに向きを変えて泳ぎ去ると、またひと塊になる。まるでプログラムが進行するように、次々と形を変えていった。次の形に変形するまで一秒もかからない。すべてのゼラチン塊で同じ現象が起きていた。塊同士がぶつかり合い、あの閃光もきらめいていた。ほんの一瞬だが、ヨハンソンは次々と変わる形の中に人間の輪郭を見た気がした。

ゼラチン質も青い靄も、全部が混ざり合った。

「一体となるぞ！」

ルービンがうめいた。ぎらついた目で、自分の前にあるモニター画面を見た。データが次々と変わる。

「水の中に新しい物質が現われた。化合物だ！」

ヨハンソンは集合体の中にロボットを入れ、次々とサンプルを採取した。まるで競争だ。あと何本サンプルを採取できるだろうか。いつロボットを引き上げればいいのか。集合体は本来の力を取り戻したようだ。中心が生まれ、そこに向かってすべてが崩壊していく。三人はかつて小規模な現象を目撃したが、今は大規模に起きようとしている。目や耳といった感覚器官も、心臓も脳もほかの臓器もない単細胞生物が、複雑なプロセスを可能とする一つの集合体に変わっていった。

巨大な形ができあがった。ウェルデッキに侵入した生命体の半分は、海に排出されている。それにもかかわらず、タンクの中にはワゴン車一台分ほどの生命体が入っていた。三人はタンクの楕円形の窓越しに、すべてが一体となり集合体を形成する瞬間をまのあたりにした。ヨハンソンはロボットを集合体の縁辺部に向ける。そこから、青い光の筋が絶え間なく中心に向かって走っていた。シリンダーはあと三本ある。一本を集合体に向けて伸ばした。

その瞬間、集合体が後退した。何十本という触手を伸ばしてロボットを包みこむ。ヨハンソンはロボットのコントロールを失った。集合体はそのままタンクの底に沈んでいく。その際に足のような形が生まれ、しなやかな腕が集まってできたかさを持つ巨大キノコを連想させた。

「まったく！　のんびりしすぎたわね」

オリヴィエラが悪態をついた。

ルービンの指がキイボードの上を激しく動いた。

「かなりのデータが得られた。単細胞は酔っている。やつらはフェロモンを使った！　私が正しかった」

「アナワクが正しかった、でしょう。それからウィーヴァーが」

オリヴィエラが修正した。

「もちろんだ。私は、ただ……」

「誰もが正しい」

「そう言うつもりだった」

「すでに判明している物質なのか？」

ヨハンソンがモニター画面を見すえたまま訊いた。

ルービンは首を振った。

「さあね。既知の物質で構成されているが、配合はサンプルを調べないとわからない」

集合体の上端から太い茎が現われた。茎の先端には細かい触手が生い茂っている。茎がロボットに向かって曲がり、触手がロボット本体やシリンダーに触れる。

それは、よく考え抜かれた組織的な調査のようだった。

「シリンダーを開けるつもりかしら」

オリヴィエラが身を乗りだした。

「簡単には開けられない」

ヨハンソンはロボットをふたたび制御できないか試した。ロボットを包みこむ触手が敏感に反応し、さらにきつく包みこんだ。彼はため息をついた。

「ロボットが大好きなようだ。まあいいだろう。待ってみよう」

茎の触手は調査を続けている。

「やつらはロボットが見えているのか？」

ルービンが尋ねた。オリヴィエラは首を振った。

「どうやって？　変形はできるけれど、たぶん目は作れない」

「そんなものは必要ないのだろう。目がなくても環境を把握できるのだ」

ヨハンソンが言った。

「子どもが同じようなことをするが、子どもには情報を溜める脳がある。こいつらは把握したものを、どうやって理解するんだ？」

ルービンが訝しげな目で彼を見て言った。

そのとき、ロボットが解放された。茎の触手も、ロボットを包んでいた触手も集合体の中に融合して消えた。集合体は、タンクの底をすべて覆うほどの薄く大きな平面になった。

「床になって隠れたつもりね」

オリヴィエラが冗談を言った。

「じゃあまた（アリヴェデルチ）！」

ヨハンソンは集合体に別れを告げ、ロボットをガレージに戻した。

戦闘情報センター（CIC）

「あなたたちは何が言いたいの？」

クロウは両手で頬杖を突いた。右手の人差し指と中指のあいだでは、いつものように煙草がくすぶっているが、ほとんど吸われないまま灰になっている。彼女はシャンカーとともに、イールのメッセージの解明に没頭していた。

返事は攻撃とともに送られてきた。

コンピュータが第一の返事を解読してからは、第二の返事はすぐに解読できた。第一の返事と同様、二つのコードを使って答えたものだったが、今度も画像に変換できるのかどうかは、まだわかっていない。これまでに唯一判明した情報は、未知知性体の思考法を想像すると、あまりに簡単すぎて除外されるような情報だった。

それはある分子の化学式だ。

H_2O。

「非常に奇抜だ。彼らが水中にいることは、とっくにわかっているのだ」

シャンカーが苦々しい口調で言った。

とはいえ、イールは新たなデータに水の化学式を連結させていた。コンピュータが次々と計算を進め、クロウには次第に意味がはっきりしてきた。

「地図かもしれない」

「つまり、海底の地形図のことか?」

「いいえ。彼らが海底に住んでいるという意味かもしれない。シミュレーションタンクの中にいる凶悪な侵入者が未知知性体の一部だとすると、彼らは水中に住んでいることになる。深海はどの角度から見ても均一な液体の宇宙だわ」

シャンカーは考えこんだ。

「だが顕微鏡で覗けば、ミネラルや酸やアルカリなどの構成要素が見える」

クロウはうなずいた。

「そうね、どこでも同じじゃないわ。第一の返事には、二つの計算問題の答えを使って構成した画像が隠されていた。第二の返事はずっと複雑だわ。でもわたしたちが正しく解釈すれば、必ず解明できる。確証はないけれど、今度も画像を送ってきたのだと思う」

統合情報センター（JIC）

ウィーヴァーはコンピュータの前に座っているアナワクの姿を見つけた。画面の中ではヴァーチャルの単細胞生物が動いているが、彼はそれを観察しているようには見えなかった。

「あなたの友だち、本当に気の毒だったわね」

アナワクは天井を見上げた。

「彼女の死がこんなにもこたえるとは、まったくおかしなことだ。ぼくはこれまで死に心を動かされたことはなかった。母が亡くなったときには涙が出たが、父親のときは、その死を悲しまない自分に驚いて嫌な気分だった。それは話したよね。けれどリシアは？　彼女のことが好きで追いかけまわしてたわけじゃない。いい子だなと思うようになるまでは、ぼくの神経を逆なでする学生だったのに」

ウィーヴァーは戸惑いながら彼の肩にそっと手をおいた。彼の指先がその手に触れた。

「話は変わるが、きみの作ったプログラムはちゃんと機能している」

「つまり、実験段階だけど、生物学を根底から覆すしかないということね」

「そうだ。けれど、そこが問題だ。まだ仮説にすぎないから」

ヴァーチャルの単細胞生物には、学習能力を持ち、常に変異を繰り返すことができるDNAを与えてあった。各々の単細胞は、常にプログラムを変換できる小型のコンピュータのようなものだ。新しい情報により、ゲノムの構造が変わる。一定の量の単細胞がある経験をすると、その経験が遺伝子的な構造を変化させる。その単細胞がほかの単細胞と集合体を形成すると、新情報が伝達され、それに応じてほかの単細胞のDNAが同化する。このようにして、集合体は常に学習するだけでなく、新情報を常に共有する。個々の単細胞が得た新情報は、集合体の知識全体を増やしていくことになる。

これは革命的な理論だった。知識が遺伝的に受け継がれることを意味するのだ。この考えをヨハンソン、オリヴィエラ、ルービンに話すと、かつてないほどの困惑が広がった。一応、理論は賞賛とともに受け入れてもらえた。

しかし、理論には落とし穴があったのだ。

コントロールルーム

「DNAが変異すれば遺伝情報が変化し、あらゆる生物はそのため問題を引き起こす」

ルービンが説明した。

彼は段階テストの評価の最中に、偏頭痛の口実を使って実験室を抜けだし、秘密のコントロールルームにやって来た。リー、ピーク、ヴァンダービルトとともに、盗聴した内容を調べていた。三人は、ウィーヴァーとアナワクが作成したプログラムも、二人の理論も盗聴して知ってはいたが、ミック・ルービンがいなければ何も始められないのだ。

「生命体は、DNAに傷がないことが重要なのです。そうでないと、病気になるか、その子孫が病気になる。たとえば、放射線はDNAに修復不可能な損傷を与える。結果、後天的変異や癌などの病気を引き起こす」

「進化のほうはどうなってるんだ？　人間がサルから進化したときに、DNAが同じままってことはないだろう」

ヴァンダービルトが訊いた。

「もちろん。ですが、進化は長い時間をかけて完成する。しかも、その過程で選抜がなされ、環境に最も適応する自然変異が行なわれる。かなりの自然淘汰があるが、そうした失敗に終わった進化が注目されることはない。しかし、遺伝子的な変化と選抜のあいだには、修復というものが存在する。日焼けを例にとりましょう。太陽光線は皮膚の最上層の細胞を変化させ、それはDNA内の変異へとつながる。われわれの肌は小麦色になるが、注意しないと、赤い火傷(やけど)になる。この場合、壊れた細胞は切り捨てられる。また、修復を行なう場合もある。この修復がなければ、われわれは生きていけないだろう。小さな変異が起きるだけにとどまらず、傷は癒(い)えず、病気は治らないからだ」

「それはわかったわ。でも、単細胞ではどうなの?」

リーが尋ねた。

「同じです。DNAが変異すれば、修復がなされる。単細胞は分裂によって数を増やします。DNAが修復されないままだと、種は安定して存在できない。それは、どんな単細胞にも言えることです。変異率を許容できるレベルに保つことが重要になる。さて、そうなるとアナワクの理論は行きづまるわけだ。ゲノムは常に修復されている。修復酵素が警官のように、欠陥を探してDNA内をパトロールする様子を想像してみてください。損傷を発見するとすぐに修復を始める。そのため、DNAには元来の正しい状態の情報が維持される。修復酵素が遺伝子情報の番人と呼ばれるゆえんです。修復酵素は元来の遺伝子と欠陥のある遺伝子を即座に見分ける。それは、子どもに言葉を教えようとして、失敗するのと同じだ。新しい言葉を学ぶと、修復酵素がやって来てもとの状態に戻してしまう。つまり、何も教わらなかった状態に。だから、知識を構築するのは不可能なのです」

「それだとアナワクの理論は成り立たないわ。単細胞のDNAの中に変化が残らないかぎり、彼の理論は機能しない」

リーが言った。

「一方では、そういうことです。新しい情報は修復酵素に損傷だとみなされ、ゲノムは修復される。いわゆるリセットされる」

「もう一方があるんだろう?」

ヴァンダービルトがにやりと笑って言った。

ルービンはおずおずとうなずいた。

「もう一方はあります」

「どんな?」

「わかりません」

ピークが椅子に座ったまま背筋を伸ばした。体がぴくりと反応する。足には包帯が巻かれ、かなり憔悴(しょうすい)しているようだ。彼が口を開いた。

「待ってくれ。今、あると言ったじゃないか……」

「わかってますよ！　だが、この理論があまりに素晴らしすぎるんだ」

ルービンが大声を上げた。彼の声は次第に甲高くなっていった。長く話していると、グレイウォルフに首を絞められた後遺症が声に表われた。彼は続けた。

「こうならすべて説明がつくのだろう。つまり、タンクの中の生物はわれわれの敵だということだ。われわれはイールをまのあたりにしているんだ。あの生物がすべての元凶だ。私はあれがイールだと確信した！　今朝、この目で見たんだ。シミュレーションタンクの中で、やつらはロボットを調べた。あれは本能的な行動でも、動物的な興味でもない。あれは純粋な知能だ！　アナワクの理論は正しいとしか言いようがない。ウィーヴァーのコンピュータ・シミュレーションは立派に機能したんだ」

「いったい、どうやって理解しろと言うんだ」

ヴァンダービルトがため息をついて、額の汗を拭った。

ルービンが曖昧に両手を開いた。

「たぶん突然変異の可能性はある。修復酵素だって間違うこともあるから。めったにないが、一万回に一回は失敗する。もとの状態に戻らないことが一度でもあれば、血友病の子どもや癌を持った子どもが生まれる場合もある。このような突然変異があるが、修復のメカニズムも常に機能するものではないという証明だ」

リーが立ち上がり、大きなストライドで部屋の中を行ったり来たりした。

「あなたは、あの単細胞生物がイールだと確信しているのね？　わたしたちは敵を見つけたわけね？」

「二つ条件があります。一つは、このDNAの問題を解決しなければならないということ。二つ目は、女王のようなものがいるかもしれないということ。集合体は非常に知能が高いが、タンクに捕獲したものは全体のうちの実行部隊のように思えます」

「女王？　どのようなものを想像すればいいかしら？」

「同種だが、違うもの。たとえばアリです。女王アリもアリだが、特別な存在だ。女王アリはすべての起点だ。イールも群れをなす。微生物の集合体だ。アナワクの理論が正しいなら、イールは別の進化の道をたどって知性体になった。しかし、群れを導くものがあるはずだ」

「じゃあ、その女王を見つければ……」

ピークが言いかけたのを、ルービンが首を振ってさえぎった。

「無理だ。惑わされてはならない。女王は一つではなく、何百万といるかもしれない。彼らが賢いなら、われわれの目につくところには出さないだろう」

彼はひと息おいた。

「しかし、女王になるには、ほかのイールと同一原理を持たなければならない。集合体となり遺伝子に情報を記憶すること。われわれは、集合体形成の合図として分泌する匂い物質を抽出した。フェロモンの配合は、オリヴィエラとヨハンソンが調べている。このフェロモンを介して、単細胞は女王とも結合するはずだ。イール同士のコミュニケーションの鍵となる物質なのだ。そして、われわれの問題を解決する鍵にもなるにちがいない」

ルービンは満足の笑みを浮かべた。

ヴァンダービルトが慈愛をこめた目をしてうなずく。

「ミック、ありがとう。あんたをまた敬愛するよ。ウェルデッキでとんでもないへまをしでかしたとしても」

「あれは私のせいじゃない」

「あんたはCIAの人間だ。私のチームの一員なんだ。自分の責任は自分でとる。あんたを雇うときに、そう言ったのを忘れたのか？」

「いや」

ヴァンダービルトは、ぎこちない手つきでハンカチをズボンのポケットに押しこんだ。

「そう聞いて安心したよ。リーはこれから大統領に電話して、あんたがいい子だって伝えるだろう。ご苦労だった。さあ、仕事に戻るんだ！」

ブリーフィングルーム

クロウとシャンカーは最初の返事を解読したときに比べて、ずっと自信がないように見えた。一同にのしかかる重くぴりぴりした空気は、ウェルデッキで起きた惨劇だけが原因ではない。イールの戦略が誰にもわからないからだ。

「なぜ、彼らはメッセージを送ると同時に攻撃してきたのだろうか？　人間ならそんなことはしない」

ピークが尋ねた。

「同じ範疇で考えてはだめだ。彼らは人間ではない」

シャンカーが答えた。

「私は理解しようとしているだけだ」

「人間の論理では、決して理解できないわ。おそらく、最初のメッセージは警告だった。わたしたちは、彼らの居場所を知った。いずれにせよ、彼らは居場所をわたしたちに伝えた」

　クロウが言った。

「欺こうとしたのでは？」

　オリヴィエラが尋ねた。

「なぜ、そう考えるんです？」

　アナワクが訊いた。

「わたしたちをだまそうとしたのではないかしら」

「どういうこと？　自分たちをきらきら輝くクリスマスツリーのように演出して登場することで？」

　今度はヨハンソンがオリヴィエラに代わって答える。

「そう考えられないこともない。彼らは一つは成功したのだ。われわれは、彼らが対話に興味があると考えていた。ピークの言うとおり、人間なら彼らのようなやり方はしない。おそらく、彼らは人間のやり方を知っているんだ。彼らはわれわれに子守唄を歌って聞かせ、自分たちは華々しく登場した。われわれが宇宙の啓示だと喜んでいると、一発お見舞いされた」

「あんたが、くだらない計算問題など送らなければよかったんだ」

ヴァンダービルトがクロウに言った。

クロウは彼を怒りに燃える目で睨みつけた。彼女が平静さを失うのは初めてだった。

「あなたは、もっといい方法を知ってるの？」

「いい方法を知るのは私の任務ではなく、あんたの仕事だろう。連中に渡りをつけるのは、あんたの責任だろうが」

彼は喧嘩を売るような口調で応じた。

「誰に？　あなたは今でも、背後にアラブ人がいると思っているんでしょう」

「あんたがわれわれの居所をばらすようなメッセージを送るから、厄介事が起きるんじゃないか。人類の細かい情報を、あんたたちのくだらない音波につめて送ったんだろう。それじゃあ、攻撃してくれと言うのと同じだ！」

「話をするには、まず相手と知り合う必要があるわ。あなたは、そこをまるで理解していない。あなた、もしかしてロバ？　わたしは彼らが誰なのか知りたい。だから、わたしたちのことを彼らに伝えるのよ」

「あんたのメッセージは袋小路に……」

「冗談じゃない。たった今、始めたばかりじゃないの！」

「……あんたのご自慢の地球外知的文明探査（SETI）と同じように、袋小路じゃないか。今、始めたばかりだって？　おめでとう。じゃあ、あんたがこれから本気で仕事をしだしたら、いったい何人の人間が死ぬんだ？」

「ジャック」

リーが言った。まるで、犬に「お座り」と命令するような響きがあった。

「このばからしいコンタクト……」

「ジャック、黙りなさい！　わたしが望むのは喧嘩ではなく、結果です。誰か結果を報告できる人は？」

クロウが不機嫌そうに手をあげた。

「わたしたちから報告します。第二のメッセージのポイントは、水の化学式H_2Oです。残りの意味は、必ず見つける。急かされないかぎり！」

「わたしたちも少し進展したわ」

ウィーヴァーが始めたところに、ルービンが割りこんだ。

「われわれもだ！　われわれは大きく前進した。まあ……ヨハンソンとオリヴィエラの精力的な協力のおかげもあってだが」

彼は咳払いした。声の調子はいまだに戻っていない。

「スー、きみから説明したらどうだろう」

「わたしの話を邪魔しないでよ」

スー・オリヴィエラが小声で彼に言った。それから、皆に説明を始めた。

「わたしたちは、単細胞生物が集合体を形成する合図となる、匂い物質を抽出した。それはフェロモンで、機能もわかっている。これはひとえに、サンプルを獲得しようと戦ってくれたヨハンソンのおかげだわ」

彼女は、透明の密封容器をテーブルにおいた。やはり透明な液体が、半分ほど入っている。

「これが匂い物質。わたしたちが謎を解き、再現したものです。配合は驚くほど単純なものだった。けれど、単細胞同士がこの物質を利用して結合するのかは、百パーセント確かだとは言えない。誰が、あるいは何が集合体になる決定をするのか、それもわからない。きっかけがあると仮定し、便宜上それが女王だとしましょう。すると、目も耳も持たない無数の単細胞を、どうやって呼び集めるかという問題が残る。そこに有効なのがフェロモン。水中では、匂い自体はコミュニケーションには向いていない。なぜなら、分子があっという間に拡散してしまうから。けれど、短い距離であれば、フェロモンは完璧に機能する。しかも、どうやらこの匂い物質が、単細胞のフェロモンを介したコミュニケーションを決定づける。たった一言『集合！』と言うだけで。しかし、集合体になった単細胞が、どのようにコミュニケーションをとるのかはわからない。何らかの情報交換の方法を利用しているのは明らかだわ。ニューラルネットワーク・コンピュータや人間の脳と、それほど変わらない方法でしょう。個々の集合体にはメッセンジャーが必要となる。生物学では、それをリガンドと呼びます。一つの細胞が別の細胞に情報を伝達するとき、細胞が直接伝えることはできないから、情報をリガンドに乗せて輸送する。一方、受け手の細胞には受容体がある。それは単細胞を家にたとえるなら、玄関ベルにあたるものです。リガンドがベルを鳴らすと受容体が信号を細胞内に入れ、ゲノムに新しい情報を追加する」

彼女はひと息おいた。

「タンクの中の単細胞生物は、どうやらリガンドと受容体で情報をやりとりする。もちろん、単細胞が玄関ベルのある家で、にこやかなメッセンジャーを送りだしてベルを鳴らすという構図は、あまり正確ではないわ。各々の単細胞は靄状の匂い分子を放出し、受容体は一つではなく、約二十万個もある。それによって細胞はフェロモンを受け取り、集合体にドッキングする。隣の細胞と情報交換するために二十万個の受容体があるのは、なかなかのものだわ。集合体になるプロセスはリレーの要領で完成する。集合体からフェロモンを受け取り、隣の細胞に結びつく。そのとき自身もフェロモンを出し、近くを泳いでいる細胞に渡すというように。プロセスは集合体の内側から外に向かって進行する。さて、これらをよく理解するために、わたしたちが調べた単細胞生物が、わたしたちの恐るべき敵イールだとしましょう」

彼女は両手の指をつき合わせた。

「まずわたしたちが思いついたのが、一つの受容体は、ユニバーサル受容体とスペシャル受容体という、機能の異なる受容体が一対になって構成されているということ。その理由は、集合体が健全な集合体であり続けるためではないかと考えた。ユニバーサル受容体は『わたしはイールです』と言う機能を持つもの。スペシャル受容体は、『わたしは無傷のDNAを持つ健康なイールで、集合体になるのに適しています』と言う」

「たった一つの受容体にそんなことができるだろうか？」

シャンカーが眉根を寄せて言った。

「おそらく無理でしょう。これは巧妙なシステムです。わたしたちの考えたモデルでは、むしろ防塁をめぐらした野営地(キャンプ)を想像するほうがいい。外から一人の兵士が近づくと、まずユニバーサルマーカー、つまり軍服によって認識される。軍服により、その兵士が仲間だとわかる。けれど、わたしたちはマイケル・ケインの戦争映画を観ているから、裏切り者は軍服を着て中に入り、全員を撃ち殺してしまうことを知っている。そこで、マイケル・ケインには特別な認識票、つまり合い言葉が必要になる。この軍隊の描写は合っていますか？」

オリヴィエラの問いに、ピークがうなずいた。

「問題ない」

「よかった。さて、二つのイールが結合すると、すでに集合体とつながっていたイールがフェロモンを出す。それにより、細胞同士がユニバーサル受容体で連結し、第一段階、つまり『わたしはイールです』が交わされる。第二段階は、スペシャル受容体に連結して『わたしは健康なイールです』が確認される。もちろん、健康でない、つまりDNAに損傷を持つイールも存在する。わたしたちの敵イールは群れをなす生命体で、常に高度な発展を遂げてきた。そのため、高度な発展ができない細胞は淘汰される。すべての細胞はユニバーサル受容体を持っているが、健康で高度な発展ができる細胞のみがスペシャル受容体を形成する。病気のイールはスペシャル受容体を形成できないが、ここで懸念すべき驚異的な現象が起こる。欠陥のあるイールは合い言葉を持てないため、集合体を形成することが許されず切り捨てられる。けれど、これだけでは不充分だわ。イールはほかの単細胞生物と同様、分裂により数を増やす。当然、常に高度な発展を遂げる種にとって、欠陥を持つ第二世代を生みだすことは許されない。だから、欠陥のある細胞が分裂し増殖するのを妨げなければならない。この段階で、フェロモンが二重の機能を果たすことになる。切り捨てられる際に、欠陥のあるイールのフェロモンは即効性の毒素に変化する。それにより細胞が死に至るようにプログラムされている。けれど、このような現象は普通の単細胞生物には見られない。結局、欠陥を持つ細胞は瞬時に死亡する」

「細胞が死んだことが、どうしてわかるのです?」

ピークが訊いた。

「新陳代謝がなくなるので、見分けるのは簡単です。さらに、死亡したイールは光を発しない。イールにとって発光は生化学的に必須のものなのです。たとえば、オワンクラゲは発光するのにフェロモンを放出します。それと類似のことがイールに起こります。フェロモンが放出されると必ず発光する。強力な放電や閃光は、集合体の中で生化学的に強い反応が起きている証(あかし)です。イールが発光するときは、情報伝達を行ない思考している。死んでしまえば、発光は止まる」

オリヴィエラは一同を見まわした。

「わたしたちの懸念を、お話ししましょう。イールはわずかな手段で、複雑な選別のプロセスを可能にした。イールが健康で一対の受容体を持っていれば、集合体の形成が行なわれる。スペシャル受容体を持たない場合、フェロモンは致命的な毒素に変わる。このような機能を持つ種は、人間とは異なる視点で死を考えている。イール社会における死は必然なのです。欠陥を持つイールを大切にしようとは、決して考えない。彼らの視点から見ると、それは愚かな行為以外の何ものでもない。自身の発展を脅かすものは殺さなければならない。それだけが論理なのです。集合体を脅かすものに対して、イールはこの死の論理でもって反応する。恩赦も、同情も、例外もない。彼らは、死の論理を残忍なことだとは考えていない。だから、人間が彼らにとっての脅威であれば、なぜわたしたち人間を大切に考えなければならないのか、イールには理解できないのです」

「彼らの生化学システムはまったく違う論理は許さないわけね。非常に知性的だわ」

リーがまとめた。

「それはすごい。われわれがやつらのシャネルの五番を知ったってことは、どうなるんだ？　われわれもやつらと結合できるのか？　素晴らしいじゃないか、やつらとつながるんだ！」

ヴァンダービルトが言った。

クロウは彼をまじまじと眺めた。

「あなた、彼らがそんなことを望むと思うの？」

「何だって」

アナワクが割って入る。

「喧嘩するなら、あとで好きなだけどうぞ。オリヴィエラたちは絶望しているようだが、ぼくたちは単細胞に思考させる方法を考案した。生物学的には無意味なアイデアだろうが、多くの疑問に答えられるかもしれない」

ウィーヴァーがあとを続ける。

「わたしたちは、人工のDNAを持つヴァーチャル細胞を、常に変異するようにプログラムした。言い換えると、学習するということです。すると、すぐにわたしたちは出発点、つまりニューラルネットワーク・コンピュータに戻ってしまった。わたしたちは初め、人工頭脳をプログラム可能な最小ユニットに解体し、それらがふたたび全体として思考できる脳になるかどうか試してみた。結果、単細胞が常に学習を続けられるほど長くは機能しなかった。けれど生体細胞にとって生涯、学習する唯一の方法はDNAが変異することです。当然それはありえないが、わたしたちはヴァーチャル細胞にその可能性を与えてみた。さらに、オリヴィエラが説明したフェロモンもいっしょに」

アナワクがふたたび説明を引き取った。

「ぼくたちは、ニューラルネットワーク・コンピュータに立ち戻っただけではない。本物のイールが生きる自然条件を考えた。ぼくたちのヴァーチャル単細胞は三次元空間を泳いでいる。そこに深海の環境、たとえば水圧、海流、摩擦といった条件を付加したのです。

集合体の個々の細胞はどのように互いを識別するのか、まずそれを見つけなければならない。匂い物質が介在することはわかった。そのほかに、集合体の大きさを決定する何かに鍵があるのではないか。そこで、ヨハンソンとオリヴィエラの発見が重要になる。二人は、個々のイールの遺伝子配列がわずかな高変異領域においてそれぞれ異なることを発見した。つまり、単細胞のDNAは変化を続けてきたと結論するしかない。そのとおりだとすると、高変異領域が互いを認識するための同じコーディングであり、集合体を決定づける役割を果たす」

「イールはその同じコーディングによって互いを認識し、小さな集合体は大きな集合体に溶けこむことができるわけね」

リーの発言に、ウィーヴァーがうなずいた。

「そうです。わたしたちはヴァーチャル細胞もコーディングした。この時点で、各細胞は生存環境の基本情報を持っている。それから一部の細胞に追加情報を与えた。すると予想どおり、まず同じようにコーディングされた細胞同士が集合体を形成した。そこでわたしたちは、異なるコーディングをされた集合体同士が結合するかどうか試した。それは成功し、やがて信じられないようなことが起きたのです。つまり一つの集合体を形成しただけではなく、個々の細胞がそれぞれのコーディング情報を交換し、ともに同じ状態になった。

細胞は新しい共通コードをプログラミングし、すべての細胞が一つ高い知識レベルになった。結局、二つの集合体は一つに融合した。そこに、第三の集合体を加えると、また新たな現象が起きたのです」

「次の段階では、ぼくたちはイールの学習行動を観察した。異なる二つのコーディングをされた集合体を作り、一つには特殊な経験、つまり敵の攻撃という経験を与えた。ぼくたちはサメの攻撃に決め、サメを集合体に嚙みつかせた。次に、集合体にサメのよけ方を教える。サメが来たら、球形からカレイのような平らな形に変われと、集合体に命令した。もう一方の集合体には、この作戦を教えていないので、サメに嚙まれてしまう。その後、この二つの集合体を一つに融合させ、サメを送りこんだ。すると、一つになった集合体はサメをよけた。サメをよける方法を学んだということだ。そこで、集合体を小さな集合体に分割し、ふたたびサメを送りこむ。すると、すべてがサメをよける方法を知っていた」

「すると、高変異領域を利用して学習するのかしら?」

クロウが尋ねた。ウィーヴァーがメモに目を落として答えた。

「なんとも言えません。理論的には可能だけど、コンピュータでは時間がかかりすぎるのです。ウェルデッキで攻撃したゼラチン質は非常にすばやく反応した。おそらく同じようにすばやく思考するのでしょう。超伝導生命体、恐ろしく変異する脳。それを、わずかな領域に限定することはできません。わたしたちはDNAすべてを学習可能なようにプログラムし、細胞の思考スピードを大きく引き上げてみた」

「で、結果は？」

リーが尋ねた。

「ミーティングの前に実験しただけですが、それだけでも充分に結論を出せます。イールの集合体の思考速度は、集合体の大きさにかかわらず、最新型の並列コンピュータのスピードに匹敵する。個々の持つ知識を統一し、新情報を検分する。初め、新しい課題をうまくこなせない集合体がいくつかあった。けれど、融合して情報交換することで学習する。学習量は少しずつ増えるが、ある一定の量に達すると、あとは予測がつかない……」

「ちょっと待った。すると、プログラムは勝手に発展しはじめたのか？」

シャンカーがウィーヴァーをさえぎって訊いた。

「わたしたちは、イールにとってまったく未知の状況を作りだした。問題が複雑になればなるほど、彼らは頻繁に融合するようになった。そして彼らはすぐに、あらかじめプログラムされていない戦略を発展させはじめた。彼らは創造的で、好奇心が強い。しかも飛躍的に学習効果が上がる。わたしたちは少ししかテストできなかったし、あくまでコンピュータプログラムですが、ヴァーチャルなイールは常に教えられた形を学んだ。ほかの生物の形を真似て自分たちの形を変えることを学んだ。繊細な触手を発展させた。その繊細さの前では、わたしたちの十本の指が棍棒になるほどのものだった。ナノレベルで対象物を調べ、個々の細胞がそこで得た情報をすべての細胞と交換し、人間が解けないような問題を解決した」

一同は沈黙した。ウェルデッキの悪夢を、誰もが思い浮かべずにはいられなかった。

「どんな問題を解いたのか教えてくれる？」

リーの言葉に、アナワクがうなずいた。

「では、ぼくがイールの集合体だとしましょう。大陸斜面のメタンハイドレートを崩壊させるために、ぼくはゴカイを育て、バクテリアをつめこんで大陸斜面に送りだした。ゴカイとバクテリアは斜面にかなりの損傷を与えることができるが、海底地滑りを引き起こすには、あとひと押しが必要だ。それがぼくの問題です」

「それだ。その問題はわれわれには解けなかった。ゴカイとバクテリアは前段階の作業を行なった。大惨事を引き起こすには、小さなパズルの断片が欠けているのだ」

ヨハンソンが言った。

「つまりそれには、海水面の高さを下げて、海底のメタンハイドレートにかかる水圧を軽くする。あるいは、大陸斜面の海水温を上昇させる。そのどちらかですね？」

「そのとおり」

「水温は一度上昇させればいいですか？」

「充分だが、二度なら確実だ」

「イールであるぼくたちは抜け目なく問題を解決しました。ノルウェーの大陸斜面のほど近く、水深千二百五十メートルのところにハーコン＝モスビーという泥火山（でいかざん）がある。泥火山では溶岩ではなく、ガスや水、堆積物が温かい地球内部から海底に噴出している。水温は高いというより、ほかよりも温かい程度だ。そこで、ぼくたちイールは巨大な集合体を形成する。そして、両側に開口部のあるチューブ状になる。太いチューブになるために、壁の厚みは単細胞がいくつか重なった程度の薄いものだ。何十億個が集合し、数キロメートルの長さに伸びる。チューブの円周は泥火山のクレーターの大きさに合わせて、約五百メートル。泥火山の温水をチューブに取り入れる。温水は水道管を流れるようにチューブ内を伝って、ゴカイやバクテリアが働くところまで運ばれる。こうしてぼくたちは海底地滑りを引き起こした。同じ方法で、グリーンランド沖の海水を温め、北極の氷を解かしてメキシコ湾流を止めた」

「コンピュータのイールなら可能だとして、本物のイールに何ができるというのだ？」

　ピークが信じられないという顔をして言った。

ウィーヴァーが唇をとがらせて彼を見つめた。

「もっとできることがあると思うわ」

スイミング

ウィーヴァーは心身ともに張りつめていた。ミーティングが終わると、ひと泳ぎしないかとアナワクを誘った。肩が痛むが、それはこれまで激しいスポーツをしすぎたためだ。もう少し体に負担のかからないスポーツをするほうがいいのだろう。

二人はそれぞれのキャビンで水着に着替えて合流した。プールに向かいながら、ウィーヴァーは彼と手をつなぎたかった。とにかく彼を近くに感じていたかった。しかしどう振る舞えば、ばかげた行為に思われないですむだろうか。昔、すさんだ人生を送っていた頃は、来るものは手当たり次第に受け入れていたが、愛とはまったく関係がなかった。ところが、今は恥じらいを感じ、用心深い。甘え方すら見当がつかない。世界が奈落に落ち人類が滅亡する前の夜、人々はどのように愛し合うのだろうか。

そんなときを前にして、ばかなことをできるのだろうか。

インディペンデンスのプールのあるホールは広大で、軍艦のわりには快適だった。プールも小さな湖と思えるほど大きい。バスローブを肩から落とすと、彼女は背中にアナワクの視線を感じた。彼に見られるのは初めてのことだ。水着は大胆なカットで、背中は大きく開いていた。もちろん背中のハヤブサの刺青もよく見える。

彼女は決まりの悪い思いでプールサイドに歩み寄ると、軽く弾みをつけて優雅に水に飛びこんだ。腕をまっすぐ伸ばして水面のすぐ下に体を漂わせ、彼があとを追ってこないか耳を澄ました。きっと何かが起こるだろう。彼に追いつかれる期待と不安の気持ちを胸に抱き、足を蹴って泳ぎだした。

臆病者！　なぜ逃げるの？

ただ水に体を沈め、愛し合えばいい。

二人は溶け合い……

瞬間、あるアイデアが頭をよぎった。

恐ろしくシンプルな考えだ。むしろ思い上がった考えだと言えるかもしれない。しかし、うまくいけば輝かしいアイデアだ。そして、イールを平和裏に退却させられるにちがいない。あるいは、少なくとも彼らの前進をくいとめるくらいの効果はあるだろう。

本当に輝かしいアイデアなのだろうか？

指先がプールのタイルの壁に触れた。彼女は顔を上げて目から水を拭った。次の瞬間、アイデアはただ下品なだけに思われた。すぐまた魅力が湧いてくる。アナワクがクロールで近づいてきた。彼が腕をかくごとに、彼女は自信をなくした。彼の腕が彼女に届く寸前、そのアイデアに嫌悪さえ感じた。

もう一度よく考えなければならない。

突然、彼が目の前に現われた。

彼女はプールの壁に体を押しつけた。空気を大きく吸いこんで吐きだす。氷のように冷たい海峡に漂った、あのときのように鼓動が激しく打った。胸が早鐘のように鳴る。

彼の手が腰に触れるのを感じ、唇が開いた。

恐怖に襲われた。

何か話すのよ！　何か話すことがあるはず。どんなことでもかまわない。

「ヨハンソンは体調が回復したようね」

言葉が口からヒキガエルのように飛びだした。一瞬アナワクの目に失望の色が浮かんだ。

彼は体を離すと濡れた髪をかきあげ、笑みを浮かべた。

「奇妙な事故だったね」

なんてばかな女なのだろう！

彼女はプールサイドに肘をつき、体を持ち上げた。

「でも、何か悩みがあるみたい。このことは、あなたの胸にしまっておいてね。わたしが言ったと知られたくないから。あなたの意見を聞きたいの」

ヨハンソンに悩みがある？　悩んでいるのは、このわたしでしょう。本当にばか！

「どんな悩み？」

「彼は何かを見た。厳密に言うと、何かを見たと思っている。わたしは彼の話を信じるわ。けれど、いったいどういうことなのか……話すから聞いてちょうだい」

コントロールルーム

リーは、ウィーヴァーがヨハンソンの悩みをアナワクに説明するのを聞いていた。モニター画面を見据え、二人の会話にじっと聞き入った。

この二人は似合いのカップルだ。

しかし、話の内容はほほ笑ましいものではない。間抜けなルービンのおかげで、計画のすべてが危機に瀕していた。ヨハンソンが薬で消された記憶をそれ以上思い出さないよう、願うしかない。とはいえ、すでにウィーヴァーとアナワクがその話に夢中になっている。なぜ、そんなくだらない話に熱中するの。ヨハンソンおじさんのほら話なのよ！　早くベッドに行きなさい。あなたたちがそう望んでいるのは、誰が見ても明らかだわ。リーはため息をついた。女性も男性とともに海軍で勤務するようになってから、彼女はこのようなぎこちない関係を何度も見てきた。どれも同じだ。つまらない、ありふれた関係。遅かれ早かれ、誰もがベッドをともにする。ヨハンソンの心配より、あなたたちにはすることがあるでしょう。

「ルービンが裏切った場合のことも想定しておくべきね」

彼女はヴァンダービルトに言った。

彼はコーヒーカップを片手に、彼女の斜め後ろに立っていた。コントロールルームにいるのは二人だけだ。ピークはウェルデッキの後始末をして、潜水機材のチェックをしている。

「それで、どうする？」

「その場合、選択肢ははっきりしている」

「まだ、その段階じゃない。ルービンの仕事も終わってない。それに、そこまでしないですめば、われわれも助かる」

「どうしたの？　良心が咎めるとでも？」

「落ち着きなよ。あんたの計画かもしれないが、成功させるのは私の責任だ。私の良心の咎めなど、あんたの邪魔にはならない。結局、名声を落とすのは私だからな」

彼は甲高い声で笑った。リーは振り向いて彼を見た。

「名声なんてあったの？」

彼は音を立ててコーヒーをすすった。

「私があんたのどこを高く買っているか知ってるか？　そのむかつく態度だよ。あんたといると、私はなんていい子だという気分になる」

戦闘情報センター（CIC）

クロウとシャンカーは頭を抱えていた。

コンピュータがはじき出したのは、まったくとりとめのない画像だった。平行線が突然離れていくと、大きく弧を描いて今度は一本になる。線のあいだには大きな空間が不規則に現われる。スクラッチ信号はこのようなイメージの連続で構成されていた。すべて合わせると一つの画像になるように見えたが、うまくいかない。線が何を意味するのか、クロウは想像すらできなかった。

「水が基本だ。それぞれの水分子には補足情報が連結されているが、何のためだ？　水の特性なのか？」

シャンカーは言って考えこんだ。

「かもしれない。どんな特性が考えられる？」

クロウが訊いた。

「温度」

「そうね。あるいは塩分濃度」

「おそらく、物理的・化学的な特性ではなく、イール自身が重要なのだろう。これらの線は彼らの人口密度を示しているのかもしれない」

「ここに住んでます、と教えているということ？」

「そんなふうに見えないか？」

シャンカーは顎をこすりながら尋ねた。

「さあね。彼らに、わたしたちの都市の場所を伝えるのがいいかしら？」

「いや、イールはわれわれとは考え方が違うんだ」

彼女は煙草の煙で輪を作った。

「思い出させてくれて、ありがとう。すっかり忘れていたわ。もう一回——H_2O、水。メッセージのこの部分は難しくない。水はわれわれの世界」

「われわれの送ったメッセージに対応した情報を送り返してきた」

「そうだわ。わたしたちは新鮮な空気のある陸上に住んでいると、彼らに教えた。それから、わたしたちのDNAや容姿も」

「われわれのメッセージに、彼らがひとつひとつ対応して答えたと考えよう。これらの線は、彼らの形を現わすと言えるだろうか？」

クロウは唇をとがらせた。

「単細胞生物はもちろん同じ形をしているけれど、彼らもそうだとは定義できない。彼らはむしろ集合体で、その形を定義するのも難しい。ゼラチン質の形は千差万別だから」

「では、形は除外しよう。ほかにどんなことが考えられるだろうか。個々の数か？」

「その数の中には、インディペンデンスの船体をぐるりと埋めつくすほど無数にゼロが含まれている。ひっきりなしに分割しては消えていき……きっと彼らは正確な数字を告げることができないのよ。個々の単細胞は重要じゃない。重要なのは集合体。イールの理想といってもいい。つまり、イールのゲノム」

彼女は煙草をくわえたまま言った。

シャンカーは眼鏡の縁越しに彼女を見つめた。

「われわれは、すでにこちらのDNAを知らせた。その答えであるならば、これは彼らの遺伝子情報なのか。彼らが自分たちのゲノムを開示したというのか？」

「そうかもしれない」

「なぜ、そんなことをするんだ？」

「自分たちについて唯一的確に言えることだから。ゲノムと集合体は彼らの存在の中核で、すべてがそこに帰するから」

「それはそうだが、常に変異し続けるDNAをどうやって表現するんだ？」

クロウの目が画像の線にさまよった。

「やはり地図かしら？」

「何の？」

彼女はため息をついた。

「もう一度やり直し──H_2Oが基本。われわれは水中にいる……」

ルームランナーは最高スピードに設定してあった。

通常なら部隊の連帯感を高めるために、リーはフィットネスジムでトレーニングするのだが、今は一人になる必要があった。オファット空軍基地にいる大統領との定時連絡の最中だったのだ。

「そちらのモラルはどうだね？」

「良好です。攻撃でかなりのダメージは受けましたが、すべて掌握しました」

「皆のモチベーションは？」

「これまで以上です」

「私は心配だ」

大統領は疲れているようだ。基地の作戦司令室（ウォールーム）にたった一人で座っていた。

「ボストンは完全に封鎖された。ニューヨークやワシントンはもうおしまいだ。新たにフィラデルフィアとノーフォークから恐ろしい知らせが入った」

「承知しています」

「この国が破滅しようとしている。全世界は、海にいる未知の知性体のことばかり話題にしている。ゆるんだ顎を閉じられないのは、いったい誰だ」

「それがどうかしましたか？」

「どうかした？」

大統領は片手をテーブルにたたきつけた。

「アメリカが主導権を引き受けるのなら、国連のやつらの勝手な行動は許さない！　連中は、くだらない小国も動員しなければならないと考えている。何が起きているか知っているかね。どういう力学が働くかわかるかね？」

「よくわかっています」

「あなたの側近の誰かから聞いたのだね」

「ここにいる人間以外、イールの仮説を考えつく者はいません。世界中でささやかれている憶測の大半は、いまだに自然災害か国際テロリズムです。今朝は、ピョンヤンの科学者が……」

大統領が手を振ってリーを制した。

「その男は、アメリカが卑劣だと言った。無実の共産主義者に罪を着せようと、われわれが潜水艦で自国の都市を攻撃したと言うのだ。まったく間抜けなやつだ」

彼は身を乗りだした。

「そんなことはどうでもいい。私は人気など得ようと思わない。問題が解決するところを見たい。新たな選択肢をテーブルに出したい。この国は他国を救える状態にない。アメリカ合衆国自らが助けを求めるしかないのだ。海岸線は殲滅され、汚染されて、われわれの国民は内陸に逃げるしかない。私自身もモグラのように安全地帯に引きこもるしかないのだ。都市は無政府状態で略奪が横行している。軍も警察もなす術がない。人々には汚染された食品か、効き目のない薬しかないのだ」

「大統領……」

「神は今も救いの手を差しのべてはくださるが、水に足先をつけた瞬間に爪先を嚙み切られるのは間違いない。アメリカやアジアの海のゴカイの数は増える一方だ。ラ・パルマ島は崩落寸前だ。多くの国が今やぼろぼろだ。誰が武器を手にして立ち上がるか。それがわれわれでないことは今は確かだ」

「大統領の前回のスピーチは……」

「その話はやめてくれ。私は一日中、人々の心を打つスピーチを考えたが、スピーチライターの誰一人、それを受け入れなかった。私が国民や世界の人々に何を言いたいのか、まるでわかっていないのだ。私は人々に安心感を伝えたい。この戦いに打ち勝つために必要なことは何でも実行する最高指揮官の確固とした態度を、アメリカ国民は見るべきだ。敵は何千もの顔を持っているかもしれない。世界は力をふりしぼらなければならない。われわれは人々をなだめるつもりはない。最悪の事態に備えなければならないが、いずれ正しい道を見つけだす！　こういうことを、私はスピーチライターに説明している。だが、スピーチは大仰で信用できないものになる。ライターたちも本当は不安のようだ。そもそも、私の言うことを聞く者などいないのではないだろうか」

「人々は大統領のおっしゃることに耳を傾けています。大統領は、人々が注目する数少ない人物のお一人なのです。人々が耳を傾けるのは大統領とドイツ人です」

大統領は目を細めた。

「そうだ、ドイツ人だ。ドイツ人が独自の作戦を計画しているというのは本当だろうか？」

リーはルームランナーから転がり落ちるところだった。なんとばかげたことか。

「いいえ、彼らはそんなことはしません。わたしたちが世界を率いるのです。国連から権限を与えられたのです。ドイツはヨーロッパをまとめ、わたしたちと密に連携しています。ラ・パルマ島をごらんください」

「では、なぜCIAがそう言ったのだ？」

「ジャック・ヴァンダービルトが言いふらしたのでしょう」

「ああそうか」

「彼は策略家です」

「あなたが然るべき地位に就くときが来れば、ヴァンダービルトは近寄れないはずだ」

彼女はゆっくりと息を吐いた。感情的になっていた。うっかりガードを忘れて、その瞬間、よけいなことを言ってしまった。それは感心すべきことではない。ゆるぎない態度を示さなくてはならない。

「もちろんです。ジャックには問題ありません。パートナーですから」

彼女はほほ笑んだ。

大統領はうなずいた。

「ロシアはわれわれに一チーム派遣し、ＣＩＡに黒海沿岸の広範な情報をもたらした。中国とも密接に情報交換を行なっている。ドイツの話はくだらない噂だろう。彼らが単独で行動するという印象は受けなかった。こういう時期には、メディアの噂は一人歩きするものだ。いや、むしろ喜ぶべきことかもしれない。海からやって来た悪魔を前に、さまざまな国の多くの人々が神の前で団結しているのは素晴らしいことだ」

彼は目をこすった。

「では、われわれはどこまで進展しただろうか？　ほかの者たちのいるところで質問するつもりはない。事実を美化せざるをえないような苦しい立場に、あなたを追いこみたくないから。だから正直に言ってくれ。われわれは、どこまで、進展したのだ?」

「間もなく突破口が開きます」

「間もなくとは?」

「ルービンの話では、うまくいけば一両日中に。実験は大成功です。イールとコミュニケーションを図る匂い物質を発見しました。ルービンはそれを手に入れたのだね?」

「詳細は省いてくれ。ルービンはそれを手に入れたのだね?」

「彼は確信しています。わたしもです」

大統領は唇をとがらせた。

「あなたを信じよう。科学者たちとのあいだで困ったことはないかね?」

「いいえ。すべてうまくいっています」

彼女は嘘をついた。なぜ、このような質問をするのだろう。ヴァンダービルトが……

落ち着くのよ。偶然、大統領の口をついて出たにすぎない。ヴァンダービルトに影響されたわけではない。あの男は悪口は言うが、自分の膝を撃つような人間ではない。

「大統領、わたしたちは大きく前進しました。この問題は必ず解決されるとお約束します。わたしたちが世界を救うのです。アメリカ合衆国が世界を救う。あなたが世界を救われるのです」

「映画のように?」

「もっと華々しく」

大統領は曖昧(あいまい)にうなずいた。すぐに笑みを浮かべたが、いつもの輝かしい笑みではなかった。しかし、その奥には勝利への不退転の決意が見えた。彼女は感心し、尊敬した。

「神はあなたとともに」

彼は言って、回線を切った。リーは走るのをやめた。果たして、自分に成し遂げることができるのだろうか。

戦闘情報センター(CIC)

深海の敵からのメッセージが何を語ろうとも、シャンカーの腹は人間の生理現象を雄弁に語り続けた。クロウは彼の腹が鳴るのを耳にし、食事をとるよう勧めた。

「食べなくても平気だ」

「お願いだから行ってきて」

「食べてる暇はない」

「それはわかるけれど、お腹が空いては戦はできないでしょう。わたしはこのラッキー・ストライクで栄養をとるから大丈夫。さあ、何か食べて、エネルギーを蓄えて戻ってきてちょうだい。そしたら、あなたの力強い押しで、問題を解決できる」

シャンカーは彼女を残して出ていった。

クロウは少しのあいだ一人になりたかったのだ。シャンカーが悪いのではない。彼は頼もしい優秀な科学者だ。しかし専門は音響で、彼には人間以外の知性体の存在を考えることは重荷だった。それに、彼女は煙草の煙に包まれて一人でいるときに、最良のアイデアが浮かぶ。

彼女は煙草を吸い、あらためて考え直してみた。

H_2O。われわれは水中にいる。

メッセージは絨毯の模様のように見えた。H_2Oのモチーフが常に出てくる。毎回、そのH_2Oには追加情報が連結されている。この組み合わせが何百万回と繰り返される。そこから現われた画像は線で構成されていた。追加情報は水の特性、あるいは水中に生きる何かだと当然考えられる。

しかし、それは間違いなのだろう。

イールは何を説明しなければならなかったのか？

水。それから？

クロウは考えこんだ。そうだ、たとえば……〝これはバケツだ〟、〝これは水だ〟。この二つを合わせると〝バケツ一杯の水〟。水分子は一つひとつがすべて同じだが、バケツを描写するデータに同じものはない。それはバケツの外観や模様で細分化される。バケツを描写する一行分のデータは、多様なニュアンスを持つアイテムだ。すると〝水でいっぱいのバケツ〟は、バケツを描写するアイテムに水という追加表現を連結させれば、容易にできあがる。

逆に考えると、H_2Oには、水とはまったく関係のないものを示すデータが連結されている。つまり、バケツだ。

われわれは水中にいる。

その水はどこにあるのか？　それ自体が形を持たないものの場所を表現するにはどうするのか？

それを囲むものを描写すれば可能だ。

海岸線と海底。

線と線のあいだの空間が陸を示し、その縁が海岸だ。

彼女は煙草を落とすところだった。急いでコンピュータにコマンドを入力する。線を合わせても画像にならない理由が、一瞬でわかった。これは平面ではなく、三次元画像だったのだ。画面が湾曲していき、３Ｄ画像が現われた。

球体。

地球だった。

実験室

同じ頃、実験室ではヨハンソンが、イールから採取した組織を検査していた。オリヴィエラは十二時間にわたり集中して働き続けた結果、目を開けて顕微鏡を覗ける状況ではなくなっていた。しかも、この数日ほとんど寝ていないのだ。この作戦はじわじわと人々を苦しめていく。大きな進歩はあったが、心の奥では誰の信念も揺らいでいた。各人はそれぞれの方法で反応した。グレイウォルフはウェルデッキに引きこもっている。残された三頭のイルカの世話をし、イルカの集めたデータ分析に没頭して誰に会おうともしなかった。あの襲撃に苛立ちをあらわにする者もいれば、ストイックに過ごす者もいた。ルービンには、恐怖が偏頭痛となって現われた。ヨハンソンが薄暗い実験室に一人でいる理由は、オリヴィエラが休養をとっているためだけではなかったのだ。

実験室の灯りはデスクライトと、コンピュータ画面の輝きだけだった。シミュレーションタンクは低い音を立てているが、あの青い光はまったく見られない。タンクの底を覆うゼラチン質に変化はない。死んだように見えるが、彼にはそうではないとわかっていた。光るのは、特に活発になるときだけなのだ。

ランプウェイに足音が響き、アナワクが顔をのぞかせた。

ヨハンソンは書類から顔を上げた。

「レオン、よく来たね」

アナワクは笑みを浮かべて実験室に入ってきた。椅子を引きだして馬乗りになり、背もたれの上で腕を組んだ。

「夜中の三時だというのに、何をしているんです？」

「働いているんだ。きみは何しに来たの？」

「眠れなくて」

「じゃあ、ボルドーを一杯どうだい？」

「あの……ありがたいんですが、ぼくは酒を飲まないので」

アナワクは当惑顔で言った。

「まったく？」

「まったく」

「おかしいな、私はそういうことには敏感に気がつくのだが。われわれは注意散漫になっているのかもしれないな」

「そうかもしれない」

アナワクはひと息おいた。何か話したいことがあるようだ。

「進展はありましたか？」

「あったよ……それにきみたちの問題も解決した」

「ぼくたちの問題？」

「きみとカレンの。変異するDNAの記憶に関する問題点。きみたちは正しかった。ちゃんと機能するし、その仕組みもわかった」

アナワクの目が見開いた。

「そんな簡単に？」

「疲れていなければ、後転跳びでもしたいが。まずはお祝いしないと」

「どうやって解決したんですか？」

「覚えているだろうか、あの不可解な高変異領域はクラスターだ。ある種のタンパク質をコーディングするクラスターはゲノムのどこにでも存在するんだ。私の言っていることがわかるかね？」

「ヒントをください」

「遺伝子には受容体をコーディングしたり、さまざまな物質を作りだせるものがある。クラスターはそんな遺伝子の下位分類にあたる。DNAにそのような遺伝子が集まっているところがあるが、それをクラスターと呼ぶ。イールのゲノムには、そのクラスターがかなり存在する。興味深いのは、イール細胞は完全に修復されるということだ。しかしイールの場合、ゲノム全体で修復が行なわれるのではないし、酵素もDNAすべてで欠陥を探すのではない。その代わり、特別な信号に反応する。線路を想像するといい。酵素はスタートの信号を見て修復を始め、停止信号を見ると修復をやめる。なぜなら、そこに……」

「クラスター」

「そうだ。クラスターが保護されている」

「ゲノムの一部が修復されるのを阻止するということですか？」

「修復を禁止するんだ。まあ門番のようなものかな。こうして、クラスターは修復酵素から守られる。そのため、そのクラスターの部分はいつでも自由に変異できる。そのほかの部分では、種の核となる情報を維持するためにDNAは修復されるというわけだ。なかなか賢いだろう？　こうして個々のイールは限りなく発展する脳になる」

「情報交換はどうやってするんです？」

「オリヴィエラが言ったとおり、細胞から細胞へ。リガンドと受容体を経由して。受容体はほかの単細胞のリガンドを受け取ると、細胞の核に向けて信号が滝のように流れる。ゲノムが変異し、信号は隣の単細胞に伝わる。すべて一瞬の出来事だ。タンクのゼラチン質は超伝導並みの速度で思考する」

「本当にまったく新しい生化学システムだ」

「あるいは、まったく古いものか。われわれにとって新しいだけで、実際は太古の昔から存在する。生命の起源と同じくらい古いのだろう。われわれの進化と並行して起きた、異種の進化だな。非常に成功した進化だ」

ヨハンソンの顔に小さな笑みがこぼれた。アナワクは両手で頬杖をついた。

「それで、これからぼくたちはどうするんですか？」

「いい質問だ。私は今日ほど方向感覚をなくしたことはない。知識は豊富なのに、できることはわずかだ。どのみち恐れていたことを証明しただけ。彼らの考え方はわれわれとはまったく違うとね」

彼は腕を伸ばして大きなあくびをした。

「クロウのコンタクトの試みがいい方向に行くとも思えないし。イールは華々しく連絡しておいて、その一方でわれわれを殺しに来るようにしか、今のところ私には思えない。彼らからすれば、それは矛盾ではないのだろう。いずれにせよ、私のやり方とは違う」

「ぼくたちに選択の余地はない。理解する道を探るしかないんだ」

アナワクは頬をすぼめた。

「ところで、ここにいる全員が同じ目的だと思いますか？」

ヨハンソンは耳をそばだてた。

「どうしてそんなこと訊くんだ？」

アナワクは顔をしかめた。

「それは……カレンを悪く思わないでください。彼女から聞いたんですよ。あの夜、あなたは不可解な事故の前に何か見た。あるいは見たと思った」

ヨハンソンは鋭い視線を彼に投げかけた。

「彼女はどう思っているんだい？」

「あなたを信じている」

「私もそういう印象を受けた。それで、きみは？」

アナワクは肩をすくめた。

「そうだな、あなたはノルウェー人だ。あなた方は、妖精トロルがいると言い張る人たちだ」

ヨハンソンはため息をついた。

「オリヴィエラがいなければ、そんなことを思いもしなかっただろう。彼女が私の記憶を呼び戻してくれたんだ。あの夜、格納デッキで箱の上に二人で座っているとき、偏頭痛で寝ているはずのルービンの姿を見たのかもしれない。今も彼は偏頭痛がするらしい。本人がそう言うんだ！――以来、記憶の断片が戻ってきた。想像では考えられないようなことを思い出し、あと少しで全部が見えそうになり……私は開いた扉の前に立って、白い光に照らされた内部を覗きこむ。中に足を踏み入れ、そこで記憶が途切れた」

「それが夢じゃないと、どうして思ったんですか？」

「オリヴィエラだ」

「でも、彼女は何も見ていない」

「それから、リー」

「どうしてリーが？」

ヨハンソンはアナワクを見つめた。

「あのパーティーのとき、私の記憶についてやたらと興味を示したんだ。きみは、全員が同じ目的だと思うかと訊いたね。私は〈ウィスラー〉にいるときから、すでに違うと思っていた。リーのことは最初から信用できなかった。ルービンが偏頭痛に悩まされているとも思えない。何を信じていいのか、まるでわからない。だが、何かが進行しているのは明らかだ」

アナワクがにやりとした。

「男の本能ですかね。リーは何を企んでいるんだろう？」

ヨハンソンは天井を見やった。

「私より、彼女のほうがよくわかっているはずだ」

コントロールルーム

まったくの偶然だが、ヨハンソンの視線は天井の隠しカメラにぶつかった。リーの席に座ったヴァンダービルトと、そうとは知らずに目が合うと、彼は言った。

「私より、彼女のほうがよくわかっているはずだ」

「あんたはなかなか賢い男だ」

ヴァンダービルトはつぶやいた。それから、リーを盗聴防止装置つきの回線で呼びだした。彼女が寝ていようが、どうでもいいことだ。

リーの姿がモニター画面に現われた。

「何の保証もないと言っただろう。ヨハンソンは記憶を取り戻す寸前だぞ」

「そうだとしたら？」

「あんたは心配じゃないのか？」

リーは薄笑いを浮かべた。

「ルービンが懸命に働いてくれたわ。たった今までここにいたのよ」

「それで？」

彼女の目が光った。

「素晴らしいわ！　あのチビは虫が好かないけれど、今回ばかりは、あいつは実力以上を発揮したと言うしかないわね」

「充分にテストしたのか？」

「小さなスケールでだけど。でも、そんなことはどうでもいい。機能するのよ。あと少ししたら、大統領に知らせるわ。そのあとでルービンといっしょにそっちに行く」

「あんた、自分の手でやるつもりか？」

「ほかにどんな手があるの？　あなたはこういう艦には慣れてないでしょう」

リリーは言って、回線を切った。

ウェルデッキ

電動システムの立てる低い音が、インディペンデンスの空の格納デッキやフライトデッキに不気味に響いていた。その音は広大な医療センターでも、無人の士官用食堂でも聞こえた。狭い船室のベッドに横たわる乗員の指先が脇のロッカーに触れていれば、その振動が伝わってきた。

グレイウォルフがいる艦の奥深くにも伝わった。彼はウェルデッキの人工岸に横たわり、鋼鉄製の天井を見つめていた。

なぜ、いつも何もかもが失われていくのだろうか？

彼は悲しみに圧倒され、すべて自分のしたことが間違いだったと感じていた。この世に生まれたことすら間違いだった。何もかもが悪い方向に行ってしまう。そして今度は、リシアさえ救えなかった。

何ひとつ守ることができなかった。いつも虚勢を張っているだけで、その下にあるのは恐怖心だけだ。大きな図体をしているが、めそめそと泣くだけの小僧なのだ。

かつて、クジラに襲撃されたレディ・ウェクサム号から少年を助けだした。少年を病院に見舞ったときは、本当に誇らしかった。彼の勇猛果敢な行動で何人もの命が救われた。レオンとも真の友になることができた。カメラマンに写真を撮られ、翌日の新聞で祝福を与えられた。

しかし今もクジラは暴れ狂い、イルカは傷つけられる。自然は苦悩し、リシアは死んだ。グレイウォルフは自分の無力が虚しかった。自身を嫌悪し、その心を誰にも打ち明けることができなかった。この悪夢が去るまで、自分の任務を果たすだけだ。

そして、それから……

涙が溢れでた。天井をじっと見つめたが、鋼鉄の梁(はり)は何も答えてはくれなかった。

全体像

「この球体は地球です」

クロウが言った。壁に貼った数枚の拡大画像の前を、ゆっくり歩いている。

「これらの線の法則については、ずいぶん頭を悩ませたわ。でも、地球の磁場を再現したものだと思う。余白の部分は大陸です。わたしたちはメッセージを解読した」

「確かなの？　あなたが言う大陸は、わたしの知る大陸にはまるで似ていないけれど」

リーは目を細めて言った。

クロウは笑みを浮かべた。

「そういう大陸ではないのよ。これは一億八千万年前の大陸。すべての大陸が一つだったパンゲアという超大陸の姿です。画像の線は、当時の磁場に相当すると思われる」

「確かめたの？」

「磁場を再構築するのは難しいけれど、当時の大陸の形状はよく知られているわ。彼らが地球のモデルを送ってきたと気づくまでには時間がかかった。けれども、それがわかれば、あとは簡単に合致できた。彼らは水を核にして、そこに地理データを付加した」

「やつらは一億八千万年前の地球の姿を、どうして知ることができたんだ？」

ヴァンダービルトが訊いた。

「記憶していたのだ」

ヨハンソンが答えた。

「記憶？　先史時代のことを？　その頃は単細胞しか……」

ヴァンダービルトが言葉につまると、ヨハンソンがあとを続けた。

「そう、そのとおりだ。単細胞生物と、ごく初期段階の多細胞生物だけだ。昨夜、われわれはパズルの最後の一片を見つけた。イールは超変異DNAを持っている。二億年前、ジュラ紀が始まった頃に彼らは意識を確立し、以来、学習を続けている。サイエンス・フィクションには、こんなセリフがよく出てくる。『それが何かわからないが、とにかくわれわれに向かってくる！』あるいは、『大統領に電話をつないでくれ』そして、あとに続く言葉が『彼らはわれわれに優っている』ほとんどの映画や本では、その理由は充分に明らかにされないが、今回は『イールはわれわれに優っている』とはっきり言える」

「彼らが知識をDNAに蓄積しているから？」

リーが尋ねた。

「そうです。そこが人類との明白な違いだ。われわれに種の記憶はない。われわれは文化を言い伝えるか、書き残すか、画像で伝えるのであって、経験を直接引き継ぐことはできない。肉体の死とともに精神も死んでしまうから。過去の過ちを決して忘れてはならないとよく言うが、それは、決して実現不可能な望みを述べているわけだ。自分の記憶を忘れることはできる。だが、先祖が体験したことを、自分の記憶として思い出すことはできない。記憶を記録し呼びだすことはできるが、われわれがその記憶を体験したのではない。人間の子どもは、いつの時代も同じことを新たに体験する。オーブンが熱いものだと知るために、子どもは熱いプレートの上に手をかざして体験しなければならない。ところが、イールの場合は違う。一つの単細胞が学んで知識を伝達する。すべての情報を備えるゲノムに分裂し、新しい単細胞が生まれる。人間で言えば、脳に記憶されたデータを全部コピーするようなものだ。新しい単細胞は抽象的な概念ではなく、まるで自分が体験したかのように、じかに経験を受け継ぐのだ。イールが誕生してからすぐに、彼らは集合体での記憶を可能にした。これで、どのような敵を相手にしているのか、わかったでしょう」

ヨハンソンはリーを見つめた。

彼女はゆっくりとうなずいた。

「イールの知識を奪う唯一の方法は、すべての集合体の殲滅しかないわ」

「それには、絶滅させるしかないだろう。しかし、それはさまざまな理由から不可能だ。たとえば、彼らがどれくらい密なネットワークを持っているのかわからない。細胞の連結は数百キロメートルに及ぶのかもしれない。彼らは無数にいるのだ。われわれとは違い、彼らは現在だけを生きているのではない。彼らには統計も、平均値も、イメージも必要ない。集合体の中に、統計や価値や歴史がある。彼らは数千年にわたる発展を見わたすことができる。一方、人間は子孫に記憶を遺すことなどできない。われわれは記憶を抑圧する。ところが、イールは常に持ち続ける記憶に基づいて、比較し、分析し、認識し、結論し、行動する。創造的な成果を失うことは決してない。すべてが、常に発展する戦略と概念の中に流れこんでいくのだ。決して終わりのない選抜のプロセスは、よりよい解決につながる。過去に遡り、修正を加え、磨きをかけ、失敗から学び、新しい知識を取り入れ、予想し、行動する」

「なんという冷血なやつらだ」

ヴァンダービルトが言った。

リーは首を振った。

「そう思うの？　わたしは賞賛するわ。彼らは、わたしたちが何年もかかる戦略を数分で片づけてしまう。うまくいくかどうか、正確に知ることができる。なぜなら、すべて記憶しているから。自身が体験していない失敗を、自身の体験として記憶しているのだから」

ヨハンソンがあとを続ける。

「それで、イールは人間よりもうまく生きていける。彼らの場合、思考プロセスは集約され遺伝子の奥深くに溜められる。彼らはあらゆる時間を同時に生きている。一方、人間は過去を誤解し、未来を無視する。われわれの存在は個人の存在に限られ、今ここにあるだけだ。個人のゴールに到達するために、より高い知識は犠牲にされる。人間は死を越えて存在することはできない。だから、芸術や本や音楽の中に自身を刻みこむ。歴史の中に名をとどめ、記録を残す。語り継がれ、誤解され、歪曲される。そして、死んでずっとあとに、イデオロギーの崩壊が起こるのだ。個々の人間がそれぞれ永遠の存在でありたいと思うあまり、個々のめざすゴールが人類全体にとって有益なものとなることはめったにない。われわれの精神は、美学、個人、知性、理論を勝ちとろうとする。われわれは動物ではありたくない。われわれは肉体を神殿だとみなす一方で、単なる機械にすぎないと見くだしている。精神は肉体に優るという考えにすっかり慣れてしまい、肉体の生存は嫌悪や軽蔑でしかないと考えてしまう」

ふたたびリーが続ける。なぜか非常に満足している様子だ。

「そして、イールにはそのような境界はない。肉体は精神であり、精神は肉体。全体の利益に反する行動をするイールは一つもいない。生存は種の利益であって、個々の利益ではない。行動は常に全体で決定される。素晴らしいわ！　個々のイールが優秀なアイデアを思いついても、褒められたりしない。協力して結果を出すことに満足する。名声を欲するイールはいない。こんな単細胞生物に、そもそも自意識なんてあるのかしら？」

アナワクが答えた。

「ぼくたちが知るものとは別なのでしょう。個々の単細胞が自意識を持つかどうかはわからないが、それぞれの細胞は創造的だ。個々はセンサーの役目を果たし、経験を創造性に変換し、集合体の中にもたらす。おそらく一つの考えが考慮されるのは、その信号が充分に強い場合だ。同時に持ちこまれたら、ほかの考えと比較され、より強い考えが生き残る」

「純粋な進化。自然淘汰による思考」

ウィーヴァーがうなずいて言った。

「なんという敵でしょう！　うぬぼれもしなければ、情報も失わない。人間が全体の一部しか見ることができないのに、彼らはあらゆる時空を眺められる」

リーはすっかり感心して言った。

「だから、わたしたちは地球を破壊しているのよ。自分たちが何をしているのか見えないから。深海にいる彼らは全部わかっている。人間が種の記憶を持たないことも知っている」

クロウが言った。

「そうね、すべて説明がつく。だからわたしたちと交渉しないのだわ。わたしたちは明日死んでしまうかもしれない。そうしたら、誰と交渉するのだろう？　わたしたちが種の記憶を持っていれば、わたしたちが愚行を犯すのを防いでくれる。でも、人間にそんなことはできない。人間とうまくやっていこうと望むのは無駄なこと。彼らはそう学んだ。それが彼らの知識の一部として蓄積し、人間を攻撃しようと決めた理由なのだわ」

リーの言葉にオリヴィエラが続ける。

「そして、知識は消去できない。集合体の中の個々のイールはすべてを把握している。彼らは賢者も、科学者も、将軍も、指導者も、他者の情報を吸いとり他者を排除するような者も必要ない。わたしたちは、好きなだけイールを殺すことはできる。でも、少しでも生き残れば、彼らの知識のすべてが存在し続ける」

リーが彼女に顔を向けた。

「ちょっと待って。あなた、イールには女王がいると言わなかった？」

「ええ。全体の知識は個々のイールに与えられ、全体の行動は中央で操作されているのかもしれない。そういう女王はいるのではないかしら」

「やはり単細胞なの？」

「あのゼラチン質と同じ生化学システムを持つはずだから、単細胞であると推測できるわ。非常に組織化された集合体で、こちらが近づくには、コミュニケーションを図るしかない」

「謎めいたメッセージを受け取るためにか？　やつらは先史時代の地球の画像を送ってきた。目的は何だ？　何を言いたいんだ？」

ヴァンダービルトが言った。

「すべて」

クロウが答えた。

「少し詳しく説明してくれ」

「彼らは、地球は自分たちの惑星だと言っているのよ。少なくとも一億八千万年前からこの惑星を支配している。種の記憶を持ち、磁場もわかる。水のあるところならどこにでも存在すると説明した。自分たちは今ここにいると言っているのよ。いつでも、どこにでもいる。それが事実だと。これが彼らのメッセージで、多くを語っているのだと思うわ」

ヴァンダービルトは腹をかいた。

「で、なんと答えるんだ？　どうぞお引き取りくださいとでも言うのか？」

「そんな返事は送らない」

「じゃあなんと？」

「わたしたちを絶滅させるという彼らの論理と、生存したいというわたしたちの論理は相容れない。わたしたちに唯一残されたチャンスは、彼らの優位を認めると知らせ……」

「単細胞の優位だと？」

「そして、人間が彼らにとって危険な存在ではないと納得させる」

「でも、わたしたちはすでに危険な存在でしょう」

ウィーヴァーが言った。

「そのとおりだ。口で言うだけでは意味がない。彼らの世界から手を引くという証拠を示さなければならない。海を化学物質や騒音で汚染するのを早急にやめなければならない。われわれと共存できるという考えを、すぐに彼らに持たせなければならない」

ヨハンソンが言った。

「ジュード、今度はあなたの番よ。わたしたちの考えはわかったでしょう。わたしたちの意見を上に伝えるか、あなたが決定を下すか」

クロウがジューディス・リーに言った。

全員の視線がいっせいにリーに集まる。

リーはうなずいた。

「あなた方の意見はまったく正しいと思うわ。でも、事を急いて仕損じてはならない。海から手を引くのなら、説得力のある正確なメッセージを送らなければならないでしょう」

彼女は一同を見わたした。

「皆さん全員の協力が必要です。あわてたり、パニックに陥ったりしないでください。急ぐ必要はない。重要なのはメッセージの内容です。彼らは想像を超える未知の知性体だわ。平和的に解決できるチャンスがわずかでもあるのなら、それを利用すべきです。では、皆さん、全力を尽くしてください」

「ありがとう。アメリカ軍の言葉に感激したわ」

クロウが笑って言った。

リーは、ピークとヴァンダービルトとともに会議室をあとにした。

「ルービンは例のものを充分に合成できたかしら？」

「大丈夫だ」

ヴァンダービルトが答えた。

「よろしい。ディープフライトに積みましょう。二、三時間以内に実行したほうがいい」

「なぜ、そんなに急ぐのです？」

ピークが訊いた。

「ヨハンソンよ。彼はこちらの計画を見抜く寸前だわ。わたしは話し合うつもりはない。

すべてが終わってから、好きなだけ批判させればいい」

「本当にそこまで準備ができたのだろうか？」

リーは彼を見つめた。

「わたしは合衆国大統領に約束した。約束したからには、準備はできているのよ」

ウェルデッキ

「ジャック！」

アナワクはイルカの水槽に歩み寄った。グレイウォルフはちらりと目を上げたが、すぐまた視線をイルカに装着したカメラに戻した。アナワクが近づくと、二頭のイルカが水面に顔を出し、鳴き音を立てて挨拶した。二頭は撫でてもらおうと、水槽の端に泳いできた。

「邪魔だったか？」

アナワクはイルカを撫でながら訊いた。

「いや、べつに」

あの襲撃事件以来、彼がグレイウォルフを訪ねたのはこれが初めてではない。毎回、話しかけても応じてくれなかった。グレイウォルフは自分の殻に閉じこもってしまった。ミーティングには出席せず、イルカの撮ったビデオに短いコメントを書きこむ作業をしていた。ビデオには多くは映っていなかった。ゼラチン質が接近してくる映像には失望した。青い光が深海に消えると、オルカの影が現われる。すると、イルカたちは恐怖を感じて艦の下に押し寄せ、あとの映像は鋼鉄の外殻だけだったのだ。グレイウォルフは残ったイルカを再度パトロールに出すことを提案した。アナワクは軍用イルカがまだ役に立つとは思わなかったが、それを口にはしなかった。グレイウォルフが今までと同じように過ごしたいために、主張したのではないかと思えたのだ。

二人はしばらく無言で佇(たたず)んでいた。背後では、兵士と技術者の一団がウェルデッキをあとにして、ランプウェイを上っていった。彼らは破壊されたガラス隔壁を修理したのだ。残った技術者の一人が桟橋にあるコントロールパネルで、ポンプシステムを作動させた。

「あっちに行こう」

グレイウォルフが言った。二人は人工岸を登った。デッキにゆっくりと水が入ってきた。

「また水を入れるんだな」

アナワクが言った。

「ウェルデッキに海水が満ちれば、イルカを外に出しやすくなる」

「パトロールに出すつもりか？」

グレイウォルフはうなずいた。

「よかったら手伝うよ」

「ありがとう」

彼は言って、カメラの蓋を開けた。精密ドライバーで内部のネジをまわす。

「今すぐに出すのか？」

「いや、まずこいつを直さないと」

「少し休まないか？　何か飲みにいこう。たまには休憩も必要だ」

「休憩が必要なほど、おれは働いていない。装備をチェックし、イルカの世話をするだけで、ずっと休憩しているようなものだ」

「それならミーティングに出ろよ」

グレイウォルフはちらりと彼を見ると、黙って修理を続けた。話は途切れてしまった。

「ジャック、永遠に隠れているわけにはいかないぞ」

「永遠のことなど誰にも言えないだろう」

「じゃあ、お前のそのざまは何だ？」

グレイウォルフは肩をすくめた。

「自分の仕事をしているだけだ。イルカの様子に注目し、ビデオを分析する。必要とされるところにいるんだ」

「じゃあ、なぜミーティングに出ない？　ぼくたちがこの二十四時間に発見したことを知っているのか？」

「ああ、知ってる」

「え？　誰から聞いたんだ？」

「オリヴィエラがときどき来てくれた。ピークも、万事オーケーか一度見に来たし。こっちから訊かなくても、誰かが話してくれる」

アナワクは虚空を見つめた。突然、怒りが湧いてくるのを感じた。

「そうか、じゃあぼくは必要ないんだな」

グレイウォルフは答えなかった。

「ここで朽ち果てるつもりなのか？」

「おれが動物たちとの付き合いを優先させる男だということは、あんたも知ってるだろう」

その動物にリシアは殺されたのだ。アナワクはそう言おうとしたが、最後の瞬間に言葉を呑みこんだ。

自分は何をするべきなのか？

「ぼくだってリシアを失った」

グレイウォルフの手が一瞬止まったが、すぐにドライバーをまわした。

「関係ない」

「何が関係ないんだ？」

「レオン、いったい何しに来たんだ？」

「何をしに？」

アナワクは考えこんだ。怒りが増した。これはフェアじゃない。苦しみに耐えなければならないのは、グレイウォルフだけではないはずだ。

「ジャック、正直に言うと、自分でも何をしに来たのかわからないんだ」

彼は言って、踵を返した。

ランプウェイに出ようとしたとき、グレイウォルフが小声で言うのが聞こえた。

「レオン、待ってくれ」

ヨハンソンは朦朧（もうろう）としていた。

死ぬほど疲れていた。昨夜の仕事がこたえたのだ。今は、モニター画面を前にしてコンソールに座っている。オリヴィエラは、レベル4実験室でイールの凝縮フェロモンを合成している。それができたら、シミュレーションタンクに少し注入してみるつもりだ。タンク内には集合体の姿はあまりなく、多くの単細胞が水中を漂っているだけだった。明らかにかなりが分解し、光も放っていない。フェロモンを加えれば、彼らはまた集合体を形成し、それでさらなる実験ができるだろう。

クロウのメッセージをタンク内の知性体に送り、反応を見るのがいいかもしれない。

彼は軽い頭痛がしたが、その原因はわかっている。過労でも睡眠不足でもない。思い出せない記憶が痛みの原因だった。

行きづまった記憶。

先ほどのミーティングから痛みは増すばかりだ。リーの言葉で、彼の頭の中にあるスライドのスイッチが入った。短い言葉だったが、気になって仕事に集中できない。曖昧（あいまい）な考えでいっぱいになり、ついに頭が後ろに傾き、うとうとしはじめた。遠のく意識の中で、果てしないリボンが巻きつくように、彼にリーの言葉がまとわりついた。

〈急ぐ必要はない。急ぐ必要はない。急いでは……〉

どこからともなく物音が聞こえてきた。オリヴィエラがフェロモンの合成を終えたのか？　一瞬、彼は覚醒した。実験室の照明に目をしばたたき、ふたたび目を閉じた。

〈急ぐ必要はない〉

薄暗がり。

格納デッキ。

金属をこするような音。彼はぎくりとした。ここはどこだろう。背中に鋼鉄製の壁を感じた。海の上に薄明るい空が広がっている。上体を伸ばして向こうの壁を見やった。

一部が開いている。

扉が開き、明るい内部が見える。白い光が中から漏れていた。彼は箱を滑り降りた。長いこと座っていたにちがいない。節々（ふしぶし）が痛んだ。年をとったものだ。ゆっくりと灯りに向かって歩きだす。中に通路が延びていた。むきだしの壁。ネオン管が天井で輝いている。数メートル先で通路は曲がっていた。

彼は中を覗きこみ、聞き耳を立てた。

話し声と物音。彼は一歩後退した。曲がり角の向こうに何が？　入ってみるべきか？

彼は躊躇した。

急ぐ必要はない。急ぐ必要はない。

戸惑い。

不意にバリアが砕けた。

彼は足を踏み入れた。両側はむきだしの壁。通路は右に曲がっている。ふたたび曲がり角だ。今度は左に。車が走れるほどの広い通路。また話し声や物音がした。すぐ近くだ。あの曲がり角の向こうから聞こえてくる。ゆっくりと近づき、左に曲がった。そこは……

実験室。

だが、彼の実験室ではない。ずっと狭く、天井も低い。シミュレーションタンクを設置した彼の実験室の真上にちがいない。ここにもシミュレーションタンクがある。かなり小型だ。自動車ほどの大きさだ。中には青く光るものが揺れている。触手を伸ばし……

信じられない思いで、彼はその光景に見入った。

ここは、この下にある実験室の小型だが、完璧なコピーだった。きれいに並んだ作業台。実験装置。液体窒素の入った保存容器。モニター画面のあるコントロールパネル。電子顕微鏡。奥にある鋼鉄の扉には〈バイオハザード〉の表示。さらに奥にもう一つ扉があり、その向こうに狭い通路が見える。

そこに人影があった。

三人が立って話をしている。彼が入ってきたことには気づいていない。男性二人は彼に背を向けているが、女性の横顔は見える。彼女はメモをとっていた。彼女の視線が、男たちとシミュレーションタンクのあいだを往復している。その視線が実験室をさまよい、ヨハンソンを捉え……

彼女の口がひとりでに開いた。男たちがあわてて振り向く。一人には見覚えがあった。ヴァンダービルトの部下だ。その男が何をしているかなど誰にもわからない。CIAのエージェントとはそういうものだ。

二人目の男はよく知る人物。

ルービンだった。

ヨハンソンは狼狽し、立ちすくんで眺めるほか何もできない。ルービンの目に驚愕が広がるのが見えた。その目はこの状況の打開策を探している。彼の目を見て、ようやくヨハンソンは我に返った。一瞬にして、ここで奇妙なゲームが行なわれていることを悟った。彼は利用されていたのだ。オリヴィエラもアナワクも、ウィーヴァー、クロウ……

それとも、彼らのうちの誰かも別の顔を持っているのだろうか。

目的は何だ？

ルービンがゆっくりと近づいてくる。ぎこちない笑みが浮かんでいた。

「シグル、どうしたんだ？　あなたも眠れないのか？」

ヨハンソンは周囲を見まわした。彼の視線が二人の目を通りすぎる一瞬、自分が招かれざる客であることを、彼は知った。

「きみたちはここで何をしているんだ？」

「べつに何も、これはただ……」

「ここは何なのだ？　何が起きているんだ？」

ルービンが前に立ちはだかった。

「説明させてくれ。本当は、この第二の実験室を使うつもりじゃなかった。大きいほうの実験室が何らかの理由で使えなくなるような場合のために、緊急用としてここが設置された。システムが機能するかどうか、チェックしているだけだ。そうすれば緊急時に……」

ヨハンソンはシミュレーションタンクを指さした。

「きみたちはあの生物を……あそこに入れている！」

「え？」

ルービンは振り返ったが、すぐ彼に視線を戻した。

「あれは……タンクを使えるか確認してみなければならないし。ここのことは黙っていたが、それは言う必要もないと……」

嘘ばかりだ。

ヨハンソンは酔ってはいたが、それでもルービンが懸命に取りつくろおうとするのはわかる。

彼は踵(きびす)を返して、実験室を出ようとした。

「シグル！　ドクター・ヨハンソン！」

背後に足音が聞こえ、ルービンが横に来た。震える指で袖を引っ張る。

「待ってくれ」

「きみたちは、ここで何をしているんだ？」

「シグル、あなたが考えていることじゃない。私は……」

「私が何を考えているのか、どうしてわかるんだ？」

「これは安全対策で」

「何だって？」

「安全対策だ！　この実験室は安全対策なんだ」

ヨハンソンは腕を振りほどいた。

「一度、リーと話し合ったほうがよさそうだ」

「だめだ、それは……」

「オリヴィエラのほうがいいか。ばからしい。全員に話すのがいちばんだ。きみたちは、ここで私たちをせせら笑っていたのだろう」

「絶対に違う」

「それなら説明したまえ、ここは何なのだ」

ルービンの目にパニックが広がった。

「それはまずい。そんなに急ぐことはないだろう。わかるか？　急ぐ必要はない！」

ヨハンソンは彼を見つめた。思わず鼻を鳴らすと、ルービンをその場に置き去りにした。足音が追ってくる。背後に、ルービンが抱く恐怖を感じた。

〈急ぐ必要はない〉

白い光。

目に火花が飛んだ。頭蓋に鈍い痛みが広がる。壁と通路が消え、床が迫り……

ヨハンソンは実験室の天井を凝視していた。

すべてが現実に戻った。

椅子から飛び上がった。オリヴィエラはまだレベル４実験室にいる。彼は荒い息をしてあたりを見まわした。シミュレーションタンク、コントロールパネル、作業台。

ふたたび天井に目をやった。

この真上に第二の実験室がある。誰にも知られてはならない実験室。ルービンに殴られたにちがいない。それから、記憶を消すための薬物を投与されたのだ。

何のために？

いったいどんな企みが進行しているのだ？

彼は拳を握りしめた。救いようのない怒りが湧いてきた。実験室を出ると、ランプウェイを駆け上がった。

ウェルデッキ

「おれは上に行って何をするんだ？　おれには、あんたたちを助けることはできない」

アナワクの怒りは消えた。彼はゆっくりと引き返した。ウェルデッキに水が満ちていく。

「そんなことはない」

「いや、そうだ」

グレイウォルフの声は冷めて、無関心な響きさえあった。

「海軍はイルカにひどいことをしていたが、おれはやめさせられなかった。それから、おれはクジラを守ってやった。なのに、今は別の暴力の犠牲になった。いつの頃からか、おれは人間よりクジラのほうがいいと思うようになった。だが、愚かなことだ。どのみち自分自身に妥協しただけだ。結局、クジラのせいでリシアを失った。おれは誰も助けられない」

「自分を責めるのはよせ」

「これが現実だ!」

アナワクは彼の隣に腰を下ろした。

「お前が海軍を去ったのは正しい決断だった。お前は最高のイルカの訓練士だった。海軍への協力をやめたのはお前が決めたことであって、彼らではない」

「そうだが、おれが去って何か変わったか?」

「お前にとっては、変わったことがあるだろう。気骨のあるところを示したんだ」

「それで、おれは何を成し遂げたんだ?」

アナワクは沈黙した。

「最悪なのは、どこにも居場所がないと感じることだ。人を愛し、その人を失う。動物を愛し、その動物に愛する人を殺された。おれはオルカを憎むようになった。おれの言ってることがわかるか？　おれはオルカを憎むようになってしまったんだ！」

「ぼくたちは誰もが同じように感じて……」

「違う！　おれは見たんだ。リシアがオルカに嚙み殺されるところを。しかも、おれは彼女を助けられなかった。これはおれの問題だ！　おれが今ここで死のうと、世界の存続やこの世の終わりにとって、何の意味もないんだ。誰がおれに興味を持つんだ？　おれの存在がこの世界に意義があったと誰かが言ってくれるようなことを、おれは何も成し遂げていない」

「ぼくはお前に興味がある」

グレイウォルフは彼を見つめた。アナワクは皮肉な答えを待ち受けた。しかしグレイウォルフは、喉につかえた、ため息を呑みこんだだけだった。

「お前は忘れたかもしれないが、リシアもお前に興味を持っていた」

アナワクは言った。

ヨハンソン

彼はルービンを捕まえフライトデッキに引きずっていき、海に放り投げてやりたかった。ルービンが目の前にいれば、絶対にそうしていただろう。しかし彼の姿はどこにもない。その代わり、ランプウェイを下りてくるウィーヴァーに出くわした。

一瞬、彼はどうすべきかわからなかったが、すぐに自分を取り戻した。

「カレン！　私たちを訪ねてくれたのかい？」

彼は笑って訊いた。

「実は、レオンとジャックに会いにウェルデッキに行くところなの」

「ああジャックか。彼は大変だろうな」

ヨハンソンは平静を保とうとした。

「彼が考える以上に、リシアとのつながりは深かったと思う。彼が立ち直るのは厳しいわ」

「レオンは友だちだ。彼が力になれるだろう」

ウィーヴァーはうなずき、怪訝（けげん）な目で彼を見た。これは普通の会話ではないと、彼女はすでに気づいていた。

「具合はよくなった？」

「最高だ。たった今、イールとコンタクトを敢行できるいい方法を思いついたんだ。フライトデッキに行かないか？」

ヨハンソンは彼女の腕をつかんだ。

「わたしは本当に……」

「十分でいい、きみの考えを聞きたい。狭いところにいるのは気が滅入る」

「デッキに出るにしては軽装よ」

彼は自分の姿を見下ろした。セーターにジーンズだ。ダウンジャケットは実験室にかけてある。

「抵抗力をつけないと」

「何に対して？」

「インフルエンザ、老化、それから、くだらない質問に！　まだあったか？」

彼は声が次第に大きくなったことに気がついた。体裁をつくろわなければならない。

「私のアイデアを聞いてほしいんだ。きみたちのコンピュータ・シミュレーションにすごく関係するし。ランプウェイでは話しにくいから。行かないか？」

「いいわ」

二人はランプウェイを上り、アイランドの内部に来ていた。彼は、カメラやマイクを探して天井を見上げるような真似は極力しないように努めた。どうせ簡単に見つかるようなものではないのだ。その代わり、小声で話すようにした。

「リーの言うとおりだ。今は急ぐ必要はない。このアイデアがいいかどうか判断できるまでに二日はかかる。なぜなら……」

というように、彼は意味のないことを専門的に聞こえるように装った。彼女を引っ張るようにして、アイランドからフライトデッキに出た。左舷のヘリコプターの着艦ポイントまで歩いた。気温が下がり、風も強くなっていた。海上には霧が立ちこめ、波は高くなっている。二人の遥か下で、波は太古の動物のようにゆっくりとうねり、風が潮の香りを運んできた。彼は凍るように寒かったが、怒りで体の芯は煮えたぎっていた。ついに二人はアイランドから遠く離れたところまで来た。

「はっきり言って、あなたの言っていることがまるでわからない」

彼は顔を風に向けた。

「わからなくてもいいよ。ここなら彼らも盗聴できないだろう。フライトデッキの会話を盗み聞きするのは困難だ」

ウィーヴァーは目を細めた。

「何のこと？」

「思い出したんだ。一昨日の夜の出来事を」

「扉を見つけたの？」

「いや。けれど、扉があそこにあることはわかっている」

彼は手短に思い出したことを話した。彼女は表情一つ変えずに聞き入った。

「艦には別働隊のような人たちがいるということ？」

「そうだ」

「なぜ？」

「リーの言葉を聞いただろう？　彼女は急ぐ必要はないと言った。リーたちには、われわれ全員が、きみにレオン、オリヴィエラと私、もちろんルービン、クロウやシャンカーがイールの完璧なデータを教えてやった。もしかすると、そのデータはわれわれの誤解で、大きく的をはずれたものかもしれない。しかしその反対も言える。つまり、われわれが扱っているのがどのような知性体で、どう機能するのか理論上は判明したのだと。われわれは懸命に働いて見つけだした。なのに、急にわれわれに時間を与えるとは、どういうことだ？」

「わたしたちがもう必要ではないから。ルービンが別の実験室で、違う人たちと研究を続けているから」

彼女は抑揚のない声で言った。

「われわれは下請けなのだ。その義務は果たした」

ヨハンソンはうなずいた。

ウィーヴァーは激しく首を振った。

「でも、どうして？　ルービンは、わたしたちとは相容れないゴールをめざしているの？　ほかにどんな選択肢があるかしら？　わたしたちはイールと合意するしかないのに、彼はほかに何ができるというの？」

「競争が始まっている。ルービンは二役を演じているが、すべて彼のアイデアではない」

「じゃあ誰の策略なの？」

「リーが背後にいる」

「あなたは最初から彼女を不審の目で見ていた」

「彼女も私を信用していない。われわれは出会ってすぐに、互いを侮れない相手だと悟った。彼女と面と向かうと、自分が取るに足らない人間だという気になったものだ。彼女に不信感を抱く納得のいく理由があったわけではない」

二人はしばらく無言だった。

「それで今はどうなの？」

彼は両腕で自分の体を抱えた。

「頭を冷やして考えることができた。リーは、われわれがここにいるのを見ているだろう。彼女は特に私に注目していると思う。われわれの会話は推測するしかないが、遅かれ早かれ私の記憶が戻ると考えている。だから、彼女には時間がないんだ。今朝、初めてゆっくりするようにと言った。彼女が自分の作戦を遂行するなら、決行するのは今しかない」

「じゃあ、彼女の計画をすぐにも探りださなければ。みんなにも呼びかけてみようか」

「危険すぎる。そんなことをすれば、すぐ彼らに気づかれる。艦のすべての部屋が盗聴されているのは確実だ。われわれを閉じこめて、鍵を海に捨てるのがおちだ。なんとかして、私はリーを追いつめてやる。ここで何が進行しているのか知りたい。それには、きみの協力が必要だ」

ウィーヴァーはうなずいた。

「わかった。わたしは何をすれば？」

「ルービンを探しだして問いつめてくれ。私はリーを質してみる」

「彼、どこにいると思う？」

「あの怪しい実験室だ。場所はわかったが、どうやったら行けるのかわからない。彼がそこらをうろついているのを期待するしかないか」

ヨハンソンはため息をついた。

「なんだかB級映画を観ているようじゃないか？　もしかすると私の頭がおかしいのかもしれない。妄想にとりつかれているのかもしれない。だが、そんなことでくじけている場合じゃない。とにかく、何が起きているのか探しあててやる！」

「妄想じゃないわ」

彼は彼女を感謝のまなざしで見つめた。

「さあ戻ろう」

艦内を戻るあいだ、二人は専門用語を連発して暗号メッセージのことを語った。

「これからレオンのところに行くわ。あなたのアイデアをどう思うか訊いてみる。午後にでも、いっしょにプログラミングしてシミュレーションしてみない？」

「それはいい。じゃあ、あとで」

彼はウィーヴァーがランプウェイを下っていくのを見送った。自身はレベル02に向かい、CICを覗いた。クロウとシャンカーがコンピュータの前に座っている。

「きみたち、何しているんだい？」

彼は雑談をするように話しかけた。

「考えているのよ。フェロモンのほうはどう？」

クロウの声が煙草の煙の中から聞こえてきた。

「オリヴィエラが合成を進めている。二ダースぐらいはアンプルができただろう」

「じゃあ、われわれより進展しているな。数学だけが、彼らと交信する唯一最良の手段ではない気がしてきた。まあ、やつらはわれわれより数学はできるが」

シャンカーは言って、浅黒い顔に苦々しい笑みを浮かべた。

「代わりの手段があるのか？」

ヨハンソンが尋ねた。クロウは鼻から煙を吹きだした。

「感情。イールの感情に訴えるというのは変かしら？　でも、彼らの感情が生化学的なベースを持つなら……」

「人間と同じように」

マレー・シャンカーが口をはさんだ。

「……匂いは役に立つはず。ありがとう、マレー。言うまでもなく、愛も化学だったわね」

「シグル、きみには化学的に好きな人がいるかい？」

「いないな。今のところ自分自身で相互作用しているよ。ところで、リーを見なかったか？」

「さっき上陸部隊作戦センター（LFOC）にいたけど」

「ありがとう」

「あ、そうだった。ルービンがあなたを探していたわ」

「ルービン？」

「リーと二人、そこでおしゃべりしていた。ルービンは数分前に実験室に行ったわ」

ちょうどいい。ウィーヴァーが彼を捕まえるだろう。

「それはよかった。フェロモンの合成を手伝ってもらえる。けれど、また偏頭痛に襲われなければいいが。気の毒なやつだ」

「煙草を吸えばいいのに。煙草は頭痛によく効くのよ」

ヨハンソンはにやりと笑うと隣のＬＦＯＣに入った。クロウとシャンカーの邪魔にならないよう、ＣＩＣに来るはずのデジタルデータの大半が、こちらのシステムで受け取るように変更されている。スピーカーからはかすかな雑音と、たまにイルカの鳴き音が聞こえた。モニター画面の一つに、イルカの影が映っている。どうやらグレイウォルフがふたたびイルカを外に出したようだ。

リーもピークも、ヴァンダービルトもいなかった。彼はさらに統合情報センター（JIC）にも行ってみたが、三人の姿はなく、ふだんと変わった様子もない。士官用食堂も覗いてみようかと考えたが、せいぜいヴァンダービルトの部下か、兵士がいるだけだろう。リーはフィットネスジムか自分のキャビンにいるのかもしれない。だが、艦内を探して歩く時間はなかった。

ルービンが実験室に向かったのなら、ウィーヴァーがすぐに追いつくはずだ。その前に、なんとしてもリーと話さなければならない。

いいだろう。彼女を見つけられなくても、彼女はこちらを見ている。彼はゆっくりとした足どりで自分のキャビンに戻り、部屋の中央に立った。

「やあ、ジュード」

カメラはどこだ？　マイクは？　あてもなく見まわすが、絶対にあるのだ。

「私にさっき何が起きたかわかるか？　思い出したんだ。実験室の真上に第二の実験室があり、ルービンが偏頭痛に襲われると、そこによく消えていたということを。彼がそこで何をしているのか知りたい。同僚の頭を殴る以外に、彼が何をしたのか教えてくれ」

彼の視線が家具や照明、テレビにさまよった。

「ジュード、私に話す気にはなれないのだろう？　こちらも保険はかけさせてもらった。間もなく、私が思い出したことが全員に伝わるはずだ。あなたはそれを阻止できない」

当然はったりだが、彼女が真剣に受け止めることを期待した。

「困ったことにならないか？　ピーク、あなたはどうだ？　そうだった、ジャック！　あなたのことを忘れるところだった。あなたはどう思う？」

彼は部屋の中をゆっくりと行ったり来たりした。

「私には時間がある。あなた方はどうだ？　もちろん忙しいのだろう」

彼は笑って両手を開いてみせた。

「内密に話し合おうじゃないか。あなた方は、ここにもう一つの影の世界を築いた。それには立派な意図があるんだ。世界平和のためだろう？　ジュード、私は殴り倒されるのは好かない。わかるだろう？　あなたと話がしたいのだ。どうやら、ルービンの偏頭痛はときどきあなた方にも伝染するようだな。みんな、頭痛で寝こんでるのか？」

彼は沈黙した。リーが関心を示さなかったら、どうすればいいのか？　まったく聞いていなかったら？　彼は狂ったように部屋の中を歩きまわった。

「ジュード？」

あたりを見まわす。彼らは聞いている。絶対に聞いている。

「ジュード、あなたが深海シミュレーションタンクをルービンに気前よく与えたことはわかっている。われわれのタンクよりずっと小さいが、彼はそれで何の実験をしたんだ？

われわれのタンクではしなかった実験なのか？　われわれの背後で、イールと手を結ぶわけではないのだろう？　私に力を貸してくれ、ジュード、私にはまったくわからない……」

「ドクター・ヨハンソン」

彼は声の主を振り向いた。扉が開いて、背の高いピークの黒い影が立っていた。

「これは驚いた、懐かしのピークじゃないか！　お茶をごちそうしようか？」

彼は落ち着いて言った。

「ジュードがあなたと話したいそうだ」

ヨハンソンの口もとが半分ゆるみ、笑みに変わった。

「ああジュードか。いったい何の話かな？」

「こちらにどうぞ」

「さてと……では、行こうじゃないか」

ウィーヴァー

ウィーヴァーが実験室に入っていくと、金属ケースを手にしたオリヴィエラが、奥にあるレベル4実験室から出てきたところだった。

「ルービンを見なかった?」

「いいえ。わたしの目に入るのはフェロモンだけ」

オリヴィエラは金属ケースを掲げた。両側が開いたケースで、内部にアンプル用のラックがある。透明な液体が入ったアンプルが十二本、並んでいるのが見えた。

「さっき、大声で自分が来たことを告げていたから、またすぐに現われるでしょう」

「それはイールのフェロモン?」

ウィーヴァーはアンプルにちらりと目をやって尋ねた。

「そうよ。午後に、少しタンクに入れてみようと思って。これを使って、彼らを集合体にさせられるかどうか調べるのよ。成功すれば、わたしたちの理論がいわゆる真理だということね。ところで、シグルはどこに行ったのかしら?」

オリヴィエラは言って、あたりを見まわした。

「今までフライトデッキでいっしょだった。彼、クロウの役に立つアイデアを思いついたらしい——じゃあ、あとでまた来るわね」

「いいわよ」

ウィーヴァーは考えこんだ。格納デッキを見にいってもいいが、ヨハンソンが正しいとしたら、すぐに人目を引くだろう。それに、誰かがいたら、秘密の扉が開くはずがない。

彼女はウェルデッキに向かった。

デッキはほぼ満水になっていた。グレイウォルフとアナワクは水に入っていた。ロスコヴィッツの小隊で生き残った技術者たちが、桟橋でその様子を見守っている。

「イルカを外に出したの？」

彼女が呼びかけると、アナワクが水から上がってきた。

「そうだよ。きみは何をしてたの？」

「べつに何も。わたしたち、そろそろ考えをまとめないと」

「いっしょにまとめようか？」

彼が優しく言った。

二人の視線が絡まった。ウィーヴァーはすぐにも彼を抱きしめたかった。恐ろしい現実を忘れ、すべてを感情にまかせたかった。

けれども現実は誰の上にものしかかっている。リシアを失ったグレイウォルフもいた。

彼女はかすかな笑みを浮かべた。

ヨハンソンは、足を引きずるピークの後ろを無言で歩いた。二人は階段を下り、医療センターを横切って奥の通路を進んだ。分かれ道を通りすぎると、閉じた扉が現われた。

「ここはどういう区画なのだ？」

ヨハンソンが尋ねた。ピークの指がコンソールの上を滑るように動いた。電子音がして、扉が開くと、向こうにまた通路が延びていた。

「真上がＣＩＣだ」

ヨハンソンは位置関係を思い浮かべた。艦を縦割りにして考えるのは難しい。ＣＩＣが頭上にあるとすると、おそらく秘密の実験室は真下だ。

二つ目の扉が現われた。今度は、ピークの網膜認証で扉が開いた。扉の奥にはＣＩＣによく似た部屋が広がっていた。電子音に混じって、低い騒音や話し声が聞こえる。ざっと十名ほどが働いていた。ずらりと並んだモニター画面に、衛星画像や水中カメラの映像が映っている。ランプウェイの一部、ブキャナン艦長とアンダーソンがいるブリッジ内部、フライトデッキや格納デッキの映像もある。ＣＩＣに座るクロウとシャンカー。ウェルデッキのウィーヴァー、アナワクとグレイウォルフ。実験室のオリヴィエラ。さらにキャビンの映像が続き、彼のキャビンも映っていた。その角度からすると、カメラは扉のすぐ上だ。部屋の真ん中に立って独白する様子は、さぞやうまく撮れていたことだろう。

照明を内蔵する大きな海図台の前に、ジューディス・リーとヴァンダービルトが座っていた。彼女が立ち上がった。

「やあ、ジュード。素敵な部屋を作ったのだね」

ヨハンソンは親しげに話しかけた。

「シグル、あなたに謝らなければならないわ」

彼女は笑みを浮かべた。

「べつに気にしなくていい」

彼は言って、驚いたようにあたりを見まわした。

「感心したよ。重要な施設は、どれも二つずつ用意したんだね」

「よければ、図面を見せましょうか」

「説明を聞けば充分だ」

彼女は顔に当惑の色を浮べた。

「もちろん説明する。その前に言っておくけれど、あなたがこうしてわたしたちのことを知ったのは、本当に残念だわ。ルービンの行為は許されるべきではない」

「終わったことは忘れよう。今、彼は何をしている？　もう一つの実験室で何をしているのだ？」

「毒薬を作ってるんだ」

ヴァンダービルトが言った。

「毒……」

ヨハンソンは言葉を呑みこんだ。

リーが困ったように手を揉み合わせる。

「シグル、イール相手に平和的な解決はあてにできない。あなたの耳には、ひどい話に聞こえるでしょう。信用を裏切られたとか、間違ったゲームだとか……でも、あなたたちを間違った方向に導くつもりはなかった。イールの情報を得るには、あなたたちに平和的に解決するために働いてもらう必要があった。あなたたちは大成功を収めてくれたわ。でも、任務が武器を開発することだったら、あなたたちは決して協力しなかったでしょう」

「いったい何の武器だ？」

「戦争と平和は、歩くとき左右の足を同時に出せないことと同じ。平和に尽力する者は、戦争のことは考えない。ルービンは平和に代わるものを研究している。あなたたちが見つけた、イールのデータに基づいて」

「イールを殲滅するための毒物なのか？」

「あんたに頼んだほうがよかったか？　そうしたら、どうなっていただろうな？」

　ヴァンダービルトが言った。

　ヨハンソンは両手をあげた。

「待ってくれ！　われわれの使命はコンタクトをとり、攻撃をやめるよう彼らを説得することだ。殲滅することではない」

「あんたは夢想家なんだよ」

　ヴァンダービルトがばかにした口調で言った。

「いや、それは可能なことだ。われわれにはできる……」

　ヨハンソンは呆然として首を振った。

「どうやって？」

「わずかな時間で、信じられないほど多くの成果を得た。必ず道は開ける」

「だめなら？」

「なぜ、教えてくれなかったのだ？　話し合えばよかったのだ。目標はいっしょだろう」

　リリーが真剣なまなざしを彼に向けた。

「シグル、わたしたちが今ここでしていることは、国連から委託されたこととまったく同じではない。コンタクトはとるべきだわ。だから、それはやっている。一方、あっさり敵を消し去って悲しむ者はいない。二つの道を視野に入れることに、あなたは反対するの？」

ヨハンソンは彼女を見つめた。

「いや、賛成だ。だが、なぜこんなに複雑なやり方をするのだ？」

「上の方に、あなたたちを信用しない人がいるのよ。平和的コンタクトをとる努力が、実は軍事攻撃の基礎固めだとわかったら、あなたたちはつむじを曲げると心配しているの。しかも、大ヒット映画のように、エイリアンがどんなに危険な存在であっても、科学者たちはエイリアンを殲滅する代わりに、守ろうとするのではと心配……」

「映画？　理解できない相手を軍が撃ちまくる、そんな映画のことか？」

「それは的確な描写だな」

ヴァンダービルトが言って、腹をさすった。

「シグル、わかってちょうだい……」

「われわれがハリウッド映画のように行動すると思って、ペテンにかけたのか？」

リーは激しく首を振った。

「違う、絶対に違う。あなたたちがコンタクトをとることに専念して、研究に没入できる環境を作ることが重要だったのよ」

ヨハンソンはモニター画面を包みこむように大きく腕を開いた。

「そのために覗き見していたのか？」

「ルービンがしたことは間違いだった。あんなことをする権利はなかった。ここでの監視は唯一あなたたちの安全を守るため。わたしたちが軍事作戦を秘密裏に進めているのは、あなたたちに動揺を与えず、あなたたちにしっかり仕事をしてほしかったから」

「その仕事とは何なのだ？」

ヨハンソンは彼女に近づき、目を覗きこんだ。

「平和的な解決か？　それとも、とっくに決定していた軍事攻撃に必要なデータを、間抜け面してきみたちに揃えてやることか？」

「どちらも視野に入れなければならないわ」

「ルービンの武器はどこまで進んでいるんだ？」

「彼のアイデアは機能するけれど、まだ完成したわけではない」

リーは大きく息を吸いこむと、決然と彼を見返した。

「安全のために、ほかの人にはしばらく内緒にしてほしい。時間をください。そうすれば、何十億もの人々が希望を見いだせる作戦が滞りなく進む。ともにあらゆる手段を尽くせるときが、すぐにやって来る。あなたたちが敵に顔を見せるという、とんでもない成果を上げた今となっては、秘密にする理由はない。いっしょに武器を作りはじめれば……」

彼は顔が触れ合うほど彼女に迫り、彼女が言うのを押し殺した声でさえぎった。

「ジュード、私はきみの言葉を信じない。武器を手に入れたとたん、きみはそれを使う。何が起きるかわかっているのか？　相手は単細胞生物だ！　無数にいる単細胞なのだ。彼らは地球が生まれたときから存在する。われわれは、彼らがこの生態系に果たす役割を微塵も知らないのだ。彼らを毒殺したら、海がどうなるかわかるのか？　われわれはどうなってしまうのだ？　何よりも、われわれには彼らが起こした異常現象を止める術がない。きみはわかっているのか？　イールの力なくして、どうやってメキシコ湾流を元どおりにできるのだ？　ゴカイをどうするのだ？」

「イールを片づければ、ゴカイやバクテリアだってなんとかできる」

「何だって？　バクテリアをどうできるというのだ。地球はバクテリアで成り立っているのだぞ！　微生物を殲滅する気なのか？　きみはまったくどうかしている。そんなことをしたら、地球上の生物に死刑宣告をするようなものだ。きみはイールを殲滅するのではなく、この地球を殲滅しようとしているのだ。海の生物が絶滅し、それから……」

「絶滅すればいいじゃないか。あんたは本当に間抜けだ。インテリ面した科学者野郎だ！魚が死んで、人間が生き残るなら……」

ヴァンダービルトが叫んだ。

「われわれは生き残れない！　わからないのか？　すべてが絡み合っているんだ。イールには勝てない。彼らのほうが優っている。相手が微生物では勝ち目はない。普通のウイルスにすら、今まで打ち勝ったことがないんだ。だが、それは問題ではない。人類が地球で生きていられるのは、生態系を微生物が守っているからだ」

「シグル……」

リーが懇願するように呼びかけた。

ヨハンソンは踵を返す。

「扉を開けてくれ。これ以上、話し合う気はない」

彼女は唇をきつく結んでうなずいた。

「わかったわ。あなたは自分が正しいと得意がっていればいい。ピーク、ドクター・ヨハンソンに扉を開けてあげなさい」

ピークは躊躇した。

「聞こえなかったの？　ドクター・ヨハンソンはお帰りになりたいそうよ」

「われわれが正しいことをしていると、あなたには納得してもらえないのですか？」

ピークが尋ねた。その声には、救いようのない空虚な響きがあった。

「扉を開けてくれないか」

ピークはしぶしぶ壁のスイッチを押した。扉が開いた。

「もう一つの扉もだ」

「もちろんです」

ヨハンソンは扉の外に出た。

「シグル！」

彼は立ち止まった。

「ジュード、まだ何か？」

「殲滅(せんめつ)作戦の結果の責任をわたしがとることができないと言って、非難したのね。きっと、あなたが正しいのでしょう。でも、あなたの結果も考えてみて。ほかの人にこの話を明かせば、あなた方の仕事は劇的に後退する。それはわかるでしょう。あなたに嘘をついたのは間違っていた。でも、考えてみて。わたしたちを笑いものにするのが、正しいことなのかどうか」

ヨハンソンはゆっくりと振り返った。彼女は扉の脇に立っていた。

「よく考えてみよう」

「それなら歩み寄りましょう。解決の道を探す時間をください。今晩、二人で話し合えばいい。それまでは、ほかの人が困るようなことを、あなたも、わたしもしないと約束しましょう。わたしの提案を受け入れられる？」

彼は歯を噛みしめた。

この爆弾を落としたらどうなるのか？　今、ここで断わったら、私の身に何が起きるのか？

「わかった」

リーはほほ笑んだ。

「ありがとう」

ウィーヴァー

彼女はずっとウェルデッキにいたかった。アナワクは精一杯グレイウォルフを励ましている。そんな彼のそばにいたかった。どうしようもなく彼に心が引かれる。そして、グレイウォルフのそばにもいてやりたい。彼の悲しみをありありと感じた。こんなに逞しい男が悲嘆にくれる姿を見るのは、たまらなくつらかった。しかし、もっと恐ろしいことがある。ヨハンソンの話を深く考えれば考えるほど、インディペンデンスで起きていることに途方もない恐怖を感じた。全員が大きな危険に揺さぶられている。何かが彼女の耳もとで、そう告げていた。

そろそろルービンが実験室に戻った頃だ。

「じゃあ、あとでね。ちょっと用事があるから」

言った瞬間、わざとらしく響いたことに気がついた。アナワクは顔をしかめた。

「どうかしたの?」

「べつに」

彼女は嘘をつくのが苦手だ。あわててランプウェイを上った。実験室の扉は開いていた。入っていくと、作業台の一つで、オリヴィエラがルービンと話をしている最中だった。ルービンが振り向いた。

「やあ、私に用があるんだろう?」

ウィーヴァーは壁のスイッチを押し、背後の扉を閉めた。

「ええ、ちょっと教えてほしいの」

「教えてあげることなら、たくさんあるよ」

ルービンがにやりとした。

「本当に？」

彼女は二人に合流した。作業台を盗み見ると、必要なものは全部ある。ホルダーには、大小さまざまな解剖用メスが揃っていた。

「教えてちょうだい。わたしたちの頭上にある実験室は何のため？　あなたはそこで何をしているの？　一昨日の夜、なぜシグルを殴ったの？　彼があなたの正体を知ったあとのことよ」

格納デッキ

ヨハンソンは怒りで煮えたぎっていた。どこに行けばいいかもわからず、結局、格納デッキに駆けてきて壁を探っていた。記憶が戻り、秘密の扉の場所は正確にわかるが、それでも扉を示す証拠は何もなかった。今さら扉を探してもしかたない。リーはこの奥にある秘密の実験室の存在を認めたのだ。しかし、彼はそれだけでは満足できなかった。

そのとき、灰色に塗られた壁に、細長く錆が浮いているのが目に入った。実は、その錆にはずっと前から気がついていた。錆や塗装の剝げは艦では珍しいものではない。だから重要だとは思っていなかった。しかし、やはりそれは不自然だ。

新しい艦に錆はない。しかも、インディペンデンスは就役したばかりだ。

彼は数歩後ろにさがった。左手のパイプに沿って目を上げると、長い錆の線が見える。少し上にはヒューズボックスがあり、その下の塗装がはげている。

これが扉だ。

驚くほど巧妙に偽装してある。執念深く探さなければ、決して気がつかなかっただろう。ウィーヴァーと二人で探したときも、完璧なカモフラージュにすっかり騙された。今ですら扉の輪郭が見えるのではなく、隠し扉の存在を告げる小さな痕跡があるだけなのだ。

ここから中に入ったのだ。

ウィーヴァー！

彼女はルービンを見つけただろうか？　これから自分はどうすればいいのか？　リーとの約束を守って、ウィーヴァーを止めるべきか？　約束を守る価値があるのだろうか。そもそも取引などするべきではなかったのか。

決心のつかないまま、がらんとした格納デッキを荒い息をしながらうろついた。彼にはこの艦が牢獄に思えてきた。黄色い灯りがぼんやりと灯る薄暗い格納デッキにすら、押し潰されてしまいそうだった。

よく考えなければならない。

新鮮な空気が必要だ。

右舷方向に大股で向かうと、ゲートを出て外部リフトのプラットフォームに立った。強風に服や髪がなびいた。波はさらに高くなっている。飛ばされてきたしぶきがフィルムのように薄く顔を覆った。端まで行って見下ろすと、月面にも似た荒々しいグリーンランド海が広がっていた。

これから何をするべきだろうか。

コントロールルーム

リーはモニター画面の前に立ち、ヨハンソンが壁を探る様子を見つめていた。結局、彼は挫折して格納デッキをうろついている。

「子どもだましのような約束をして、あいつが今晩まで口をつぐんでいると、あんた本気で考えているのか？」

ヴァンダービルトが怒って言った。

「わたしは彼を信じる」

「口を開いたら？」

ヨハンソンの姿はプラットフォームに通じるゲートに消えた。彼女はヴァンダービルトのほうへ振り向いた。

「よけいな質問だわ。問題があるのなら、あなたが解決しなさい。しかも今すぐ」

「待ってくれ。それは予定外だ」

ピークが片手をあげて言った。

「解決とはどういう意味だ？」

ヴァンダービルトが慎重に尋ねる。

「解決は解決。嵐が来るわ。嵐のときは外に出ないほうがいい。突風が……」

「だめだ。そんなことは決めてなかったはずだ」

ピークが首を振った。

「黙りなさい」

「ジュード、くそ、考え直してくれ！　数時間、彼を拘束すればいい。それで充分だ！」

彼女はピークに一瞥(いちべつ)もくれず、ヴァンダービルトに言った。

「ジャック、仕事をなさい。もちろん、あなたのやり方で」

「嬉しいね」

彼はにやりと笑った。

実験室

オリヴィエラの生まれつき長い顔が、驚愕のあまり、さらに間延びした。初めウィーヴァーに向いていた視線はルービンに移った。

「それで？」

ウィーヴァーが言った。

ルービンの顔が蒼白になる。

「何のことだかさっぱり」

彼女は彼と作業台のあいだに体を入れると、仲のいい友人のように肩に腕をまわした。

「よく聞いて。わたし、話が苦手なの。雑談するのは嫌い。だから、パーティーには招待されないし、スピーチも頼まれない。短くて歯切れのいい会話が好きなの。もう一度だけ訊くから、言い逃れなんかしてわたしを困らせないで。この上に実験室がある。わたしたちの真上。格納デッキに通じる扉はうまく偽装してある。でも、シグルはあなたが出たり入ったりするのを見た。それで、あなたは彼に一発くらわせた。そうでしょう？」

「そうにちがいないわ」オリヴィエラは言って、憎々しげな目でルービンを見た。彼は首を振り、ウィーヴァーの腕から逃れようともがいたが無駄だった。

「私がそんなばかげたことを……違うんだ！」

ウィーヴァーは空いた手で、解剖用メスをホルダーから一本抜いた。先端をルービンの頸動脈の上にあてた。彼は身を引いた。彼女は刃先を皮膚に突き刺し、メスを握る手に力をこめる。彼はまるで万力に挟まれたように、彼女の腕の中で硬直した。

「気でも違ったのか？　いったい何なんだ？」

「わたし、臆病じゃないの。力持ちだし。子どもの頃、ネコを撫でてたら、うっかり潰して殺しちゃった。とんでもないわね？　撫でてただけなのに、ぽきぽきって……よく気をつけて話してちょうだい。わたし、あなたを撫でるなんてつもりはないのよ」

ヴァンダービルト

ジャック・ヴァンダービルトには、ヨハンソンを殺したいという強い欲求はなかったが、彼を生かしておくことに特に興味があるわけでもなかった。意外にも、あの男がどことなく好きだった。だが、それはどうでもいいことだ。重要なのは任務で、任務は絶対なのだ。ヨハンソンは危険分子だが、それも長くは続かないだろう。

フロイド・アンダーソンが彼の後ろを歩いていた。航海長のアンダーソンはたいていの乗員と同様、インディペンデンスでは二役をこなしている。実際に立派な船乗りなのだが、主にCIAのために働いていた。艦長のブキャナンとわずかな乗員を除き、乗員のほとんどが何らかの形でCIAに協力している。アンダーソンは、パキスタンや湾岸で極秘作戦に参加した経歴を持つ、優秀な男だった。

つまり、殺し屋だ。

ヴァンダービルトは、事態がどこでひっくり返ったのか考えた。彼は最後まで、相手はテロリストだという考えに捉われていた。しかし、ヨハンソンが初めから正しかったと認めるしかない。彼を殺すのは、それ自体が恥ずべきことだ。それがリーの命令となればなおのこと。ヴァンダービルトはあの青い目の魔女を憎んでいた。彼女は妄想症で陰謀好きで、頭がいかれている。しかし、彼はリーを憎んでいるものの、彼女が貫徹する卑劣な論理から逃れられない。根底では彼女が正しい。それは今回も同じだった。

不意に、彼はヨハンソンに警告したことを思い出した。ナナイモの生物学研究所で、リーに言及したときだ。

〈彼女はちょっとおかしいぞ。わかってるか(カピーシェ)？〉

ヨハンソンが警告を理解できなかったのは、どうやら確かなようだ。

わかるはずがない。ジューディス・リーが普通ではないと、初めから気づく者はいないのだ。陰謀説や功名心に煽(あお)られて、彼女が行きすぎた行動をとっていたこと。嘘をつき、人を騙(だま)し、己れの目標のために人を犠牲にする女。合衆国大統領のお気に入り。彼ですら、真実のリーに気づいていない。世界最強の男ですら、自分がどのような人間を大事に育てたのか、まったく知らなかった。

われわれは何ごとにも気をつけるしかない。誰かが銃を握り、問題を解決してくれれば話は別だが。

そのときはいつかやって来る。

二人は通路を突き進んだ。ヨハンソンがプラットフォームに出たのは、願ってもないことだ。あの狂女はうまく言ったものだ。突風が……

コントロールルーム

ヴァンダービルトが出ていくと同時に、コンソールに座る男がリーを呼び、モニター画面の一つを示した。

「実験室で何か起きています」

彼女は画面の光景に見入った。ウィーヴァー、オリヴィエラ、ルービンの三人がかたまって立っている。ウィーヴァーが彼の肩に腕をまわし、体を押しつけている。

二人はいつからこんなに親しい仲になったのだろう。

「ボリュームを上げなさい」

ウィーヴァーの声が聞こえてきた。ささやき声だが、充分聞こえる。ルービンに秘密の実験室のことを質(ただ)していた。よく見ると、ルービンの目には恐怖が浮かび、ウィーヴァーは光るものを手に握って彼の首に押しつけている。

リーはすべてを察した。

「ピーク！　兵士三名とマシンガンを用意しなさい。急いで！　いっしょに来なさい」

「何をするつもりだ？」

　ピークが訊いた。

　彼女はモニター画面を離れ、扉に向かった。

「秩序を取り戻すのよ。あなたの質問で二秒失った。わたしたちの時間を浪費しないでちょうだい。さもないと、あなたを迷わず撃ち殺す。兵士を用意しなさい。一分以内に、ウィーヴァーのくだらない行動をやめさせる。科学者たちの楽しい時間はもうおしまい」

実験室

「なんて卑劣な。あなたがシグルを殴り倒したのね。いったいどういうこと？」

　オリヴィエラが言った。

　ルービンの目に恐怖が広がった。その目で天井を探る。

「そうじゃない、私は……」

「カメラを見るんじゃない。助けが来る前に、あなたは死ぬ」

ウィーヴァーがささやいた。

彼は震えだした。

「もう一度訊く。あなたたちは何をしているの？」

「毒薬を開発した」

彼はつかえながら言った。

「毒薬を？」

オリヴィエラがおうむ返しに言った。

「きみの、きみとシグルの仕事を利用したんだ。きみたちがフェロモンの配合を発見してくれたから、合成するのは簡単だった。それから……放射性同位元素を連結した」

「何をした？」

「フェロモンを放射線で汚染した。だが、単細胞はそれに気づかなかった。試した……」

「シミュレーションタンクがあるの？」

「小型だが……カレン、お願いだ、メスをどけてくれ。そんなことをしても無駄だ。彼らはこの様子を……」

「よけいなことはしゃべらないで。それから何をしたの？」

「スペシャル受容体を持たない欠陥イールを、フェロモンが殺すことを確認した。オリヴィエラから聞いたとおりだった。イールの生化学システムの中に、細胞の死がプログラムされていると判明したあとは、健康なイールの細胞を死に導く方法を考えだせばよかった」

「フェロモンを使って？」

「それが唯一の方法だ。遺伝子に手を出すには、ゲノムをすべて解読しなければならないが、それでは何年もかかってしまう。われわれはイールに気づかれないように、フェロモンに放射性同位元素を連結した」

「そのアイソトープが何をするの？」

「スペシャル受容体を阻害する。つまり、フェロモンはすべてのイールにとって死刑宣告というわけだ。健康な単細胞も殺す」

オリヴィエラが呆然として首を振った。

「なぜ、わたしたちに話さなかったの？　この単細胞を好きな人間はいないわ。いっしょに解決策を見つけることができたのに」

「リーが独自の計画を持っていた」

ルービンは喉から声を絞りだした。

「でも、うまくいくはずがない！」

「機能した。われわれはテストしたんだ」

「どうかしている。あなたたちが何をしたかわかってるの？　彼らが絶滅したら、どうなると思う？　イールはこの地球の七十パーセントを支配しているのよ。彼らは、高度に発達したバイオテクノロジーを駆使する。ほかの生物の体内で生きることができる。きっと、メタンや海に住む全生物の中で生きられる。おそらくメタンや二酸化炭素を分解し……そんな彼らを殲滅したら、この地球がどうなるかまったくわからない」

「なぜ全滅するの？　毒物が効くのは数個の単細胞か、せいぜい一集合体でしょう？」

ウィーヴァーが尋ねた。

彼は喘いだ。

「いや、連鎖反応を引き起こすんだ。プログラムされた細胞の死。集合体になったら最後、自分たちで破壊し合う。フェロモンが連結したら手遅れだ。連鎖反応が始まれば止められない。われわれはイールをコーディングしなおした。次々と感染する、致命的なウイルスと同じだ」

オリヴィエラが彼の首につかみかかった。

「実験をすぐに中止しなさい。そんなことは決して許されない。イールこそ地球の真の支配者だってことが、まだわからないの？　彼らは地球そのもの。超生命体。知能を持つ大洋。あなたたちが何に手を出したかわからないの?」

彼の口から不気味な笑い声が漏れた。

「われわれがしなければどうなる? うぬぼれた道徳心など聞きたくない。みんな死ぬだけなんだぞ。津波を待つのか? メタンが漏れるのを待つのか? 氷河期を待つのか?」

「ここに来て一週間も経たないのに、コンタクトに成功した。なぜ、もっと意思疎通を図ろうと努力しないの?」

ウィーヴァーが言った。

「遅すぎたな」

彼がうめいた。

ウィーヴァーの視線が壁や天井をさまよった。リーやピークが現われるまで、あとどのくらい時間があるだろう。ヴァンダービルトも来るかもしれない。もう時間はない。

「遅すぎるって?」

「手遅れなんだよ! 二時間以内に、毒薬をぶちまけてやる」

「なんてこと」

オリヴィエラがつぶやいた。

ウィーヴァーが声を上げる。

「ミック、どうするのか、はっきり言いなさい。さもないと、わたしの手が滑る」

「私には権限がない……」

「わたし、本気よ」

ミック・ルービンは激しく震えた。

「ディープフライト3には魚雷を二本搭載できる。毒薬を魚雷につめて……」

「もう積んだの？」

「まだだ。これから私が……」

「誰が乗り組むの？」

「リーと私だ」

「リーが自ら海底に行く？」

「彼女のアイデアだったんだ。自分の目で確認したいんだろう」

ルービンはにやりと笑った。

「きみたちはリーには勝てない。われわれを阻止できない。われわれが世界を救うんだ。われわれの名が歴史に残り……」

「黙りなさい。あなたの実験室に行きましょう。毒薬なんか積みこませない。シナリオを書き直すのよ」

ウィーヴァーは彼を押して扉に向かった。

ウェルデッキ

「あんたとカレンの仲はどうなってるんだ？」

グレイウォルフが機材をコンテナにしまいながら訊いた。

アナワクは言いよどんだ。

「本当に何でもない」

「何でもない？」

「充分に理解し合っている。それだけのことだ」

グレイウォルフは彼を見つめた。

「少なくとも、あんたのほうからアプローチしたらどうだ」

「彼女にその気があるかどうかわからない。本当にわからないんだ。ぼくはこういうことが苦手だから」

彼は言った瞬間、本心を自分にもグレイウォルフにも吐露したことに気がついた。

「おれにはわかる。あんたの父親が死んで初めて、あんたは生者の世界に来たんだ」

「おい……」

「落ち着けよ。おれの言うとおりだってことがわかるさ。なぜ、彼女のあとを追わないいんだ？　彼女、待ってるぞ」

「ぼくはお前に会いに来たんだ。カレンのためじゃない」

「それは感謝する。だから、もう行けよ」

アナワクは首を振った。

「お前こそ引きこもるのはやめろ。さあ、いっしょに上に行こう。ひれが生える前に」

「今は、ひれが生えるほうがいいんでね」

アナワクは決心のつかないままランプウェイを見やった。もちろんカレン・ウィーヴァーのあとを追いたかった。しかし、それは今、告白した気持ちからではない。彼女はどことなく落ち着かなかった。緊張していたようだが、彼女にはめったにないことだ。彼女がヨハンソンの話をしたことを思い出した。

「じゃあ、ここで腐ってろよ。気が変わったら、ぼくは上にいるから」

彼はグレイウォルフに告げた。

ウェルデッキをあとにして実験室の前を通りかかった。扉は閉じている。覗いてみようかと思ったが、ヨハンソンがいるはずだ。それより手がかりを見つけるほうに魅力があった。不可解な扉を探そうと決め、ランプウェイを上って格納デッキに向かった。

格納デッキに着くと、ヴァンダービルトとアンダーソンがプラットフォームに通じるゲートに姿を消すところだった。

突然、彼は胸騒ぎを覚えた。

あの二人はここで何を？

ウィーヴァーはどこに消えてしまったのだろうか。

深海

強烈な西風が吠えていた。氷の岬から吹きわたる風に煽られ泡立つ波が、インディペンデンスの船体にあたって砕けた。風は最後の温もりを海から奪い取った。

激しくうねる波の下で海水は渦を巻いた。しかし、深い海は静かだ。わずか数カ月前まで、ここでは、塩分をたくさん含み重くなった氷のように冷たい海水が、滝となって深海に沈んでいた。今も海水は恐ろしく冷たいが、気温が上昇し北極の氷が急速に解け、その淡水と混ざり合って塩分濃度が低下した。冷水が沈み深海に膨大な酸素を運ぶことから、ここは北大西洋のポンプ、世界の海の肺と呼ばれる。そのポンプがゆっくりと、しかし確実に動きを止めた。海流は流れるのをやめ、熱帯から熱を運ぶ暖流は封印された。

とはいえ、ポンプが完全に停止したのではない。深海に落ちる滝は目に見えないが、わずかな量の冷水は今も沈んでいった。静かな闇の中を、グリーンランド海盆の底に向かって一メートルずつ、水深百メートル、千メートルへと沈んでいった。

水深三千五百メートル、泥の海底に広がる闇の世界に、ほの暗い青い光が輝いていた。光は海底を覆いつくしている。靄ではなく薄いチューブを形成し、無数のゼラチン質の足が海底に根をおろしていた。チューブの中では、無数の触手が規則正しい波のように揺れ、いっせいに同方向に動くゼラチン質の草原をつくりだしていた。その中を、白い塊が巨大な物体の方向に運ばれていく。青い光だけでは、その物体の全体像はわからない。しかし、開いたキャノピーが二つ、ぼんやりと照らしだされていた。泥の海底に横たわるディープフライトの、それ以外の部分はまったく見ることができなかった。

生命体は、時間をかけて白い氷塊を潜水艇に積みこんだ。やがて氷塊を満載し補給は完了した。チューブの片端が閉じ、もう片端が潜水艇に覆いかぶさり艇を包みこむ。透明のチューブは縮み、やがてキャノピーを押し下げて閉じた。青く輝く表面が広がり、ついにゼラチン質の袋が潜水艇を密閉した。そこに、あらたに現われた一本の長く薄いチューブがつながった。

そのチューブが脈打ちはじめた。チューブを伝って海水が注入される。しかし、このあたりの海水ではない。潜水艇の少し上に、ゼラチン質でできた巨大なボールが浮いていた。チューブはそのボールから伸びていた。ボールの中には、ゼラチン質がノルウェー沖の泥火山の火口から汲んだ温水が入っている。当然、暖かい水は軽いため上昇するが、ボール自体が重量を調節して絶妙なバランスを取り、深海に漂っていた。

温水が、潜水艇を包むゼラチン質の袋の中に注入される。

白い氷塊は瞬く間に反応を始めた。ハイドレートの氷の籠が解け、閉じこめられていたメタンガスが漏れだす。ガスは百六十四倍に膨張してディープフライトを満たすと、さらにゼラチン質の袋を膨らませた。チューブがはずれて口が閉じると、ゼラチン質の繭が完成した。ガスはどこからも漏れない。繭が浮き上がった。初めはゆっくりと、しかし、まわりの水圧に押されて急速にスピードを増す。潜水艇を包みこみ、ガスで膨らんだ繭は海面に向かって、猛烈な速度で上昇していった。

ウィーヴァーはルービンの喉もとにメスを押しつけ、肩を抱えて実験室を出ようとした。しかし、その前に扉が開き、重装備の兵士三名が飛びこんできた。兵士が銃口を三人に向けた。オリヴィエラの悲鳴を聞いて、彼女はルービンを抱えたまま立ち止まる。

リーがピークを従えて実験室に入ってきた。

「カレン、もうどこにも行けないわ」

「ジュード、何してたんだ！　この狂人を私から離してくれ」

ルービンがうめき声を出した。

「黙れ。お前がいなければ、問題は起きなかったんだ」

ピークが怒鳴りつけた。

「カレン、少しやりすぎだとは思わない？」

リーは笑みを浮かべ、優しく言った。

ウィーヴァーは首を振った。

「ルービンの話を聞いたからには、やりすぎだとは思わないけど」

「彼は何を話したの？」

「ルービンは話し好きでね。そうよね、ミック？　あなた、洗いざらい話してくれたわね」

「嘘だ！」

「連鎖反応のこと、毒薬をつめた魚雷のことや、ディープフライト3のこと。それから、あなたたち二人で遠足に出かけるって話も。二時間以内にね」

リーは一歩踏みだした。ウィーヴァーは彼をオリヴィエラの側に引き戻した。彼女は作業台の横で身じろぎひとつしない。今もフェロモンの入った金属ケースを両手で持っている。

リーが口を開いた。

「ミック・ルービンは世界屈指の生物学者の一人だけど、自分が評価されないと悩んでいるの。有名になりたいし。自分の名前が後世に残らないと考えるだけで、発狂してしまう。だから、大げさなことを言いふらした。そんな彼を大目に見てあげて。名声のためなら母親だって売りかねない男。でも、それはかまわないわ。あなたはわたしたちの計画を知ったのだから、何が必要不可欠かわかるでしょう。事態を紛糾させないために、わたしは最善を尽くした。けれど、全部ばれてしまったようだから、わたしに選択肢は残っていないの」

「カレン、冷静になれ。そいつを放してやってくれ」

ピークが懇願するように言った。

「できないわ」

「彼はまだ必要なんだ。われわれはあとで話し合おうじゃないか」

リーが銃をつかむと、銃口をウィーヴァーに向けた。

「いいえ、話し合う必要はない。カレン、放しなさい。それとも、あなたを撃ち殺しましょうか。これが最後よ」

ウィーヴァーは小さな銃口を見た。

「あなたはそんなことしない」

「あら、そうかしら?」

「そんなことをする理由はない」

そのとき、オリヴィエラのかすれた声が聞こえてきた。

「ジュード、あなたは間違ってる。そんな毒薬を使ってはだめ。ルービンが話して……」

銃が揺れ、銃口が彼女に向いた。リーは引き金を引いた。オリヴィエラは作業台まで飛ばされ、そのまま床に滑り落ちた。手から金属ケースが落ちる。一瞬、自分の胸に開いたこぶし大の穴を、驚愕のまなざしで見つめた。次の瞬間、その目から光が消えた。

「何をするんだ！」

ピークが叫んだ。

銃口が、ふたたびヴィーヴァーに向けられた。

「放しなさい」

リーが言った。

外部リフト

「ドクター・ヨハンソン！」

ヨハンソンは振り返った。ヴァンダービルトとアンダーソンが外部リフトのプラットフォームをこちらに歩いてくる。アンダーソンは黒いボタンのような目で一点を見据え、彼には無関心な様子だ。一方、ヴァンダービルトの顔には、にやけた笑みが広がった。

「あんたは、われわれに腹を立ててるんだろう」

彼は仲間に話しかけるような、なれなれしい口調で言った。ヨハンソンは顔をしかめた。

彼はプラットフォームの端に立っていた。縁まであと数メートルだ。突風が彼の顔を打つ。

足もとでは海が大きくうねっている。そろそろ戻ろうと考えていたところだった。

「何の用だ？」

ヴァンダービルトは謝罪するように両手をあげた。

「べつに用ではないが、あんたに謝りたくて。われわれが争うことはないんだ。本当にくだらないと思わないか？」

ヨハンソンは答えなかった。二人はますます近づいてくる。彼が一歩脇に寄ると、二人は立ち止まった。

「話し合いたいことでもあるのか？」

ヨハンソンが尋ねた。

「さっきは悪かった。謝るよ」

ヨハンソンは眉を上げた。

「それは立派な心がけだ。許してやろう。ほかに何か？」

ヴァンダービルトは風に顔を向けた。白っぽいブロンドのまばらな髪が、砂丘に生える草のようにはためいた。

「外は恐ろしく寒いな」

彼は言って、またゆっくりと歩きだした。アンダーソンがそれに倣（なら）う。二人は一定の距離をおいている。まるでヨハンソンを包囲しようとするかのようだ。彼は二人のあいだをすり抜けることも、左右に逃れることもできない。

二人の意図はあまりに露骨で、彼は驚きもしなかった。抵抗できない恐怖だけを感じた。怒りの入り混じった恐怖。思わず一歩あとずさり、後悔した。縁にいっそう近づいたのだ。彼らの手を煩わすまでもなく、強風が彼を防護ネットまで吹き飛ばすか、その向こうまで運んでくれるだろう。

「ジャック、私を殺すつもりか？」

ヴァンダービルトは目をむいて驚いてみせた。

「おやおや、またどうして？　あんたと話がしたいだけだ」

「じゃあ、なぜアンダーソンがここに？」

「たまたま近くにいたんだよ。まったくの偶然だ。われわれ……」

ヨハンソンはヴァンダービルトに突進した。すぐに身をかがめ、右にそれる。彼は縁から遠ざかった。そこに、アンダーソンが飛びかかってきた。ヨハンソンのフェイントが成功したように見えたのは一瞬で、すぐに捕まって引き戻された。アンダーソンの拳が宙を飛び、彼の顔に命中した。

勢いよく倒れると、彼はプラットフォームの床を滑った。

アンダーソンは急ぐでもなく追ってきた。逞しい手を彼の腋に入れ引きずり上げる。ヨハンソンはその手に爪を立てて逃れようとした。しかし、手はコンクリートのように固い。彼の足が床から離れた。両脚を思い切りばたつかせるが、アンダーソンは軽々と彼を艦の縁に運んでいく。ヴァンダービルトが海を眺めて、彼を待っていた。

「今日は波が高いな。ドクター・ヨハンソン、われわれのことを悪く思わないでくれ。ちょっとばかり泳いでもらおうか」

彼は言って、ヨハンソンを振り向いた。そして歯をむきだした。

「けれど、心配しなくていい。水温はせいぜい二度だ。きっと快適だぞ。すぐに何も感じなくなって、心臓がゆっくり……」

「誰か助けてくれ！」

ヨハンソンはあらんかぎりの声で叫んだ。

両脚が縁の上で揺れていた。防護ネットはすぐ下だ。その二メートル先に海がある。アンダーソンなら難なく彼を海まで投げ飛ばせるだろう。

「たーすーけーてーくーれー！」

突然、アンダーソンがうめき声を上げた。ヨハンソンの足もとにプラットフォームの床が戻ってきた。アンダーソンは彼を抱えたまま背中から倒れ、ヨハンソンの視界に空が飛びこんだ。やがてアンダーソンの両手が緩むと、彼は脇に転がって逃れ、飛び起きた。

「レオン！」

彼の目に恐ろしい光景が飛びこんできた。アンダーソンが立ち上がろうとしていた。アナワクが背後から彼の上着をつかんでいる。二人はもつれ合って床に転がった。アナワクは上着をつかんだまま、アンダーソンの体重から逃れようともがいている。

ヨハンソンはそこに飛びかかろうとした。

「止まれ！」

ヴァンダービルトが彼の行く手をさえぎった。手には拳銃が握られている。倒れた二人をゆっくりとまわり、格納デッキに通じるゲートを背にして止まった。

「なかなかのタックルだった。だが、そこまでだ。ドクター・アナワク、われらのミスター・アンダーソンを解放してくれないか。彼は自分の仕事をしているだけなんでね」

アナワクの手がアンダーソンの襟から離れた。アンダーソンは飛び起きると、アナワクが起き上がる前につかみかかり、彼をずだ袋のように高く持ち上げた。次の瞬間、彼の体が艦の縁に向かって宙を飛んだ。

「やめろ！」

ヨハンソンが叫んだ。

アナワクはデッキにたたきつけられ、プラットフォームの端に向かって滑っていった。アンダーソンの顔がヨハンソンに向いた。感情のない目が彼を凝視する。片腕を伸ばして彼を引きずり寄せると、みぞおちに一発くらわした。ヨハンソンは空気を求めて喘いだ。強烈な痛みがはらわたをえぐる。体を半分に折ると、膝からくずおれた。

耐え難い痛みに立ち上がることができない。

風に激しく翻弄される髪が耳をたたいていた。身をかがめ、アンダーソンの次の一撃を待った。

第四部　深海へ

研究によると、人間が知性を認識できる範囲には限度がある。自身の行動の枠組みの中でしか認識できないのだ。枠組みの外、すなわち微生物の中に存在する知性は見逃してしまう。同様に、人間の目には、より高度な知性、非常に優れた精神はカオスにしか映らない。その複雑な意義を理解できないからだ。そのような知性体が下す決定も、人間には理解できない。なぜなら、彼らが基礎とするパラメータは、人間の処理能力を遥かに超えているからだ。イヌから見れば、人間は精神ではなく自分が従う権力だ。人間の行動はイヌには意味がない。なぜなら、人間の思考をイヌは理解できないからだ。一方、わたしたちは神を——神が存在するとしてだが——知性として知覚できない。なぜなら、神の思考は複雑すぎて人間には理解できないからだ。結局、わたしたちの目に神はカオスと映る。それゆえ、神は地元のサッカークラブを勝利に導くことも、戦争を防ぐこともできない。神は、人間の理解を遥かに超えた存在だ。では超人である神は、人間を知性体として知覚できるのだろうか。結局、わたしたちはシャーレの中の実験対象なのかもしれない……

——サマンサ・クロウの日記

ディープフライト

アンダーソンの一撃はやって来なかった。

数秒前に軍用イルカが未確認物体を探知したことを知らせ、インディペンデンスは警戒態勢に入った。間髪をいれずソナーも感知した。形の不明瞭な物体が急速に接近している。魚雷の出す音も発しておらず、物体が発射されたと思われる位置もソナーは特定できない。ブリッジやCICの探知要員が恐れたのは、物体が速度を増し、音も立てずに接近することだけでなく、深海から垂直に海面をめがけて上昇してくることだ。彼らがモニター画面に目を凝らすうちに、青く輝く丸い物体が深海の闇から姿を現わした。直径十メートル以上はある球体が、左右に揺れながら近づいてくる。次第に大きくなり、形がはっきりしてきた。

ブキャナン艦長が砲撃命令を下したが、すでに手遅れだった。

艦の真下で球体がほころびた。

最後の数分間も内部のガスが膨張を続け、上昇スピードがさらに増していた。繭（まゆ）は今や最高速度に達し、ゼラチン質の皮膜は破裂する寸前だ。突然、繭の上部にほころびが生じて大きく裂けた。中からガスが飛びだし、残された皮膜は海中を漂った。ガスは四角い大きな物体を包みこんだまま、海面に向かって昇っていった。

海底に沈んだはずのディープフライトがメタンを満載した魚雷艇となって、回転しながらインディペンデンスの艦首をめざす。そして鋼鉄の船体に穴を穿（うが）った。

瞬間、時間が止まった。

そして爆発が起きた。

ブリッジ

巨大な軍艦が震えた。

災いが接近するのをブリッジで見ていたブキャナンは、その瞬間、海図台にしがみつきかろうじてバランスをとった。ほかの者たちは支えが見つからず、床に投げだされた。アイランドの下部でも揺れは激しく、各センターのモニター画面は砕け散り、装備が宙を舞った。CICにいたクロウとシャンカーは椅子から投げ飛ばされた。いっせいに、途方もない混乱が至るところで始まった。けたたましい警報が響きわたる。悲鳴、重いブーツの足音、甲高い金属音、低い轟音、あらゆる騒音が入り混じった。

衝突から数秒で、機関室やボイラー室にいた乗員の大半が死亡した。艦中央に位置する、貨物倉とLM-2500ガスタービン二基を備える機関室には、巨大なクレーターが口を開けていた。二十メートルにわたり外殻が引き裂かれ、猛烈な勢いで海水が流入してきた。爆発で死を免れた乗員も、海水に押し潰されて命を落とした。それも生きのび、地獄から逃れようとした乗員の眼前で、鋼鉄の隔壁が閉じた。それが艦を救う唯一の手段だったのだ。これ以上の浸水を防ぐには、艦のカタコンベにいる人々を犠牲にするしかない。

プラットフォームの床が激しく揺れた。シーソーのように跳ね上がり、アンダーソンはヨハンソンの頭上に投げ飛ばされた。両腕を振りまわし、指が宙をつかむようにもがいた。信じ難いほど不自然な恰好で体が空中を泳ぎ、回転して額から床に激突した。仰向けにひっくり返ると身動きしなくなった。目が虚空を見つめていた。

ヴァンダービルトはたたらを踏んだ。拳銃は手から落ち、床を滑って縁の手前数センチメートルで止まった。ヨハンソンがやっとの思いで起き上がるのを見ると、駆け寄り、あばらを蹴り上げた。彼は悲鳴をつまらせくずおれた。ヴァンダービルトには何が起きたのかさっぱりわからなかったが、最悪の事態だと察していた。しかし、ヨハンソンを抹殺する任務は続行中だ。任務は貫徹する。血を流してうめくヨハンソンを持ち上げて、防護ネットの外に放り投げようとかがみこんだ。そのとき横から誰かに激突された。

「このブタ野郎！」

アナワクが叫んだ。

すぐに彼はアナワクの反撃を知った。アナワクは必死で殴りかかる。ヴァンダービルトはあとずさった。一瞬だけ唖然としたが、すぐに腕をあげて頭を防御すると、身をかわしてアナワクの膝頭を蹴った。

　アナワクはよろめき膝からくずおれた。ヴァンダービルトは体重を移し替えた。彼を知る大半の人々は、彼の力と敏捷な動きをまったく想像できない。体型だけを見て誤解するのだ。彼はマーシャルアーツを習得し、百キログラムの巨体ながら軽やかに身を翻す。彼は助走をつけて宙を舞うと、アナワクの胸骨めがけてブーツの踵を打ちこんだ。アナワクは仰向けに床にたたきつけられた。口を大きく開けたが声は出ない。息ができないのを見てとると、彼はアナワクの髪をつかんで引きずり上げ、肘でみぞおちを突いた。

　まずはこれで大丈夫だ。あらためてヨハンソンに向き直った。こいつを海に突き落としてから、アナワクを始末すればいい。

　そのとき、グレイウォルフが向かってくるのが見えた。

　ヴァンダービルトは攻撃態勢をとった。一回転すると右脚を伸ばし、狙いを定めて蹴りを繰りだす。だが、効き目がない。

　どういうことだ？　彼の蹴りをくらえば床にたたきつけられるか、痛みに体を折り曲げるはずだ。ところが、この巨人は歩き続けている。目には鋭い光が宿っていた。ヴァンダービルトはとっさに思った。この戦いに勝つしかない。生きるか死ぬかの戦いだ。腕を交差させ狙いを定め、次の一撃を繰りだした。だが、彼の拳はいとも簡単に払いのけられた。

次の瞬間、グレイウォルフの左フックが彼の二重顎に炸裂した。彼はキックした。だが、グレイウォルフは彼をつかむと、歩調を変えずに艦の縁に向かい、腕を振り上げて顔面を殴った。

ヴァンダービルトの目に火花が散った。

目の前が真っ赤に変わる。鼻骨が折れる音を聞いた。次の一撃は左頬の骨を砕いた。悲鳴がこみ上げ喉を鳴らした。今度は拳が口を直撃し、歯が折れて飛び散った。痛みと怒りで、ようやく彼の口から大きな悲鳴が上がった。彼は我を忘れた。巨人につかまれたまま抵抗できず、顔が粥のようになるまで殴られ続けた。

両脚から力が抜けた。

グレイウォルフが手を離した。ヴァンダービルトは床に長々と伸びた。目に入るものは少なかった。わずかな空、プラットフォームの灰色のアスファルト、黄色のマーク。すべて血のヴェールがかかっている。そして、すぐそばに銃があった。右手を伸ばして銃をつかむ。腕を掲げて引き金を引く。

一瞬の静寂。

命中したのか？　ふたたび引き金を引いたが弾は宙に消えた。腕が落ちる。アナワクの顔が視界をよぎった瞬間、手から銃がたたき落とされた。グレイウォルフの憎悪に満ちた目が視界に入る。

　全身に痛みが走った。

　どうしたのだ？　もう仰向けに寝ているのではない。まっすぐに立っている。吊り上げられたのか？　上も下もわからない。いや、揺れている。いや、宙を飛んでいた。血の霧の向こうにプラットフォームが見え、縁が見えた。なぜ縁の外側に？　艦の縁が頭上を飛び越して、防護ネットとともに後ろに去っていく。そのとき、ヴァンダービルトは人生が終わりを迎えたことを悟った。

　冷たさが襲ってきた。

　沸き立つ波。緑色の泡。体を動かすこともかなわず、彼は沈んでいった。海水が目から血を洗い流した。艦はどこにもない。暗さを増す緑色の海の中、影が一つ近づいてくる。すごいスピードだ。影には口があった。目の前で、その口が開いた。

　そして何も見えなくなった。

「いったい何をする気だ?」

「放しなさい」

ピークの驚愕の叫びと、リーの厳しい命令が、ウィーヴァーの頭にこだました。その瞬間、実験室が大きく跳ね上がって傾いた。爆発の轟音に、この世のものとは思えないすさまじい音が続いた。周囲のものはすべて床に落ちて砕けた。彼女はルービンとともに足をすくわれ床を転がった。実験器具や容器が乱れ飛ぶ中、二人は折り重なるようにして滑り、作業台の陰で止まった。雷鳴のような轟音が響きわたり、何もかもが震えた。どこかで音を立ててガラスが砕けた。レベル4実験室が彼女の頭をよぎった。強化ガラスのハッチや、エアロックが持ちこたえてほしいととっさに願った。彼女は腰を床につけたままルービンから離れた。彼は床に倒れてあたりを見まわしている。

彼女の視線がアンプルの入った金属ケースに止まった。足もとに転がっている。同時に、ルービンの視線もケースに貼りついた。

一瞬、二人は互いのチャンスを推し量った。次の瞬間、ウィーヴァーが身を乗りだす。しかし、ルービンのほうが早かった。彼はケースをつかんで跳ね起きると、実験室の奥に駆けこんだ。彼女は悪態をつきながら作業台の下から出た。今この艦で何が起きているにしても、その結果がどうなろうと、リーが何を企んでいようと、あのケースを取り戻すしかない。

兵士が二人、床に倒れていた。一人はまったく動かない。もう一人はなんとか立ち上がった。三人目はしっかり両脚で立ち、銃を構えている。リーが身をかがめて、横たわる兵士の銃を奪い取った。次の瞬間、銃口がウィーヴァーに向けられた。ピークは閉じた扉の脇の壁にじっと寄りかかっている。

「カレン！　動くな！　じっとしていれば何も起きない」

彼は叫んだ。

その声は銃声にかき消された。彼女はネコのように隣の作業台の陰に飛びこむ。リーがどんな銃を撃ったのかわからないが、銃弾がテーブルの上を一掃した。ガラスの破片がウィーヴァーの耳をかすめて降り注ぎ、五十キログラムはある顕微鏡がすぐ脇の床に転落した。その地獄に警報が一定間隔で鳴りだした。そのとき、恐怖に目を見開き駆けてくるルービンの姿が見えた。

「ミック！　ばか！　こっちに来なさい！」

リーが叫んだ。

ウィーヴァーは作業台の陰から這いだすと、ルービンに体当たりして金属ケースを奪った。そのとき、艦がふたたび震えて実験室がさらに傾いた。ルービンが床を滑り、棚に激突してひっくり返った。試験管やガラス容器が彼に降り注いだ。彼は大声を上げ、カブトムシのように仰向けで手足をばたつかせている。彼女の目の隅に、リーが銃口を彼女に向け、三人目の兵士が作業台に飛び乗る姿が映った。彼も巨大な武器を構えたところだ。逃げ道は一つしかない。彼女はルービンの横に身を投げた。

「撃ってはいけない！　危険……」

リーの声は銃声にかき消された。だが、銃弾はウィーヴァーをそれ、連続音を響かせてシミュレーションタンクの強化ガラスを貫き、楕円のガラス窓を左から右に切り裂いた。

突然、あたりが静まり返った。警報だけが一定間隔で無機質な音を発している。全員の目がタンクに貼りついた。一度だけ乾いた音が響き、巨大ガラスにひび割れが走った。

急速に広がっていく。

「なんてことだ」

ルービンがうめいた。

「ミック！　こっちに来なさい！」

リーが叫んだ。

「無理だ。脚が挟まれて」

「もういいわ。彼などいらない。ここを出ましょう」

「それはだめだ……」

ピークが言いかけたのを、リーがさえぎった。

「扉を開けなさい！」

彼が答えたとしても、誰にも聞こえなかった。タンクのガラス窓が押し破られ、耳をつんざく音が轟いた。何トンもの海水が彼らに向かってきた。ウィーヴァーは駆けだした。背後で海水が実験室を呑みこみ、まだ無事だったものもすべて破壊していく。

「カレン！　助けてくれ……」

ルービンの声は、沸き立つ泡の中に消えた。ピークが足を引きずって開いた扉から出ていく。その後ろにリーが続いた。出ていきながら、彼女の手が扉の横の壁を打った。ウィーヴァーはその意味を知って恐怖に襲われた。

リーは実験室を封鎖するつもりだ。

海水に背中を押され、ウィーヴァーは膝から前に倒れこんだ。すぐに立ち上がる。全身ずぶ濡れだが、金属ケースはしっかり抱きかかえていた。波にさらわれないように必死で、ゆっくりと閉じる扉に向かって喘（あえ）ぎながら駆けた。最後の一メートルあまりをジャンプする。ドア枠に激突しながらも、ランプウェイに転がりでた。

グレイウォルフとアナワクが、ヨハンソンを助け起こした。ひどくダメージを受けてはいるが、意識ははっきりしていた。

「ヴァンダービルトはどこだ？」

彼はつぶやいた。

「釣りにいった」

グレイウォルフが答えた。

アナワクは電車にでも轢かれたような気分だった。ヴァンダービルトの肘が入ったみぞおちが痛み、まっすぐに立つこともままならない。

「ジャック、ジャック」

彼は何度も繰り返した。グレイウォルフに救われたのだ。彼に助けられるのが、すっかり伝統になってしまった。

「どうしてお前がここにいるんだ？」

「さっきは少し言葉が足りなかった。謝りに来たんだ」

「言葉が足りないって？　冗談だろう？　お前が謝る理由なんかない」

「謝りたいというなら、それでいいじゃないか」

　ヨハンソンが絞りだすように言った。

　グレイウォルフが引きつった笑みを浮かべた。赤銅色の顔が土気色に変わっていた。肩を丸め、瞼が閉じ……

　アナワクは、彼のTシャツが真っ赤な血で染まっているのを見た。一瞬、夢を見ているのかと思った。ヴァンダービルトのせいだ。グレイウォルフの腹から噴きだした血の染みはますます広がった。彼が腕を伸ばして巨体を支えようとした瞬間、インディペンデンスの奥深くからふたたび轟音が響き、艦が揺れた。ヨハンソンがよろめいてグレイウォルフにぶつかった。グレイウォルフは前のめりになり、そのまま縁の向こうに落ちた。

「ジャック！」

　アナワクは膝をつくと、彼が消えた縁まで滑っていった。彼は防護ネットに引っかかり、アナワクを見上げていた。その下に海がうねっている。

「ジャック、手を伸ばせ」

　グレイウォルフは動かなかった。両手を腹に押しあてたまま、じっとアナワクを見つめる。指のあいだからは今も血が噴きだしていた。

ヴァンダービルトめ！　あのブタ野郎が撃ったのだ。

「ジャック、大丈夫だ。手を出せ。引っ張り上げてやる。きっとうまくいく」

ヨハンソンが這ってきた。腹ばいになって防護ネットに腕を伸ばす。だが、届かない。

「なんとか上がれないか！　いや、そのままでいい。ぼくがそこに行って押し上げてやる。シグルが上から引っ張るから」

「もういいんだ」

グレイウォルフが押し殺した声で言った。

「ジャック……」

「このほうがいい」

「ばか言うな！　それは映画のセリフだろう。おれはいい、自分のことを考えろって」

「レオン、あんたは友だちだ……」

「ジャック！　だめだ、ジャック！」

グレイウォルフの口もとに一筋の血が流れでた。

「レオン……」

彼は笑みを浮かべた。刹那、彼はリラックスしたように見えた。

一気に体を起こすと、ネットの縁をめがけて転がり波間に身を翻（ひるがえ）した。

実験室

ルービンは耳も聞こえず目も見えなかった。タンクから溢れでた水が、体の上を流れていく。最後の数秒のことは何も思い出せなかった。すべてが支離滅裂だった。不意に、渦巻く水が脚の上の棚を取り去った。やっと自由の身になり、水面に顔を出して水を吐きだした。

やれやれ、なんとか助かった。

タンクの海水だけでは、実験室は水没しないだろう。水を全部ぶちまけても、せいぜい一メートルほど浸かるぐらいだ。

彼は目をこすった。

リーはどこだ？

すぐ横を兵士の死体が漂っている。もう一人は、少し奥で水から顔を出し朦朧（もうろう）として突っ立っていた。

リーは行ってしまった。

置き去りにされたのだ。

ルービンは呆然として閉じた扉を見つめた。次第に頭がはっきりする。ここから脱出しなければならない。艦の内部で何かが爆発した。きっと艦は沈む。すぐに高いところに避難できなければ、今度こそ助からない。

立ち上がろうとしたとき、まわりが輝きはじめた。

閃光が走る。

タンクの中にあったのは海水だけではない！　体を起こすが、すぐに滑って水に浸かる。水がはねた。彼は頭まで沈んだ。両手で水をかき分けるが、何かの抵抗を感じた。なめらかで、動くもの。

目の前に閃光が走る。そのとき、ゼラチン質に顔を覆われて息ができなくなった。彼は必死ではがそうとするが、ゼラチン質をつかめない。手が滑る。たとえ両手でつかんでも、ゼラチン質は瞬時に姿を変えるか、あっさり崩壊し、別の組織が現われるのだ。

やめてくれ！

開けた口にゼラチン質が入りこんできた。彼はパニックに襲われた。細長いものが食道を下りていく。さらに鼻孔からも侵入してきた。彼はもがき、両手をばたつかせた。突然、耳に耐え難い痛みが走り、棒立ちになる。情け容赦なくナイフを頭蓋に突き立てられたような痛みだ。そして、最後の明晰（めいせき）な思考が彼に告げた。ゼラチン質は脳に向かっている。

この生命体が人間の脳を調べるのは純粋な興味からか、それとも意図してのことなのか。それとも、何にでも潜りこむのは大昔からの習性なのか。あのウェルデッキの惨劇をまのあたりにしてから、ルービンはずっと考えていた。

だが、今ではもう考えられない。

グレイウォルフ

なんと穏やかで、静かなのだろう。

ヴァンダービルトは違う感覚だったにちがいない。彼は恐怖を抱いていた。彼は恐怖にふさわしい残酷な死を迎えた。しかし恐怖がなければ、死はまったく違ったものになる。

グレイウォルフは深海に沈んでいった。

彼は息を止めた。腹の痛みは壮絶だったが、可能なかぎり長く息を止めていたかった。死の訪れを引き延ばそうとするのではない。最後に意志の力を発揮して、自分の運命をコントロールするためだ。いつ肺に水を入れるのか、それは自分で決めたかった。

　リシアはそこにいる。かつて彼が望んだもの、彼にとって大切だったものすべてが海の中にある。彼がここに来るのは必然なのだ。今、そのときが来た。

〈お前がよき人生を送ったなら、お前はオルカとなって、この世に生まれ変わる〉

　黒い影が一つ、頭上を泳ぎ去った。もう一つが続く。そうだ、おれはお前たちの友だちだ。お前たちは、おれをそっとしておいてくれる。もちろん、そんなはずはない。オルカは単におれが見えなかっただけだ。あのオルカは決して友人ではないのだ。もう彼らはオルカではない。人間と同じく、良心など持たない生命体に操られているのだから。

　だが、いつか秩序は戻ってくるだろう。そのときは必ずやって来る。そのときが来れば、灰色狼グレイウォルフは、オルカに生まれ変わる。

　いいアイデアじゃないか？

　彼は息を吐いた。

ピーク

「あなたは完全に正気をなくしたのか？」

ピークの声がランプウェイの壁に反響した。リーは彼の前を急いでいる。彼は足首の痛みを無視し、遅れまいと懸命に歩いた。彼女はマシンガンを捨て、今は自分の拳銃を手にしていた。

「わたしを怒らせないで！」

彼女は昇降口に向かい、二人は順に一つ上層階まで梯子を登った。そこに秘密の区画に向かう通路があった。そのとき、艦の奥深くから神経を逆なでする不気味な音が響くと、新たな爆発が起きた。床が激しく揺れて傾き、二人は一瞬その場に立ちつくした。隔壁が水圧に耐えきれなくなったのだ。もはや艦が傾いているのは明白だった。速やかに上層階に向かわなければならない。コントロールルームから部下たちが出てきた。彼らはリーの命令を期待したが、彼女は何も言わずに先を急いだ。

「怒らせないで、だと？」

ピークは彼女の行く手に立ちはだかった。驚愕があからさまな怒りに変わっていた。

「あなたは罪のない人々を撃ち殺したんだ。いったいどういうことだ？　やりすぎだ！　計画にはなかった！　誰も決めてないぞ！」

リーは彼を見つめた。顔は穏やかだが、青い瞳だけがぎらついていた。彼が初めて見るリーの姿だ。高い教養を持ち、多才な軍人であるリーが完全に常軌を逸していることに、彼はその瞬間、気がついた。

「ヴァンダービルトと決めたのよ」

「CIAと?」

「CIAのヴァンダービルトとね」

ピークの口が嫌悪で歪んだ。

「あんな卑劣な男と組んで、こんな狂気に手を染めたのか? 吐き気がする。われわれは全員の撤退を支援するべきだ」

「合衆国大統領とも話し合ったわ」

「そんなはずはない!」

「多少だけど」

「ありえない! 私は信じない!」

「きっと彼なら承認してくれる。さあ、そこをどきなさい。時間の無駄よ」

彼女はピークを押しのけた。彼は急いであとを追った。

「ここにいる人々があなたに何をしたというのだ。あなたは彼らの命を危険にさらしている。彼らの目標もわれわれと同じなのだ。殺さなくても、監禁するだけでよかったんだ」

「わたしに味方しない者は、わたしの敵。まだわからないの?」

「ヨハンソンはあなたの敵じゃない」

彼女は振り向いて、彼を見上げた。

「いいえ、最初から敵だった。あなた、目が見えないの？　それともばかなの？　アメリカがこの戦いに勝たなければ、どうなると思うの？　ほかの国が勝てば、わたしたちの負け」

「アメリカの問題ではない！　全世界の問題だ」

「アメリカが世界なのよ！」

彼はリーを凝視した。

「あなたは狂人だ」

「いいえ、わたしは現実主義者です。わたしの言うとおりにしなさい。命令に従いなさい！」

彼女は言って、歩きだした。

「わたしたちは任務を果たさなければならない。この艦が吹き飛ぶ前に、わたしは潜水艇で深海に行かなければならない。まずはわたしのために、ルービンの毒薬をつめる魚雷を探しなさい。あとは、あなたの好きにすればいい」

ランプウェイ

ウィーヴァーがどこに向かおうかと迷っていると、ランプウェイの上のほうから話し声が聞こえてきた。リーとピークの姿はない。おそらく、ルービンの毒薬を取りに秘密の実験室に向かったのだ。すぐ先のカーブまで行くと、アナワクとヨハンソンが支え合いながらランプウェイを下りてきた。

「レオン！　シグル！」

二人に駆け寄って腕をまわした。腕を大きく開かなければならないが、二人いっしょに胸に抱きしめたい衝動に駆られたのだ。特に抱きしめたいのは一方の男だが。しかし、そうする前にヨハンソンがうめき声を上げ、彼女は飛びのいた。

「ごめんなさい……」

ヨハンソンは髭についた血を拭った。

「骨がちょっと。でも心は喜んでいるんだよ。きみは大丈夫だったか？」

「あなたたちこそ、どうしたの？」

床ががたがたと音を立てていた。艦が軋む音が長く尾を引いた。少しずつだが、床が艦首のほうに傾いていく。

三人は、互いの状況を大急ぎで報告し合った。アナワクはグレイウォルフの死に、見るからに衝撃を受けていた。

「艦に何が起きたか、心あたりはないか？」

彼は訊いた。

「全然わからない。でも、今はそれよりも大事なことがある。二つのことを同時にしなければならないわ。リーが深海に行くのを阻止し、わたしたちの身の安全を確保する」

ウィーヴァーは言って、すばやくあたりを見まわした。

「彼女は計画を貫くだろうか？」

「絶対に実行する。あの音が聞こえるか？　ネズミは船を去る」

ヨハンソンが言って、首を傾げた。フライトデッキから、ヘリコプターのローターがまわる音が聞こえてきた。

アナワクは呆然として首を振った。

「リーはいったいどうしてしまったんだ？　なぜオリヴィエラを撃ち殺したんだ？」

「わたしも殺そうとした。邪魔者は誰でも殺す。平和的解決などまったく興味がなかったのよ」

「目的は何であれ、彼女は切羽つまっている。なんとしても彼女を止めなければ。毒薬を深海に持っていかせてはならない」

ヨハンソンが言った。

「だが、何のために？」

「そうよ。その代わり、これをわたしたちが深海に持っていく」

ウィーヴァーの金属ケースに、ヨハンソンは今ようやく気がついた。彼は目を見開いた。

「合成したフェロモンか？」

「オリヴィエラの遺産」

「よかった。けれど、これをどうすればいいのだ？」

「わたしにいい考えがあるの。うまくいくかどうかは全然わからないけれど。昨日、思いついたときには、実行できそうにもなかった。でも、今は事情が変わったから」

彼女はアイデアを説明した。

「うまくいきそうだ。だけど大急ぎでやらないと。残された時間はわずかだ。艦が沈む前に、脱出しなければ」

アナワクが言った。

「でも、どうやって実行に移せばいいの？」

　ウィーヴァーが訊くと、アナワクがランプウェイを指さした。

「皮下注射器が一ダース必要だ。それはぼくが取ってくる。きみたちは潜水艇の準備を」

　彼は言って、考えこんだ。

「それから必要なのは……そうだ！　実験室に誰か……いるか？」

「いるわ。注射器はどこで調達するの？」

「医療センターだ」

　頭上の騒音が激しくなった。左舷リフトの先にヘリコプターが一機、波のすぐ上を飛び去るのが見えた。

「急いで」

　ウィーヴァーが言った。

　アナワクは彼女の目を見つめた。一瞬、二人の視線が絡み合った。どうして今なの！

　彼女は思った。

「安心していてくれ」

　彼は言った。

撤退

インディペンデンスに乗っている大半の人々とは違い、クロウは事態をかなり正確に把握していた。船体カメラが捉えた光る球体が上昇してくる様子を、モニター画面で見ていたからだ。球体がゼラチン質でできていることはよくわかった。球体がほころびると、中からガスが噴きだした。メタンガスだろう。激しいガスの渦の中に、彼女がよく知る物体の輪郭が見えた。インディペンデンスに突進してくるのは潜水艇だ。

魚雷を搭載したディープフライト。

爆発と同時に地獄が始まった。シャンカーはコンソールに頭をぶつけ、激しく血が噴きだした。彼女が助け起こしていると兵士や技術者がやって来て、二人をCICの外に連れだした。けたたましい警報に急かされ昇降口に向かうと、人々がひしめき合っていた。しかし、乗員たちは状況を掌握しているようだ。二人は士官に案内されて、艦尾側にある階段までやって来た。

「アイランドを通ってフライトデッキに出てください。立ち止まらないで。デッキで指示を待つように」

士官が言った。

クロウは、朦朧としたシャンカーを急な階段に押し上げた。彼女は小柄で華奢だが、彼は大きくて重い。それでも全力で押した。

「さあ早くして！」

彼は震える手で一段一段をつかみ、やっとのことで体を引き上げる。

「コンタクトをとるのは、こんなことだとは思わなかったよ」

彼は咳きこんで言った。

「あなたが観たのは違う映画だったのよ」

彼女が落ち着くには煙草が必要だった。爆発の直前に火をつけた煙草のことを思い出し、気になった。煙草はCICで今もくすぶっている。なんともったいないことだ。煙草は一本もない！　死ぬ前に一本でいいから吸いたかった。生き残るチャンスは少ないだろう。ばかばかしい！　救命ボートなんかに頼る必要はないのだ。

ヘリコプターがある！

彼女は安心した。シャンカーはようやく最上段まで達し、上から彼に手が差しのべられた。彼女はあとに続きながら、今こうして体験している未知の知性体とのコンタクトは、人類が数々経験してきた攻撃的で、冷徹で、致命的な戦いとなんら変わりはないのだろうかと考えていた。

彼女は兵士たちの手でアイランドの中に引き上げられた。

ミス・エイリアン、あなたは今でも宇宙の知性体を探したいの？　彼女は自分に訊いた。

「煙草、持ってる？」

兵士の一人に尋ねると、彼はクロウをじっと見つめた。

「冗談でしょう？　さあ、早く外に出て」

ブキャナン

ブキャナン艦長は航海士と操舵員とともにブリッジにいて、刻々と変わる状況に応じ指示を出していた。彼は冷静で慎重だった。爆発が貨物倉と機関室の一部で起きたのは明らかだ。貨物倉だけなら生き残れるだろう。だが機関室では、燃料システムと冷却システムに破壊の連鎖反応が起き、爆発が続いた。次々と艦載システムが機能を停止していった。船用機関には、ＬＭ－２５００ガスタービン二基と、六基のディーゼル発電機があるが、それらも次々と機能を停止していく。車両デッキの下にあるカタコンベに、おそらく生存者はいないだろう。隔壁を閉じるよう指示を出した瞬間、機関室の乗員の命を犠牲にしたのだ。だが、それを考える余裕はもうなかった。艦から撤退しなければならない。あとどれほどの時間、艦が安定した状態でいられるか、彼にはまったくわからなかった。ダメージは艦の中央部であるにもかかわらず、艦首側の貨物倉まで浸水し、今や艦が艦首側に傾いている。

艦に浸入した水は膨大だった。その水が猛烈な勢いで艦首に向かい、隔壁を破った。それに加え、後部の隔壁が破壊されれば、艦は沈没の危機に瀕する。

ブキャナンは希望は抱いていなかった。艦は沈没する。問題は、いつ沈没するかだ。この危機を乗り切れるかどうかは、状況を的確に把握する彼自身の能力にかかっている。次に海水が浸入するのは実験室の下にある下部車両デッキと、それに隣接する船室だと、彼は瞬時に判断した。せめてもの慰めは水兵が乗艦していないことだ。戦時なら、乗員と水兵を合わせて約三千名がいただろう。今は百八十名。しかも大半が上層階にとどまっている。

CICからブリッジに転送されていた映像が消えた。彼の頭のすぐ上に、封印された赤い電話がある。ペンタゴンとのホットラインだ。彼の視線は整然と並んだ通信機、航行システム、海図台へと移っていった。彼らを救ってくれるものは何ひとつない。役立たずのがらくた。

フライトデッキでは、離発着要員があわただしく働いていた。アイランドから出てきた人々が、ローターをまわして待機するヘリコプターに誘導されている。何もかもが急ピッチで進んだ。ブキャナンは航空管制室と手短に話し、緑色の窓から外を眺めた。ヘリコプターが一機、上昇すると艦を離れていった。時間がない。艦首がもう少し傾けば、デッキは滑り台に変わる。ヘリコプターは確実に固定されているが、危機的状況になるのは目に見えている。

レベル03

アナワクは多くの人には出会わなかった。リーとピークに出くわさないかと心配したが、二人は反対方向に行ったようだ。胸の痛みに耐えながら、医療センターへの通路を急いだ。医療センターはもぬけの殻だった。アンジェリ医師たちの姿はどこにもない。ベッドが並ぶ部屋をいくつも通り抜け、ようやく医療器具が保管されている部屋に入った。まるで地震に遭ったように棚の扉が開き、床にガラス片が散乱していた。ガラス片を踏みしめながら、次々と引き出しを開けて中を引っかきまわすが、注射器は見つからない。

いったいどこにあるんだ？

普通のクリニックなら、どこに保管しているだろう？　絶対にどこかの引き出しだ。いくつもの引き出しのある、白く塗られた小さな棚。

足もと深くでごろごろと音がして、甲高い金属音が下から響いてきた。鋼鉄が歪む音だ。

彼は向かいの部屋に飛びこんだ。そこも何もかも破壊されていたが、小さな白い棚だけが無事のようだ。次々と引き出しを開け、中身を外にぶちまける。ついに探していたものが見つかった。彼は、密封された注射器十二本を上着に突っこんだ。あとは戻るだけだ。

なんという奇想天外なプランだろう。

ウィーヴァーが正しければ天才的なプランだが、現実を完璧に読み違えているのかもしれない。一方では納得のいくアイデアだが、一方では実行不可能なばかげたアイデアに思えた。とりわけクロウが深海に送った、非常に巧妙なメッセージと比べると……

クロウ？　彼女はどこにいるのだろうか？

ずっと前、サマンサ・クロウは夢に現われて、彼をヌナブトに導いてくれた。

鐘がばらばらに砕けるような音が耳をつんざき、床がさらに傾いた。艦の奥から、ざわざわという低い音が聞こえてきた。

水だ！

ここを脱出する時間があるだろうか？　アナワクは疑念を振り払い、駆けだした。

実験室

何が待ち受けているか、ウィーヴァーにはわからない。実験室の扉を開けると思うと、いい気分はしなかった。しかし、実験室には計画を実現する最後の希望がある。

床が揺れていた。床の下から水が渦巻く音が聞こえてくる。ヨハンソンは荒い息をして、彼女の隣で壁にもたれていた。

「じゃあ開けよう」

彼が言った。

壁のコンソールに警告灯が赤く輝いている。リーが出ていくときに、緊急システムを作動させて実験室を封鎖したのだ。ウィーヴァーはコードを入力し扉を開けた。水が跳ね、二人の足もとに流れでて渦巻いた。しかし、明るい照明の実験室から出てきた水は、ランプウェイを流れ下るのではなく、足首まで上がってきただけだ。ランプウェイのさらに下、艦尾のウェルデッキに流れくだっていかないのは、インディペンデンスが大きく艦首側に傾いているからだ。結果、実験室の前のランプウェイは、ちょうど水平になったのだろう。

「気をつけて。知性体が出てくるかもしれない」

彼女はあとずさって言った。

ヨハンソンは内部に目を走らせた。破壊されたタンクの近くに、男の体が二つ漂っている。勢いよく実験室の中に戻っていく水の中を、彼は慎重に足を進めた。ウィーヴァーがあとに続く。レベル4実験室を見やったが、壊れた様子はなかった。彼女は少しほっとした。保管されているフィエステリアに感染するのだけは遠慮したい。

艦尾側に行くに従って、床が水から現われている。その分、艦首側に水が溜まっていた。

「みんな死んでいる」

彼女はつぶやいた。

ヨハンソンは目を細めた。

「あそこだ！」

兵士二人の近くに、三人目が浮いている。

ルービンだった。

彼女はこみ上げてくる吐き気と恐怖を呑みこんだ。

「どれか一つを。どれでもいいわ」

「それを持って、われわれが深海に行くしかない」

「そうよ。計画を実行しなくては」

彼女は言って歩きだした。

「カレン、気をつけろ!」

ヨハンソンの声が聞こえた。背中に何かがぶつかり、彼女は振り返ろうとした。そのとき足が滑り、あっと声を上げて水中に倒れた。喘ぎながら起き上がり振り向いた。

兵士が一人立ち、巨大な武器で彼女とヨハンソンを威嚇していた。

「なんてこった。なあんてこった」

兵士は間延びした声を出した。

その目には恐怖と狂気が宿っている。彼女はゆっくり立ち上がると、手のひらを見せるようにして両手をあげた。

「なんてこった」

兵士が繰り返した。

彼はとても若い。二十歳にもならないだろう。武器を持つ手が震えている。一歩さがると、彼女とヨハンソンにかわるがわる目をやった。

「きみを助けに来たんだ」

ヨハンソンが言った。

「お前らは、ぼくらを閉じこめた」

兵士は今にも泣き叫びそうな声を上げた。

「それはわたしたちじゃないわ」

「お前らはぼくらを、この……この……だから、ぼくらを置き去りにしたんだ」

またしても困難が立ちはだかった。インディペンデンスは沈んでいく。リーを阻止しなければならない。なんとか死体を手に入れて、計画を実行しなければならない。それなのに、パニックに駆られた若者を相手にするしかないとは。

「きみの名前は？」

ヨハンソンが間髪いれず尋ねた。

「何だって？」

兵士の目がぎらつき、銃口をヨハンソンに向けた。

「だめ！」

ウィーヴァーが叫ぶ。

ヨハンソンは兵士を安心させるように両手をあげた。銃口を見つめ、抑えた声で言った。

「お願いだ、きみの名前を教えてくれ」

兵士は躊躇した。

「きみの名前をどうしても知りたいんだ」

彼は親切な牧師のような口調で言った。

「マクミラン……ぼくの名はマクミラン」

ウィーヴァーにヨハンソンの意図が見えてきた。人を正気に戻す第一歩は、自分が誰なのか思い出させることだ。

「いいぞ、マクミラン、聞いてくれ。われわれには、きみの助けが必要だ。艦は沈む。われわれみんなを救う実験を敢行しなければならない……」

「ぼくたちみんな？」

「マクミラン、きみには家族がいるだろう？」

「どうしてそんなことを訊くんだ？」

「どこに住んでいるんだ？」

「ボストン。でも、ボストンは……」

兵士の顔が歪み、彼は泣きだした。

「わかってるよ。聞いてくれ、われわれがなんとかすれば、すべて元どおりになる。ボストンもだ。でも、それにはきみの力が必要なんだ。今すぐ必要だ！　こうして過ぎていく一秒一秒が、きみの家族からチャンスを奪っていくんだよ」

「お願い、わたしたちを助けて」

兵士の視線がふたたび彼女とヨハンソンのあいだをさまよった。彼は大きく洟をすすり上げ、銃を下ろした。

「ぼくらはここから出られるんだね？」

「もちろんよ。約束するわ」

ウィーヴァーはうなずいた。

とんでもない、何を言ってるの。約束なんてできないのよ。絶対にできない。

リー

秘密の実験室は驚くほど無傷のままだった。床にガラス片は散乱しているが、そのほかは正常だった。

モニター画面もいくつか点灯している。

「魚雷はどこなの」

リーは言って、拳銃をホルスターに戻した。あたりを見まわす。人はいない。シミュレーションタンクの中に青い光が輝いているかと思ったが、ルービンがテストに成功したことを思い出した。丸窓から覗きこむ。何も見えない。生命体も、青い光も見えなかった。

ピークは作業台や棚のあいだを縫うように歩いた。

「ここだ」

リーは、声を上げた彼のもとに急いだ。スタンドが倒れ、魚雷の形をした、一メートルたらずのシリンダーが折り重なるようにして転がっている。彼女は次々とシリンダーを手にとった。そのうち二つが明らかに重かった。ルービンが油性マーカーで書いた印もついている。

「わたしたちは新しい世界の秩序を手にしたのよ」

彼女はうっとりとして言った。

ピークはいらいらと周囲を見まわした。試験管が作業台を転がり落ち、音を立てて割れた。警報は鳴り続けている。

「それはよかったじゃないか。じゃあ、その新しい秩序とやらを一刻も早く運びだそう」

彼女は高笑いを始めた。一本をピークに渡し、一本を抱えると、実験室をあとにした。

「あと五分で、いまいましいイールをあの世に送ってやる。そうしたら、あなたは好きになさい！」

「誰と潜水艇に乗るんだ？　ルービンが生きていると思っているのか？」

「どうでもいい」

「私がいっしょに行こう」

「ありがとう、すごく寛大なのね。でも、何のつもり？　深海に行って、わたしにお説教でもするの？　イールを殺してはいけないから？」

「それとは話が違う。あなたもよくわかって……」

二人は昇降口に着いた。反対側から誰か来る。男が頭を下げて駆けてきた。

「レオン！」

アナワクが顔を上げ、二人を見てその場に止まった。昇降口をはさみ至近距離で対峙した。

「あなたたちだと思ったよ」

彼は二人を見つめて言った。

あなたたちだと思った？　笑わせないで！　嘘をつくのが下手（へた）ね。アナワクの目を見た瞬間に、リーは彼がすべてを知っていると悟った。

「どこから来たの？」

「ぼくは……ほかのみんなを探しに……」

この男がどこまで知っていようと同じだ。時間を無駄にするわけにはいかない。本当に友人を探しているのかもしれないし、何か企んでいるのかもしれない。だが、どうでもいい。とにかくアナワクが行く手に立っている。

リーは拳銃を手にとった。

フライトデッキ

クロウはシャンカーの後ろにぴたりとついて、フライトデッキに出た。しかし、兵士に引き止められた。

「待ちなさい」

「でもわたし……」

「あなたは次のグループだ」

すでに二機のスーパースタリオンが艦を離れていった。残り二機が、アイランドの反対側に並んで待機している。シャンカーは兵士やほかの人々とともにヘリコプターに向かって駆けながら、彼女を振り返った。広大なフライトデッキが急速に傾きを増していく。今や視界に入る光景は艦だけではなく、白く泡立ち荒れ狂う一面の海が、斜めになったデッキの向こうに見えた。

「あとで会おう！　次のヘリで来るんだぞ！」

シャンカーが叫んだ。

クロウは彼の後ろ姿を見送った。彼は、スーパースタリオンの後部に開いた昇降口に向かって、傾いたデッキを駆けていった。氷のように冷たい風が頬を打った。見たところ、退避は順調に進んでいる。もう少しの辛抱だ。

彼女の視線があたりをさまよった。皆はどこだろう？　レオン、シグル、カレン……すでにヘリコプターに乗ったのだろうか。

そうであってほしい。シャンカーの背後で扉が閉じた。ローターが回転を速めた。

船体

フライトデッキのわずか三十メートル下では、艦首側に並ぶ貨物倉と水兵用船室との隔壁に、浸入した海水が猛烈な勢いでぶつかっていた。

隔壁は持ちこたえている。

魚雷が一本、その水の中を漂っていた。潜水艇が爆発したとき、はずれて不発に終わっていた魚雷だ。めったに起きることではないが、それは実際に起きたのだ。水没した側の貨物倉の闇の中に、固定が半分はずれたケージが揺れていた。魚雷はそのケージの上をゆっくりと左右に転がっていた。艦が傾くにつれて少しずつ艦首に近づいていく。

隔壁が持ちこたえる一方で、ケージは水圧につぶされ軋んでいく。まだ固定されている部分もたわみ、鋼鉄の壁には細い亀裂が何本も走った。太いボルトの一本がゆっくりとはずれはじめ……

一気に抜けた。

固定部分の緊張が緩み、ケージは跳ね上がった。次々とボルトがはずれていく。壁が裂けた。ケージの上にあった魚雷は反動を受けて水中を投げ飛ばされ、隔壁の足もとに落ちた。隔壁の向こうには貨物倉や船室、さらに下部車両デッキがある。その真上が実験室だ。

その隔壁は、艦の最も脆弱な継ぎ目の一つだった。

魚雷は今度こそ爆発した。

「だめだ」

ピークが言った。

シリンダーを落とすと、自分の拳銃をリーに向けた。

「あなたはそんなことはしない」

リーはアナワクに銃口を向けたまま身動きしない。

「わたしに反抗するのはやめなさい。お願いだから、ばかな真似はしないで」

「銃を下ろせ」

「ピーク、あなたを軍事法廷に引きだしてやる！　わたしは……」

「三つ数えたら、あなたを撃つ。私は本気だ。これ以上、あなたには誰も殺させない。銃を下ろすんだ。一つ……二つ……」

彼女は大きく息を吐くと、拳銃を持った腕を下げた。

「これでいいでしょう」

「銃を捨てるんだ」

「話し合いましょう……」

「捨てろ！」

彼女の瞳に言いようのない嫌悪の色が浮かんだ。拳銃が音を立てて床に転がった。

アナワクはちらりとピークに視線を投げた。

「ありがとう」

彼は言って、昇降口に飛びこんだ。リーは彼が駆け下りる足音を聞いた。足音が遠ざかると悪態をついた。

ピークが重々しい声を上げた。

「司令官ジューディス・リー、責任能力欠如により、あなたの指揮権を剝奪する。今から、あなたは私の指揮下に入り……」

艦に激震が走り、耳を聾する大音響が足もとで轟いた。艦が落下するエレベータのように前方に傾く。彼は足をすくわれ、激しく床に打ちつけられた。床を転がり飛び起きる。

銃はどこだ？　リーはどこに？

「ピーク！」

彼は振り向いた。リーが目の前で膝をついていた。銃を彼に向けている。

ピークは凍りついた。

首を振り、口を開いた。

「ジュード、わかってくれ……」

「ばかなやつ」

彼女は言って、引き金を引いた。

フライトデッキ

クロウの体が揺れた。デッキの傾きがいちだんと増した。ローターをまわしたスーパースタリオンが、手前に駐機しているヘリコプターに向かって滑りはじめた。懸命に高度を上げ、そのへりから離れようとしている。

彼女は息を呑んだ。

そんなばかな。あってはならないことだ。あと少しで助かるはずなのに。

まわりで悲鳴が上がった。人々は転倒し、走り去る者もいる。彼女は誰かに引っ張られ、デッキに倒れた。スーパースタリオンはもう一機の上を上昇した。そのとき、機関砲の一つがもう一機のテールに触れて引っかかり、機体は空中に浮いたまま回転を始めた。

スーパースタリオンは制御不能となった。

彼女は飛び起き、パニックに駆られて走りだした。

ブリッジ

ブキャナンは自身の目が信じられなかった。

彼は投げ飛ばされて自分の椅子に激突していた。ゆったりとした肘掛けとフットレストのついた、立派な艦長の椅子だ。その椅子に座る彼を誰もが羨む。バーのスツールと書斎のアームチェア、『スタートレック』のカーク艦長の司令席の三つを合わせたような椅子に、たった今、彼は頭をぶつけ激しく血が噴きだした。ブリッジの中を何もかもが飛びかっていた。彼は体を引き起こし、横にある窓に突進した。ちょうどスーパースタリオンが空中で回転し、ゆっくりと横倒しになろうとしていた。

機体が絡まっている！

「ここを出ろ！」

彼は叫んだ。

機体は回転を続けた。ブリッジでは、要員たちがなんとか身を守ろうと逃げだしたが、ブキャナンは目を凝らして立ちつくすしかなかった。機体がみるみる傾いていく。

そのとき、絡まっていた下のヘリから解放され、スーパースタリオンは急上昇した。

彼は空気を求めて喘いだ。一瞬、パイロットが機体の制御を取り戻したかに見えた。しかし機体は傾きすぎている。テールを高く掲げた、全長三十メートルのヘリのエンジンがうなりを上げた。ローターを前に押しだすように機体がブリッジに迫る。

ブキャナンは顔を両手で覆い、あとずさった。

なんと滑稽な。両腕を大きく広げ、最期の瞬間を歓迎してもよかっただろうに。

九千リットルの燃料を満載し、フル装備で重量三十三トンを超えるスーパースタリオンが、ブリッジに激突した。一瞬にして、アイランドの前部は燃えさかる地獄と化した。窓が木っ端微塵に吹き飛ぶ。火の玉が轟音とともに建物内部を駆け抜ける。あらゆる機器を焼きつくし、スクリーンは爆発した。火炎は隔壁を枠ごと吹き飛ばし、階段を逃げまどう人々を襲う。人々を灰にすると、業火はさらに奥へと通路を走っていった。

クロウは命懸けで走った。

燃えさかる破片が頭上から降ってくる。彼女はインディペンデンスの艦尾に向かって駆けた。しかし艦はますます沈んで傾き、急斜面を登りながら激しく息を切らせた。この数年、空気よりもニコチンを多く肺に吸いこんだせいだ。

いつかは肺癌で死ぬと思っていた。

つまずいてアスファルトを滑った。起き上がりながら、アイランドの前部が炎に包まれるのを眺めた。駐機していたヘリコプターも燃えている。火が燃え移った人々が、松明(たいまつ)のようになってデッキを走り、やがてくずおれた。壮絶な光景だったが、沈没するインディペンデンスから生還できるチャンスは皆無だと考えると、もっと壮絶な恐怖に襲われた。

激しい爆音が上がり、白熱した火の玉がアイランドから噴き上がった。火炎が轟音を立てて荒れ狂う。そこに甲高(かんだか)い金属音が混じり、彼女の足もとに炎の雨が降り注いだ。

シャンカーは火炎地獄の中に命を落とした。

彼女は死にたくなかった。

跳ね起きると、艦尾に駆け上がった。そこがどうなっているかなど想像すらできないままに。

リーは悪態をついた。

シリンダー一本は腕の中にある。しかし、二本目はどこかに転がり消えてしまった。昇降口に落ちたのか。それとも、通路を艦首の方向に転がったのか。

くそったれのピークのせいだ！

彼の死体をまたぎ越えながら、毒薬は一本でも間に合うだろうかと考えた。しかし、チャンスは一度だ。この一本が深海で開かなければ、毒を海中にばらまくことはできない。二本あれば安心だ。

通路に目を凝らした。

そのとき頭上ですさまじい音が轟いた。艦がさらに激しく揺れる。彼女は転倒し、背中を床に打ちつけた。今のは何だろう？　艦が吹き飛ぶのだ！　脱出しなければならない。艦を出るのは、もはや任務のためだけではない。ディープフライトは自分の命も救ってくれるだろう。

シリンダーが手から滑り落ちた。

「くそ!」

つかもうと腕を伸ばすが、ごろごろと音を立てて転がっていく。爆薬がつまっていたら、すでに爆発していたことだろう。けれど中身は液体だ。知性体をこの世から消し去るのには、爆弾ではなく、ただの液体で充分だった。

彼女は手足を大きく広げ、どこかにつかまろうと試みた。すぐに気持ちが落ち着いた。全身が、まるで鉄の棒で嫌というほど殴られたように痛む。誰からも五十歳近い女には見られないが、今は百歳の老女の気分だ。壁に手をついて立ち上がり、あたりを見まわした。

二本目のシリンダーも消えてしまった。

泣き叫びたかった。

水の流れこむ音が足の下で響いていた。恐ろしいほど近くに聞こえる。ここまで達するのに時間はかからないだろう。頭上では火が燃える音がした。

暑い。

彼女は驚愕した。本当に温度が上がっている。

シリンダーを見つけなければならない。

決然として壁を離れ、懸命に探しはじめた。

実験室

マクミランは銃を構え、二人の後ろにぴたりとついて進んでいた。そのとき実験室が激しく揺れ、三人は水中に投げだされた。ウィーヴァーが立ち上がったとき、巨大な物体が吹き飛ぶような大音響が頭上に轟いた。

それから照明が消えた。

彼女は暗闇にじっと目を凝らした。

「シグル?」

返事はない。

「マクミラン?」

「ここだ」

足の下に床があるのはわかったが、水は彼女の胸の深さだ。またしてもだ! もう少しで兵士の遺体に手が届くところだったのに。

肩に何かが触れた。つかんでみるとブーツだった。ブーツの向こうに脚が見えた。

び上がった。

ヨハンソンの声がした。すぐ近くだ。次第に目が闇に慣れてきた。次の瞬間、赤い非常灯が点灯し、実験室は薄暗い霊安室に変わった。ヨハンソンの頭と肩の輪郭(りんかく)が水面に浮か
「カレン？」

「こっちに来て、わたしに手を貸して」

轟音は、今や足もとだけではなく、頭上からも伝わってくる。何が起きたのだろう？

突然、実験室が暖かくなった感じがした。ヨハンソンが傍らに現われた。

「誰だろう？」

「誰でもいいわ。いっしょにつかんで」

「ぼくら早くここを出ないと」

マクミランがうめいた。

「ええ、すぐにわたし……」

「早く！」

ウィーヴァーの目が部屋の奥の水中に引きつけられた。

弱々しく輝く青い光。

閃光。

死体の足をしっかり握ると、扉の方向に前進を始めた。ヨハンソンは男の腕をつかんでいた。それとも、女性？　ついにオリヴィエラを見つけたのか？　彼女は死体がオリヴィエラでないことを祈った。そのとき、踏みだした足が何かを踏んだ。それは脇に去り、彼女は足をとられて頭まで水に浸かった。

目を開けて暗い水中に目を凝らす。

何かが蛇行して向かってくる。

それは急速に接近し、光る長いウナギのようだ。いや、ウナギではない。頭のないゴカイ。しかも一つではなかった。

彼女は水面に顔を出した。

「早く逃げよう」

ヨハンソンは死体の反対側を引っ張っている。水面のすぐ下に、光る触手が群がっているのが見えた。十二本はある。マクミランが銃を掲げた。ウィーヴァーは足首に何かが巻きつき、引っ張られるのを感じた。

次の瞬間、触手が彼女に巻きつくと体を這い上った。彼女は引きはがそうともがいた。ヨハンソンが飛んできて、触手と体のあいだに指を入れようとするが、まるでアナコンダが巻きついたようだった。

その生物が彼女を引っ張った。

生物？　これは何十億という生物の集合体だ。数えきれないほどの単細胞生物なのだ。

「だめだ」

ヨハンソンがうめいた。

ゼラチン質の生命体が彼女の胸を這い上り、首を這い上がっていく。彼女はさらに輝きを増した水に沈んだ。触手の向こうから、さらに大きな物体が押し寄せてくる。生命体の本体だ。

彼女は必死で水面に顔を出した。

「マクミラン」

兵士は銃を構えた。

「撃っても無駄だ」

ヨハンソンが叫んだ。

突然、マクミランは冷静になった。近づいてくる大きな塊に狙いをつける。

「無駄じゃないさ」

軽快な発射音を立てて銃が火を噴いた。

「これはいつだって無駄じゃない！」

銃弾が生命体を貫き、水が跳ねた。マクミランはさらに掃射した。ゼラチン質はずたずたに切り裂かれた。ちぎれた断片が三人をかすめて飛び散った。ウィーヴァーは一気に解放され、大きく息をついた。ヨハンソンが死体をつかんだ。二人は死に物狂いで扉に向かう。水位が下がり、ずっと楽に進めるようになった。艦がさらに前方に傾いてからは、水は実験室の艦首側に流れていった。扉の付近に水はない。傾斜した床を滑らずに歩くのは難しいが、水はくるぶしまでしかなかった。

二人は死体をランプウェイに引き上げた。そこも水は引いている。そのとき押し殺した悲鳴が聞こえた。

「マクミラン？」

彼女は実験室を覗いた。

「マクミラン、どこなの？」

光り輝く生命体がふたたび迫ってきた。ちぎれた断片が融合していたが、触手は見えない。平らな形に姿を変えていた。

「扉を閉めろ。こっちに来る。ここには充分な水があるんだ」

ヨハンソンが叫んだ。

「マクミラン？」

彼女は扉の枠にしがみつき、赤く照らされた実験室を覗きこんだ。しかし兵士の姿はどこにもない。

彼は生きのびることができなかったのだ。

ほのかに光る触手が近づいてきた。彼女は飛びのくと扉を閉めた。触手は速度を増したが、到達する前に扉が閉じた。

実験

爆発が艦を震撼させたとき、アナワクは梯子段を駆け下りていた。息苦しく、膝が激しく痛んだ。彼は罵(ののし)った。あの水上飛行機の墜落事故以来、膝に故障を抱えていたが、よりによってヴァンダービルトにその膝を蹴られたとは。

梯子段の多くが通行不能だった。艦がここまで傾斜すると、ウェルデッキに行くにはランプウェイを降りるしかない。そこで、また梯子段を上って戻り、別のルートからランプウェイに出た。上層階に行くほど、あたりは暑くなった。上で何が起きたのだろうか？爆音からすると決していいことであるはずがない。足を引きずって格納デッキに出ると、外部リフトに出るゲートに黒煙が立ちこめているのが見えた。

そのとき、助けを呼ぶ声を聞いたような気がした。

格納デッキに数歩踏みこんだ。

「誰かいるのか？」

視界は悪かった。黄色い天井灯も黒煙には役に立たない。しかし、声は近づいた。

サマンサ・クロウだ！

「サム？」

アナワクは煤けた煙の中に飛びこんだ。耳を澄ますが、声はもう聞こえなかった。

「サム？　どこにいるんだ？」

答えはない。

やがて、彼は踵を返すとランプウェイに走りでた。しかし、そこがジャンプ台のような急斜面に変わっていることに気づかなかった。膝が折れ曲がり、そのまま斜面を転がり落ちた。ごろごろと転がりながら、骨折はまぬがれないかもしれないが、注射器だけは何本かでも無事であってくれと祈った。ようやく止まったところには水が溜まり、それが衝撃をやわらげてくれた。彼は身震いすると、水から這いだした。ウェルデッキに向かって少し先を、ウィーヴァーとヨハンソンが死体を引きずっていく。

このあたりの床は薄く水に覆われていた。ウェルデッキだ！　その海水がランプウェイを逆流したのだ。艦があと少し傾けば、この区画は水に浸かる。

急がなければならない。

「注射器を持ってきたぞ」

彼は叫んだ。

「間に合った」

ヨハンソンが顔を上げて応じた。

「それは誰なんだ？　誰を連れてきたんだ？」

アナワクは飛び起きて二人に駆け寄った。死体に目をやる。

ルービンだった。

フライトデッキ

クロウはフライトデッキの端にしゃがんで、アイランドが焼け落ちるのを呆然と見つめていた。

隣には、パキスタン人の顔をした男が横たわって震えている。彼はコックのユニフォームを着ていた。二人のほかには誰もいない。ここに逃げようとした者がいないのか、ここまでたどりつけなかったかのどちらかだ。男は喘いで上体を起こした。

「ねえ知ってる？　知性体同士の対立がこんな結果になったのよ」

まるで彼女に角でも生えているかのように、コックは呆けた顔をした。

彼女はため息をついた。

そこは、ちょうど左舷側にある外部リフトの上だった。下に格納デッキに通じるゲートが口を開けている。何度かそこに向かって叫んでみたが、答える者はいなかった。

自分たちは燃えさかる艦とともに沈んでいくのだ。

救命ボートがどこかにあるとしても、ほとんど使わないのだろう。ヘリ空母では、何よりもまず航空機での脱出が前提となる。たとえボートがあったとしても、ボートを海に降ろしてくれる乗員が必要だ。しかし、彼らは灼熱地獄に消えてしまった。

黒煙が二人のほうに漂ってきた。タールの焦げるような嫌な臭いがした。死ぬ前に決して嗅ぎたい臭いではない。

「煙草を持ってない？」

気でも違ったのかと、男が応じるのを期待したが、彼はマールボロとライターを出した。

「ライトだけど」

「あら、健康を気にしてるの？」

コックがライターの火を差しだすと、彼女はほほ笑んで火をつけた。

「なかなか気がきくわね」

フェロモン

「フェロモンを、彼の舌や鼻、耳や目に注射するのよ」

ウィーヴァーが言った。

「どうして、そういうところに？」

アナワクが尋ねた。

「そこから、また外に染みだす可能性があると思うの」

「じゃあ、爪のあいだにも注射しよう。足の爪も忘れずに。とにかく全部だ。多ければ多いほど効果が期待できる」

ウェルデッキは無人だった。技術者たちは明らかに逃げだしたようだ。二人は大急ぎでルービンの服を脱がせ、ブリーフ一枚にした。ヨハンソンは、アナワクが調達した注射器にフェロモンをつめた。壊れた注射器は一本だけだった。ルービンは人工岸の上部に横わっている。水面はわずかに上昇した程度だが、確実に上がってきている。あらかじめ三人は、ルービンの頭の一部に貼りついたゼラチン質を慎重にはがし、水から離れた場所に放り投げておいた。耳の中に残っていたものは、アナワクが引っ張りだした。

「肛門にも注射できるぞ。フェロモンは充分にあるから」

ヨハンソンが言った。

「うまくいくと思う？」

ウィーヴァーが自信のない顔で尋ねた。

「ルービンの中に残っているイールには、われわれがこれから注入するほど大量のフェロモンは作りだせないはずだ。彼らがトリックに引っかかったら、フェロモンはルービンのものだと考えるだろう。さあ、誰が注射する？」

ヨハンソンは言ってしゃがむと、片手にのせた注射器を二人に差しだした。

彼女は吐き気がこみ上げてきた。

「誰も手を上げて名乗りでないのか？　レオン？」

結局、注射は皆ですることになった。あっという間に、ルービンの体に二リットルほどのフェロモンが注入された。おそらく、その半分はあとで流れでるだろう。

「水が上がってきた」

アナワクが言った。

ウィーヴァーは耳を澄ました。あらゆる方向から金属が軋む音が聞こえてくる。

「暖かくなってきたわ」

「フライトデッキが燃えているからだ」

「さあ、リーが現われる前に片づけてしまいましょう」

彼女はルービンの腋に手を入れ、引きずり上げた。

「ピークが彼女を抑えていないだろうか？」

ヨハンソンが言った。

三人でルービンを引きずりながら、アナワクはヨハンソンにちらりと目をやった。

「ぼくはそうは思わない。あなたも彼女を知ってるでしょう。あいつは簡単にやられるような女じゃない」

リーは怒り狂っていた。

通路を走りまわっては、開いた扉があれば中を覗きこんだ。絶対にあのいまいましいシリンダーはある！　よく目を配っていないだけだ。絶対にすぐ近くにあるはずだ。

「しっかり探しなさい、このばか女！　シリンダーも探せないほど間抜けなの！」

彼女は自身を叱りつけた。

床がふたたび揺れた。彼女はよろけながらも持ちこたえた。さらに隔壁が破れたのだ。通路の傾きがいちだんと急になった。すぐにフライトデッキの艦首側が波で洗われるだろう。

時間はもうない。

突然、シリンダーが目に入った。

開いた扉から転がりでてきたのだ。リーは勝利の雄叫びを上げた。飛んでいってシリンダーをつかむと、通路を走って梯子段に戻った。ピークの死体が横桟に引っかかっている。重い死体を引きずり上げ、彼女は梯子段を下りた。最後の二メートルを飛び降りると、手すりにつかまってバランスを取った。

そこに二本目のシリンダーが落ちていた。

今や彼女はすっかり高揚していた。ここからは簡単だ。しかし先に進まないうちに、そう簡単ではないことがわかった。梯子段の多くが障害物で塞がれていたのだ。それを取り除いていたのでは、時間がかかりすぎる。

どうすればいいか？

戻るしかない。また梯子段を上って格納デッキに出る。そこからランプウェイを行けばいい。

大切な宝物を抱えるようにシリンダーを胸に押しつけ、彼女は梯子段を上った。

アナワク

ルービンは石のように重かった。三人は——特にヨハンソンは痛みにうめきながら——ネオプレーン製のドライスーツを着こむと、力を合わせて死体をコントロールパネルのある桟橋に引きずり上げた。ウェルデッキは現実ではありえない光景に変わっていた。両側の桟橋はジャンプ台のようにそそり立ち、艦尾ゲートの付近はデッキが干上がっている。

艦首側に移動したデッキの水は、繋留されたゾディアック四艇を押し上げ、ボートは実験室に通じるランプウェイの方向に漂っていた。アナワクは鋼鉄の壁が軋む音を聞き、艦があとどのくらい持つだろうかと考えた。

潜水艇は天井に吊るされ、斜めに傾いていた。ディープフライト2は、深海に落ちたディープフライト1のあった場所に移動し、あとの二艇は定位置に並んでいる。

「リーはどれを使うつもりだ？」

アナワクが訊いた。

「ディープフライト3」

ウィーヴァーが答えた。

三人はコントロールパネルを一見し、次々とスイッチを押してみた。だが作動しない。

「動くはずだ。ロスコヴィッツの話だと、ウェルデッキは独立した電気系統だ」

アナワクの視線がパネルをさまよった。身をかがめて表示をよく読む。

「これだ。これで潜水艇を降ろすんだ。よし、ディープフライト3にしよう。リーが現われたとしても、彼女はどうすることもできない」

ウィーヴァーがスイッチを入れた。しかし中央の潜水艇ではなく、先頭の潜水艇が下りてきた。

「ディープフライト3は動かせないのか……?」

「できると思うけど、やり方がわからない。一艇ずつ下ろすわ」

「どれでもいいじゃないか。時間の無駄だ。ディープフライト2にしよう」

ヨハンソンがいらいらして言った。

潜水艇が桟橋の高さに下りると、ウィーヴァーが飛び乗って両側のキャノピーを手動で開けた。ルービンの死体は、水に浸かっていたことと、フェロモンを注入されたことで、信じられないくらい重くなっているようだ。三人でルービンを潜水艇に引っ張る。頭が左右に大きく揺れ、濁った目が虚空を見つめていた。なんとか助手席側のコックピットに死体を押しこんだ。

準備はできた。

アナワクがかつて見た氷山の夢。いつの日か、深海に行くときが来るとわかっていた。氷山が解け、見知らぬ大洋の海底に沈み……

誰に会いにいくのだろうか?

ウィーヴァー

「レオン、あなたは行かなくていい」

アナワクが驚いて顔を上げた。

「どういうことだ？」

「言葉どおりよ」

ルービンの片足がはみ出していた。ウィーヴァーは足で蹴って中に入れた。ルービンは裏切り者だが、遺体がこんな運命をたどるのは恐ろしいことだ。しかし、今は憐れむ暇はない。

「わたしが行く」

「どうして？　なぜ急に？」

「それが正しいことだから」

アナワクは彼女の両肩をつかんだ。

「絶対に違う。カレン、死ぬかもしれないんだぞ……」

「わかってる。三人とも生きのびる可能性はそれほどない。でも、あなたたちのほうが少しはあるわ。もう一艇に乗って、わたしの幸運を祈ってほしい。それでいいでしょう？」

「カレン！　どうしてなんだ？」

「どうしても理由を聞きたいの？」

アナワクは彼女を見つめた。

「何度も言うが、時間がない。きみたち二人は残れ。私が行くから」

ヨハンソンが口をはさんだ。

ウィーヴァーはアナワクを見つめたままだ。

「いいえ。レオンは、それが正しいとわかっている。わたしならディープフライトを目をつぶってても操縦できる。あなたたちより腕前は上。潜水艇アルヴィンに乗って大西洋中央海嶺にも潜った。水深何千メートルもの深海よ。潜水艇のことなら、あなたたちより詳しいし……」

「それは理由にならない。ぼくだって、うまく操縦できる」

「……深海はわたしの世界なの。濃い青色の海。わたしが子どもの頃、十歳のときから」

彼は反論しようと口を開けた。ウィーヴァーは彼の唇に人差し指をおいて、首を振った。

「わたしが行く」

「きみが行く……」

彼はつぶやいた。

彼女はあたりを見わたした。

「じゃあ、二人でスルースを開けて、わたしを外に出してね。隔壁が開いたら何が起きるかなんて見当もつかない。イールがすぐに襲ってくるかもしれないし、何も起きないのかもしれない。前向きに考えましょう。わたしが出発したら、できれば一分間待って、あなたたちは二番目の潜水艇で脱出してほしい。わたしを追わないで。波のすぐ下にとどまり艦と充分な距離をとる。わたしはとても深いところまで行くことになる。それから……」

彼女はひと息おいた。

「きっと誰かがわたしたちを釣り上げてくれるわ。潜水艇には衛星通信機もあるし」

「十二ノットだと、グリーンランドかスヴァールバル諸島まで二昼夜かかる。それだけの燃料は入っていないぞ」

ヨハンソンが言った。

「きっとうまくいくわ」

彼女は胸が締めつけられる思いがして、ヨハンソンを抱きしめた。シェトランドで二人、津波を生きのびたことが頭をよぎった。

またきっと会える！

「きみは勇敢な女の子だ」

ヨハンソンが言った。

それから、彼女はアナワクの頬を両手で挟むと長いキスをした。彼を失いたくない。まだ話すことがいっぱいある。二人ですることは何もしてないじゃない……

いや、センチメンタルな気分に浸ってはいけない。

「気をつけて。二日のうちにはまた会えるさ」

アナワクが静かに言った。

彼女は操縦席に飛び乗った。ディープフライトが少し揺れた。うつぶせになって所定の位置に体を入れる。両方のキャノピーがゆっくりと閉じた。計器に目を走らせる。すべて正常なようだ。

ウィーヴァーは親指を立てた。

生者の世界

ヨハンソンがコントロールパネルに立ち、スルースのガラス隔壁を開けて潜水艇を降ろした。アナワクと二人で、ディープフライトがシャフトに沈み、鋼鉄の隔壁が開くのを見つめた。暗い海が現われた。中に入ってくるものは何もない。ウィーヴァーが潜水艇をスルースから出した。後ろに噴きだした気泡がガラス隔壁にあたってきらめいていた。ディープフライトは次第に色を失い、輪郭が消えて影になった。

やがて、その影も消えた。

アナワクは胸に痛みを感じた。

〈この物語では、ヒーローの役はすでに割り振られている。ヒーローは死者たちの役だ。あんたは生者の世界に生きている〉

グレイウォルフ！

〈この鳥の精霊が何を見るのか、お前に告げる者が必要だな〉

アケスク伯父はグレイウォルフのことを言ったのだ。グレイウォルフは夢の謎を解き、教えてくれた。あの夢で見た氷山は解けた。しかし、アナワクの行く手は深海ではなく、光の世界だ。

生者の世界に向かう。

クロウのもとへ。

彼ははっとした。自分がヒーローとして犠牲になることだけが頭にあり、インディペンデンスで本当に果たすべき任務を忘れていた。

「これからどうする？」

ヨハンソンが尋ねた。

「プランB」

「え？」

「ぼくはもう一度、上を見てくる」

「どうしたんだ？　何のために？」

「サムを探しにいく。シャンカーも」

「もう誰も残ってはいない。みんな退避したはずだ。最後に見たとき、二人はCICにいたから、最初に脱出してるだろう」

アナワクは首を振った。

「いや、少なくともサムは違う。助けを呼ぶ彼女の声を聞いたんだ」

「どこで？」

「ここに来る前に。シグル、あなたを巻きこむつもりはない。これまでの人生で、ぼくは目をそむけてしまったことがたくさんある。けれど、人生は変わった。もう今までのぼくじゃない。わかってくれ。ぼくは見て見ぬふりはできない」

ヨハンソンは笑みを浮かべた。

「よくわかるよ」

「ぼくは最後のチャンスに賭けてみる。あなたはディープフライト3を準備して待っていてくれ。数分でサムが見つからなければ戻ってくる。そうしたら、二人で脱出しよう」

「見つかったら？」

「ディープフライト4がある」

「了解だ」

「シグル、本当にそれでいいね？」

「もちろんだ。きみは何を心配しているんだ？」

ヨハンソンは言って、両手を開いた。

アナワクは唇を嚙んだ。

「もし、ぼくが五分以内に戻らなかったら、あなた一人で脱出してくれ。いいね？」

「きみを待ってるよ」

「だめだ。待つのは五分だけだ。絶対に」

二人は抱き合って別れた。アナワクは傾いた桟橋を下っていった。実験室に向かうランプウェイの入口付近は、すっかり水に浸かっている。しかし、インディペンデンスはかろうじてバランスを保っているようだ。この数分間、傾きに変化はない。

あとどれだけ持ちこたえるだろうか。

アナワクのくるぶしあたりで跳ねていた水が急に深くなった。しばらく泳ぐと、ふたたび足が床についた。数メートル水の中を歩くと、また水が深くなった。そのあたりのランプウェイは水面が天井に迫っているが、まだ空間はある。実験室の前を泳いで通りすぎる。カーブを曲がって見上げると、ふたたびランプウェイの床が水面から現われて水平になり、その先が急勾配の上り斜面になっているのが見えた。格納デッキに通じる脇道の傾斜はそれほどきつくない。上方には黒煙が溜まっている。四つん這いで行くしかないだろう。ネオプレーン製のドライスーツを着ているというのに寒かった。潜水艇で脱出できたとしても、そのあとを乗り切れる保証は何もない。

いや、生きのびなければならない！　カレン・ウィーヴァーにもう一度会うのだ！

彼は決然として斜面を上りはじめた。

思いのほか簡単だった。床は、車両や兵士が滑らないように波状の鉄板でできていた。彼はその波形を両手でつかんだ。両足で突っ張り、少しずつ体を持ち上げていく。上に行くにつれて気温が上がり寒さが和らいだ。その代わり、肺はねっとりした煙でいっぱいになる。視界も悪くなってきた。フライトデッキからまた轟音が響いた。

クロウが助けを呼んだときには、すでに火がまわっていた。その炎を逃れたのであれば、今も生きているはずだ。

最後の数メートルを喘ぎながら上りきった。意外にも、格納デッキの視界はランプウェイよりも良好だった。左右にある二つのゲートが換気口になっているのだ。一方から煙が入っても、一方から漏れていく。しかしオーブンの中にいるような、むっとする熱気があった。彼は袖で口と鼻を押さえ、格納デッキに駆けこんだ。

「サム！」

答えはない。何を期待するのだ。彼女が両腕を開いて駆けてくると想像していたのか？

「サム・クロウ！　サマンサ・クロウ！」

彼は狂ったように叫んだ。

しかし死んだように生きるより、狂ったほうがずっといい。グレイウォルフの言うとおりだ。アナワクは亡霊のようにこの世を生きてきた。今は狂気のほうがずっと役に立つ。

「サム！」

ウェルデッキ

ヨハンソンは一人になった。

アンダーソンに肋骨を二、三本折られたのは間違いない。少し動くだけで激痛が走る。ルービンの死体を潜水艇に押しこむときも叫びたいほど痛んだが、歯を食いしばって辛抱した。

次第に力が萎えていく。

彼はキャビンにあるボルドーのことを思い出した。あれを無駄にしてしまうとは！　ひと口でいいから味わいたかった。骨折は治せないが、この耐え難い状況にかなりの彩りを添えてくれるだろう。一人で乾杯するのも悪くない。艦には、自分のほかに人生を享受する人間はいないのだ。この数週間に素晴らしい人々や嫌なやつらにも出会ったが、同じ美学を共有できる者は一人もいなかった。

自分はきっと恐竜なのだ。

サウルス・エクスクィジトゥス――選りすぐりの恐竜だな。彼はディープフライト3を桟橋の高さまで下ろしながら考えた。

気に入った。選りすぐりの恐竜。まさにこの私だ。化石であることを楽しんでいる化石。自分がどの時代に生きているのかわからないほど、未来と過去が混ざり合った世界に魅了される。そこでは、過去も未来も同じように想像力をかきたてられる。

ゲーアハルト・ボアマン……

彼ならボルドーの味をわかってくれただろう。だが、ほかには誰もいない。オリヴィエラはワインを喜んでくれたが、スーパーマーケットで買ったワインを差しだしても同じだったかもしれない。シャトー・ディザスターの仲間で、奥深いポムロールの味がわかるほど洗練された舌を持つ者は……

ジューディス・リー。

彼は最後にもう一度、肋骨の痛みをこらえてディープフライトに飛び移った。うめきながら震える膝をついて体を起こす。それから、前方に身をかがめてキャノピーの開閉スイッチを押した。

キャノピーがゆっくりと開き、垂直の位置で止まった。目の前に操縦席が二つある。

「全員、搭乗」

彼は大声を上げた。

なんと奇妙な！　傾いたウェルデッキで、たった一人で潜水艇に乗りバランスをとっている。人生はどこの岸に流れ着くのだろうか？　ジューディス・リー？

それなら、ボルドーをグリーンランド海にぶちまけたほうがましだ。美の正当性を守り抜く唯一の方法は、ふさわしくない人々の手に決して渡さないこと。

リー

彼女は息を切らして格納デッキまでやって来た。

あたりは真っ黒な煙が立ちこめている。煙の中に何か見えないかと目を凝らすと、右往左往する人影がずっと奥に見えた。

そして声が聞こえた。

「サム！　サム・クロウ！」

アナワクの声だろうか？

一瞬、彼女は躊躇した。しかし、今さらアナワクを排除してもしかたがない。艦首側の隔壁は次々と破れていく。艦は真っ二つに折れるにちがいない。そうしたら、インディペンデンスは石のように沈んでしまうかもしれない。

ランプウェイまで走ると、そこは煙の充満した穴に変わっていた。胃が縮む思いがした。リーは臆病でもないし、そこを下る力はあるが、シリンダーを深海に持っていく必要はないのではと一瞬考えた。シリンダーをふたたびなくしたとしても、暗い海底のどこかに着くのではないか。

彼女は一歩一歩ランプウェイを下りはじめた。まわりは暗く、息苦しい。煙で窒息しそうだ。ブーツの踵が波形の鉄板にあたるたびに、高い音が響いた。

突然バランスを崩し、尻もちをついて両脚が伸びた。その体勢のまま猛スピードで滑り落ちた。必死でシリンダーを抱える。波形の鉄板や支柱が背中を打ち、強烈な痛みを感じた。そのとき、目の前に黒い水面が迫った。

水しぶきを四方に飛ばして、彼女は水に落ちた。ぐるぐると回転してようやく水面に顔を出し、空気を求めて喘いだ。

シリンダーは放さなかった！

金属が軋む音がまわりの壁に響いている。彼女は水をひと蹴りすると、音もなく泳ぎだした。カーブを曲がってウェルデッキに向かう。水は温かだった。ウェルデッキの適温に保たれた海水にちがいない。ランプウェイの照明は消えていたが、ウェルデッキの電力供給は独立している。前方が次第に明るくなってきた。やがて、そそり立った桟橋が視界に入った。艦尾ゲートは干上がったデッキにのしかかるようだ。潜水艇は二艇あった。一艇が桟橋の高さにぶら下がって揺れている。

二艇？

ディープフライト2が消えていた。

そして、ネオプレーン製のドライスーツを着たヨハンソンが、ディープフライト3に飛び移ったところだった。

フライトデッキ

クロウはくじけそうだった。

パキスタン人のコックは煙草は持っていたものの、それ以上の力にはならなかった。デッキの縁にしゃがんで泣き言を言うだけだ。しかし、彼女に何ができるわけでもない。この先のことは、まるで見当がつかないのだから。燃えさかる炎を呆然と見つめた。けれども、彼女はあきらめを忌み嫌う。地球外知的文明のシグナルを受信しようと何十年も宇宙に耳を澄ましてきた者には、あきらめはばかげている。彼女のレパートリーにあきらめは存在しなかった。

突然、大音響が轟いた。アイランドの上に巨大な火の玉が現われ、花火のように輝いた。デッキが強烈に振動し、やがて火炎地獄の炎が二人に迫った。

コックが悲鳴を上げた。跳ね起きると一歩後ろに飛びのき、よろめいて縁から落ちそうになった。クロウは彼の伸ばした腕をつかもうとした。男は一瞬だけバランスを保った。顔が恐怖に歪む。体がぐらりと揺れ、悲鳴とともに落ちていった。斜めにせり上がった艦尾ゲートにたたきつけられると、その上を滑ってクロウの視界から消えた。悲鳴が途切れた。どこかに激突する音が聞こえると、彼女は驚愕して縁から後ずさり振り向いた。

そこは炎の真っ只中だった。まわりのアスファルトが燃えている。耐え難いほどの熱だ。唯一、右舷が炎の雨から守られていた。彼女は絶望がこみ上げるのを初めて感じた。希望はどこにも見いだせない。運命を先のばしできても、変えることはできない。

炎の熱に退散するしかなかった。彼女は右舷に走った。

そこは外部リフトに航空機を積み下ろしする場所だった。

だから何だというのだ。

「サム！」

ついに幻聴にまで襲われた。誰かに名前を呼ばれた？　ありえない。

「サム・クロウ！」

いや、幻聴ではない。誰かが名前を呼んだのだ。

「ここよ！　ここにいる！」

彼女は叫んだ。目を見開いてあたりを見まわす。声はどこから聞こえたのか？　フライトデッキには誰もいなかった。

ようやく気がついた。

落ちないように慎重に縁から身を乗りだす。黒煙が充満していたが、それでも傾いた外部リフトが下に見えた。

「サム？」

「ここよ！　上よ！」

声を振り絞った。不意に人影がリフトに走りでて、上を見上げた。

アナワクだ。

「レオン！　わたし、ここにいる！」

彼は上にいる彼女を見つけた。

「サム、そこにいるんだ。ぼくが助けにいく」

「どうやって？」

「上に行くよ」

「来ても無駄よ。全部燃えている。アイランドもフライトデッキも。どんなハリウッド映画にもない火炎地獄」

アナワクは右往左往した。

「シャンカーは?」

「死んだ」

「サム、脱出しよう」

「ありがとう、それを思い出させてくれて」

「運動は得意?」

「え?」

「飛び降りられるか?」

彼女は見下ろした。得意なはずがない! 煙草に手を出す前ならまだしも。それに八メートルはある。いや、十メートル。しかも床は傾いて滑り台になっていた。

「わからない」

「じゃあ、十秒以内に成功する別の方法はあるか?」

「あるわけない」

「潜水艇で脱出できるんだ。さあ、飛べ! ぼくが受け止める」

彼は大きく腕を開いた。

「いいのよ、レオン。あなたは横にどいてて」

「ぐずぐず言ってないで、飛ぶんだ!」

彼女は振り返った。炎は間近に迫っている。彼女に向かって飢えた舌を伸ばしていた。

クロウは一瞬目を閉じた。そしてまた開いた。

「レオン！　今行く！」

ウェルデッキ

アナワクはどうしたのだ？

ヨハンソンは静かに揺れる潜水艇にしゃがみ、水面を見下ろした。スルースの暗い水の中には、イールに直接結びつくものは何も現われない。なぜ攻撃してこないのか？　艦が沈むのを待っているのにちがいない。インディペンデンスまでもイールに屈してしまった。

五分が過ぎた。

一人で脱出することはできる。アナワクとクロウのための潜水艇はあるのだ。

しかしシャンカーがいっしょだったら？

合わせて四人になる。だから一人では行けない。アナワクが二人を連れて戻れば、二艇必要になるからだ。

彼はマーラーの交響曲第一番をハミングしはじめた。

「シグル！」

彼は振り向いた。刺すような痛みが上体に走り、息が止まった。リーが潜水艇のすぐ後ろの栈橋に立ち、拳銃を彼に向けていた。足もとに細いシリンダーが二本おいてある。

「シグル、降りなさい。わたしにあなたを撃たせるようなつらい真似はさせないで」

ヨハンソンはディープフライトを吊るす鎖をつかんだ。

「つらい、とは？　あなたは楽しそうだが」

「降りなさい」

「脅すつもりか？」

ヨハンソンは乾いた声で笑った。そのあいだに考えをめぐらせる。なんとか時間をかせがなければならない。アナワクが戻るまで、彼女を引き止めるのだ。

「私があなたなら撃ったりしない。そんなことをすれば、潜水艇は出せなくなる」

「何のつもり？」

「今にわかるさ」

「言いなさい」

「話したら、つまらないだろう。さあ、リー司令官。そんなにぴりぴりしないで。私を撃てばわかるよ」

　彼女は戸惑った。

「潜水艇に何をしたの？」

　彼は痛みをこらえて背筋を伸ばした。

「何だと思う？　教えてやろう。しかも正常に戻してやる。だがその前に、あなたの話を聞きたい」

「その時間はないわ」

「それは残念だ」

　リーは彼を睨みつけた。やがて銃を握る手を下ろした。

「何を知りたいの？」

「それはわかっているだろう――なぜなんだ？」

　彼女は鼻を鳴らした。

「本気で訊いているの？　あなたの明晰な頭脳をよく働かせなさい。アメリカ合衆国のない世界が成り立つと思うの？　わたしたちは唯一の確固たる存在。国内的にも国際的にも成功を持続できる模範はただ一つ。いかなる社会の一人ひとりにも無条件で通用する真の模範。それがアメリカ。

世界がイールの問題を解決してはだめなの。国連が解決するのも許さない。イールは人類に多大な損害を与えたけれど、知識や認識における膨大な潜在能力を備えている。それが誰の手に渡ればいいかしら？」

「それをいちばんうまく扱える者だ」

「そのとおり」

「そのために、われわれは皆で働いたのだ。われわれは同じ側に立っているんだろう？われわれはイールと理解し合える。われわれは……」

「まだわからないの？　合意する可能性はわたしたちにはないの。わたしの国の利益に反するから。わたしたち合衆国は彼らの知識を獲得しなければならない。同時に、ほかの誰の手に渡してもならない。世界をイールから解放する以外に選択肢はない。共存ですら、わたしたちの敗北。つまり人類の敗北、神への信仰の敗北、わたしたちの優勢の敗北。けれど最悪なのは、共存して新しい世界秩序がもたらされること。イールの前では、わたしたちはみんな同等になってしまう。先進国ならどこでも彼らとコミュニケーションがとれるでしょう。どの国もイールと同盟を結ぼうと考える。彼らの知識を手に入れ、最後にはイールを征服しようと企むでしょう。そして、それに成功した者が地球を支配することになる」

彼女は一歩、前に出た。

「それが何を意味するかわかる？　深海の生命体は、わたしたちの想像を絶するバイオテクノロジーを持っている。彼らとのコンタクトは生物学的な方法でしかとれない。だから、世界中で微生物の研究が大手を振って行なわれるようになる。そんなこと、わたしたちは認めない。だから、イールを絶滅させるしか道はない。実行するのはアメリカ以外にない！　ほかの国には許さない。ごろつきどもが一票を握る、意気地なしの国連はもってのほかだわ」

「あなたはどうかしている。あなたという人はどういう人間なんだ？」

彼は言って、咳きこんだ。

「わたしは神を愛し……」

「自分のキャリアを愛しているだけだ！　完全に正気を失っている！」

「それから国を愛している！　あなたは何を信じるの？　わたしには信念がある。アメリカ合衆国だけが人類を救うにふさわしい……」

「配役は決定済みだと、未来永劫言いたいのだろう？」

「何が悪いの？　世界は、アメリカが汚れ役を演じることを望んでいる。わたしたちは今その仕事をしている！　それがまさに正しいのよ。イールの持つ知識を世界で分け合うことは許さない。だから、わたしたちがイールを殲滅して、彼らの知識を封じこめなければならない。そうしたら、わたしたちが地球の運命を握ることになる。わたしたちに従わない独裁国家も独裁者も必要ない。アメリカの優位は揺るぎない」

「あなたがしようとするのは、人類の殲滅だ！」

彼女は歯をむきだした。

「あなたたち科学者はすぐにそう言う。イールを征服するのは可能だとも、彼らの殲滅が問題解決になるとも、あなたたちは絶対に考えない。科学者は、イールが絶滅したら地球の生態系が壊れてしまうと心配し、がたがた震えているだけ。けれど、イールが地球を破壊するのよ！　イールがわたしたちを根絶やしにするのよ！　わたしたちが優位を取り戻せるなら、少しばかり環境に損害を与えることも我慢してはどうかしら」

「優位でいたいのは、あなただけだ。なんとかわいそうな人だ。どうやってゴカイを支配するのだ？　どうやって……」

「一匹ずつ毒殺する。イールに邪魔されなければ、海はわたしたちのもの」

「それは人類を毒殺することだ！」

「あなたに何がわかるの？　人が減れば、それもまたチャンスになる。少し風通しがよくなれば、地球にとって素晴らしいことじゃない」

彼女は目を細めた。

「さあ、そこをどきなさい」

ヨハンソンは動かなかった。潜水艇を吊るす鎖にしっかりつかまり、ゆっくりと首を振った。

「潜水艇は動かない」

「あなたの言うことなど信じない」

「じゃあ、自分で確かめればいい」

リーはうなずいた。

「そうしましょう」

彼女は銃を持った手を上げ、引き金を引いた。ヨハンソンは弾をかわそうとした。しかし銃弾は肋骨を砕き、痛みと寒気が波となって全身に走った。

彼女は彼を撃った。

鎖を握る彼の指から力が抜ける。体がぐらりと揺れた。何か言おうとしたが言葉にならず、回転して操縦席にうつぶせに倒れこんだ。

外部リフト

クロウが飛んだ瞬間、アナワクはだめだと思った。彼女は左に飛びすぎた。彼は喘(あえ)ぎながら脇に、そして後ろにさがった。腕を広げる。そして、受け止めた衝撃で二人とも海に投げだされないことを祈った。

彼女は華奢(きゃしゃ)だが、その衝撃は猛スピードで突進するバスにぶつかったようだった。

彼はクロウを抱きとめると、背中から床にたたきつけられた。二人はそのまま斜面を滑った。彼女の悲鳴が上がり、アナワクは自分の悲鳴も聞いた。頭が床のアスファルトに打ちつけられる。彼は踵(かかと)をたたきつけて止まろうとした。外部リフトでひどい目に遭うのは、この日二度目のことだ。とにかく、これが最後となってほしかった。

縁のわずか手前で二人は止まった。

クロウが彼を見つめた。

「大丈夫？」

彼女はしゃがれ声で訊いた。

「大丈夫のはずはない」

彼女は彼から転がり降りた。立ち上がろうとして顔をしかめ、倒れこんだ。

「だめだわ」

アナワクは跳ね起きた。

「どうしたんだ？」

「足が、右足が」

彼はひざまずいて足首をさわった。彼女がうめき声を上げる。

「折れてると思う」

彼は息を止めた。艦がまた少し傾いたのは錯覚だろうか？

リフトのプラットフォームがレールのあいだで軋んだ。

「腕をぼくの肩に」

彼はクロウを支えて立ち上がった。片足で歩くことはできるだろう。苦労して格納デッキに入ると、視界はほとんどきかず、傾斜はさらに急になっていた。

突然、怒りがこみ上げた。

ここはグリーンランド海だ。北の果て。自分は北の果てからやって来た。イヌイット、百パーセントのイヌイットだ！　北極で生まれ、北極に生きる。しかし、ここで死ぬわけにはいかない。クロウだってそうだ。

「さあ、行こう」

ディープフライト3

リーはコントロールパネルに走った。時間を浪費してしまった。ヨハンソンと意味のない議論をするのではなかった。

ディープフライトを少し上げて、桟橋の真上まで移動させた。下部にある二つの空(から)の発射管に目をやる。大型魚雷は装塡済みだが、毒薬をつめたシリンダーを入れる小型魚雷の発射管は空だった。素晴らしい！ ディープフライトはどんな武器でも装備できる。

彼女はシリンダーをすばやくパイプに押しこみロックした。システムは完璧だ。シリンダーが青い靄(もや)の中に撃ちこまれると、小型の起爆カプセルが爆発し毒薬が飛び散る。水中で毒薬は拡散し、あとはイール自身が否応なしに反応する。ルービンがプログラムした細胞の死。この計画の最良の点だ。一度感染すれば、集合体が自己破壊の連鎖を起こす。

ルービンはいい仕事をしてくれた。

彼女はもう一度ロックを確認し、ディープフライトをスルースの真上に移動して水面まで下げた。ドライスーツを着る時間はなかった。寒さは我慢するしかない。デッキに降りる梯子（はしご）まで急ぎ、水の引いた艦尾側のデッキを潜水艇まで走る。よじ登ると潜水艇が揺れた。操縦席には、動かなくなったヨハンソンがうつ伏せに横たわっている。

どこまでも間抜けなやつだ。脇に転がり、スルースに落ちていればいいものを。これでは、死体をどける余分な手間がかかる。

ふと彼女は一抹の憐れみを感じた。この男には感心させられたし、気に入ってもいた。違う出会いであったなら……。

艦に震動が走った。

彼をどける時間はない。死体があってもかまわない。潜水艇は助手席でも問題なく操縦できる。ヨハンソンは水中で放りだせばいい。

どこかで鋼鉄が裂ける音が響いた。

リーは大急ぎでコックピットに入ってスイッチを押した。キャノピーが下りてロックがかかる。彼女の指がキイボードの上をすばやく動いた。内部に低い機械音が響いてライトがつき、二台の小型ディスプレイが輝いた。全システムの準備が完了した。ディープフライトは、深緑色をしたグリーンランド海の上で静かに揺れていた。三メートルのシャフトを沈みながら、リーは押し寄せる歓喜に身を震わせた。

ついに成し遂げた！

隠れ家

ヨハンソンは湖畔に座っていた。

頭上には満天の星。どれだけここに戻りたかったことだろう。心の風景を眺めると、幸せと畏敬の念に満たされた。肉体を失くした感覚。寒さも暑さも感じない。いつもとは違う感覚。まるで自身が湖になったようだ。湖畔に佇む小さなわが家。まわりをひっそりと囲む黒い森。下草の揺れる音。森に差しこむ月の光。彼はその全部であり、すべてが自身の中にあった。

ティナ・ルン。

彼女がここに来られないのは残念だ。この静けさを、この平穏を彼女に与えてやりたい。けれども彼女は死んでしまった。自然が、海岸に黴のようにはびこる文明に反逆し、その猛威に彼女は倒れた。彼女は消え去ってしまった。この瞼に映る風景だけを残し、彼女とともにすべてが消えた。この湖は永遠だ。夜は決して終わらない。孤独は何よりの安らぎかもしれない。エゴイストの究極の喜び。

本当に孤独を望むのか？

孤独でいいじゃないか。孤独には無限の長所がある。貴重な時間を自分だけで使い、己れに耳を澄ませれば、驚くようなことが聞こえてくる。

しかし、孤独はいつ寂しさに変わるのだろうか。

不意に彼は恐怖を感じた。

恐怖は痛みを伴った。恐怖は胸にくらいつき、呼吸を奪い取る。いきなり寒気がして、体が震えだした。湖に輝く星は赤や緑のライトに変わり、電子音が響いている。目の前に広がっていた光景は、光を放つ四角いものに姿を変えた。もはや湖畔に佇んでいるのでも、自身が湖になったのでもない。窮屈なトンネル、いや筒の中に横たわっていた。

急激に意識が戻ってきた。

死んだのではなかったか。

いや、まだ死んではいない。だが、あと数秒の命。ここは深海に向かう潜水艇の中だ。イールの犯した罪に報いるため、深海に毒薬を運ぶ潜水艇。しかし、それはもっと重大な罪を犯すことになる。イールと人類に対する犯罪。

目の前で輝いているのは星ではなく、ディープフライトのコントロールパネルだ。作動している。彼は視線を上げた。ウェルデッキの縁が頭上に消えていく。

スルースに入った。

彼は信じ難いほどの意志の力で首を傾ける。すぐそばに、リーの美しい横顔があった。リー。

ジューディス・リーが自分を撃ち殺した。

いや、まだ殺されてはいない。

潜水艇は沈んでいく。横の壁が頭上に消えていく。まもなく外に出るだろう。何ものも、何者も、死の荷物を深海に届ける彼女を阻止できなかった。

決して許してはならない。

彼は体の下になった両手を引きだし、指を伸ばす。汗が吹きだした。意識を失いそうだ。コントロールパネルは目の前だ。彼は操縦席にいた。リーは助手席に操縦を切り替えている。だが、ふたたび切り替えることは可能だ。

キイをたたけば操縦を取り戻せる。

切り替えスイッチはどこに?

ロスコヴィッツの部下だったアン・ブラウニングに教わったはずだ。詳しい説明を聞き、習得していたはずだ。ディープフライトは潜水技術の新世紀の訪れを約束する。もちろんヨハンソンは未来に関心があった。スイッチの場所は知っている。機器の使い道も、望んだ成果を上げる方法も知っている。思い出すだけでいい。

思い出せ。

瀕死のクモのように、彼の指がキイボードを這った。血に染まった指。己れの血。

思い出せ。

これだ。このキイの隣……

できることは多くない。命は燃えつきようとしていた。だが、最後の力が残っている。

それで充分だ。

リー、地獄に堕ちろ！

リー

ジューディス・リーはキャノピーの向こうを見つめた。すぐ目の前に、シャフトの鋼鉄の壁があった。潜水艇はゆっくりと沈んでいく。あと一メートル、あと数十センチメートル。プロペラを始動させ、まっすぐ深海に向かって艦を出ればいい。インディペンデンスがすぐに沈没するようなら、できるかぎり艦から離れよう。

イールの集合体にいつ遭遇するだろうか。どれほどの大きさかはまるで想像できないが、大きすぎる集合体は危険だ。オルカが襲ってくるかもしれない。しかしいずれの場合も、邪魔者を片づける武器は持っている。心配することはない。

青い靄が現われるのを待ち、彼らが集合体を形成するところに毒薬を撃ちこむ。呪われた単細胞はさぞや驚くだろう。

愉快な話だ。単細胞に驚くことができるのか？

その瞬間、彼女自身が驚いた。コントロールパネルで何かが変わったのだ。ライトの一つが消えた。それは、助手席側での操縦を示すライト……

操縦が！

操縦ができない！　全機能が操縦席に切り替わっていた。その代わりディスプレイが輝き、四本の魚雷を示すグラフィックが現われた。二本は小型シリンダーで、二本は大型魚雷。

大型魚雷の一本が輝いた。

リーは驚愕した。操縦を切り替えようと、拳をパネルに打ちつける。しかし、発射指令を取り消すことはできなかった。彼女のアクアマリンの瞳に数字がきらめいた。秒読みは無情にも続く。

0 0・0 3……0 0・0 2……0 0・0 1……

「そんな！」

0 0・0 0。

彼女の顔が凍りついた。

魚雷

ヨハンソンの発射した魚雷が発射管から飛びだした。わずか三メートル、水中を突進すると、シャフトの壁に激突し爆発した。

ディープフライトはとてつもない衝撃波に襲われ、背後の壁をぶち抜いた。その瞬間に二本目の魚雷が解き放たれた。耳をつんざく大音響とともに、ウェルデッキの半分が吹き飛んだ。二人を乗せたディープフライトは火の玉と化し、毒薬もろとも跡形もなく燃えつきた。飛び散った破片がデッキや壁に穴を穿ち、満水の後部バラストタンクを切り裂いた。ウェルデッキに開いたクレーターから、何千トンもの海水が一気に流れこむ。

インディペンデンスの艦尾が沈んだ。

艦は、信じ難いスピードで沈みはじめた。

脱出

その爆発の衝撃が艦に走ったとき、アナワクとクロウはランプウェイに達していた。二人は脚をすくわれ、アナワクは宙を舞った。煙の中で壁がぐるぐるまわり、彼は真っ暗な深淵を逆さまに落ちていった。すぐ脇をクロウが落ちていき、視界から消えた。波形の鉄板に肩や背中、胸や骨盤を打ちつけ、ドライスーツの中で、あたかも骨から肉を引きはがされたかの痛みが走った。やがて足が床につき一回転する。ふたたび衝撃波に襲われ、今度は上方に跳ね上げられ飛ばされた。艦が一気に吹き飛んだかのような、表現しようのない轟音が耳をつんざいた。彼はどこまでも転がり落ち、最後に大きく弧を描いて泡立つ水に転落し沈んだ。

容赦なく水中に引きこまれる。耳の中が煮えたぎるような音がした。上も下もわからないまま、引きこまれまいとして両手両脚をばたつかせる。これまで艦尾はこんなに沈んでいただろうか？　なぜ突然、艦尾が水に浸かったのだ？

あの爆発はウェルデッキなのか。

ヨハンソン！

何かが顔にぶつかった。腕だ。それをつかんで脇に抱えた。前後の感覚がないまま、足で水を蹴った。体が横に飛ばされ、また引き戻される。煮えたぎる水が肺に入ったかのように胸が痛んだ。まるで水中ジェットコースターに乗っているようだった。

突然、顔が水面に出る。

薄暗い。

クロウの顔がすぐ横に現われた。彼女の腕は脇に抱えたままだ。彼女は苦しそうにもがき、目を閉じたまま水を吐きだすと、また沈んだ。彼は彼女を引っ張った。まわりの水が渦を巻いている。見上げると、そこはランプウェイの下のほうだとわかった。実験室とウェルデッキに通じるカーブのあたりで、溢れた水が濁流となっている。

水位が上がっている。恐ろしく冷たい水。氷のように冷たい海水。ネオプレーン製のドライスーツを着ていれば、しばらくは寒さから身を守れる。しかし、彼女はドライスーツを着ていない。

ぼくたちはきっと溺れ死ぬ。それとも凍え死ぬのか。どのみち一巻の終わりだ。巨大な艦の最奥部に閉じこめられ、しかも浸水は止まらない。ぼくたちはインディペンデンスとともに沈んでいくのだ。

　ぼくたちは死ぬ。

　ぼくは死ぬ。

　得体の知れない恐怖に襲われた。死にたくない。これで人生が終わるなんて嫌だ。人生を愛している。し残したことがいっぱいある。ここで死ぬわけにはいかない。今は死ぬときじゃない。別のときなら喜んで死のう。だが、今じゃない。

　恐怖に堪えきれなくなった。

　また水に沈む。何かが頭に触れた。固いものではないが、頭を水中に押しこまれた。彼は両脚を蹴って逃れ、空気を求めて水面に顔を出した。自分にぶつかったものを見て、天にも昇る気分になった。

　ゾディアックの一艇がウェルデッキから流されてきたのだ。爆発の衝撃で舫(もや)いがはずれたのだろう。急速に水位を上げて泡立つ水に、回転しながら漂っている。それは船外機とキャビンを備える高性能のゴムボートだ。八人乗りで、二人には充分すぎる大きさだ。救命用具も備わっている。

「サム！」

　彼女がいない。見えるのは、渦巻く真っ黒な水だけだ。

そんなばかな。たった今まで横にいたのだ。

「サム！」

水かさは増える一方で、床から天井までの半分が水に浸かっている。腕を伸ばしてゾディアックのゴムの舷側に体を引き上げ、あたりを見まわした。クロウの姿はどこにもない。

「くそ！」

ボートに乗りこむと、激しく揺れる中を四つん這いで反対側に行き、見下ろした。

彼女がいた！

半分目を閉じ、ボートの横を漂っていた。波が顔を洗っている。ボートの死角に入っていたのだ。両手が弱々しく動いている。彼は身を乗りだし、彼女の手首をつかんで引いた。

「サム！」

顔に向かって大声で呼びかける。

クロウの瞼がかすかに動いた。その瞬間、咳きこんで水を吐きだした。彼は両脚を突っ張って体を支え、彼女を引っ張り上げる。両腕に激痛が走り、持ち上げられない。けれど彼には、サマンサ・クロウを救うという一心しかなかった。

彼女を残して家に帰るくらいなら、今すぐ水に落ちてしまえ。彼の意志が告げていた。

彼は喘ぎ、うめき、吠え、罵り、引いた。いきなり彼女の体がボートの中に飛びこんできた。

アナワクは尻もちをついた。

もう力は残っていない。

へこたれるな。ゾディアックに座っていても何にもならない。艦がお前を道連れにして沈む前に脱出しろ。内なる声が告げていた。

ゾディアックはぐるぐると回転し、上昇する水面を跳ねながら格納デッキに向かっていた。あと少しで、ボートはランプウェイから巨大なデッキに吐きだされるだろう。彼は起き上がったが、また転んだ。大丈夫だ、這っていこう。彼は四つん這いで操縦席まで行き、ポールにつかまって立ち上がった。計器類に目を走らせる。小型ハンドルのまわりに、あのブルーシャーク号と同じような配置で計器が並んでいた。見慣れた光景だ。これなら操縦できる。

顔を上げると、ランプウェイの最上部が迫っていた。体を固定し、その瞬間に備えた。ボートはランプウェイを飛びだした。押し寄せる波がボートを吐きだし、同時に格納デッキを波が洗いはじめた。

彼は船外機を始動させた。

エンジンはかからない。

どうしたんだ。冗談じゃないぜ。今度こそ!

やはり動かない。

おい、なんとか言えよ! くそ!

その瞬間、エンジンがかかった。ゾディアックが飛びだし、アナワクは後ろに倒れた。ポールをつかんで立ち上がり、操縦席に戻った。両手でハンドルを握る。猛スピードで格納デッキを駆け、カーブを切り、そのまま右舷外部リフトのゲートをめざす。

目の前で、そのゲートが小さくなっていく。

ゲートは急速に高さを失っている。驚くべき速さで水が満ちていた。海水は下からも横からも押し寄せ、激しい波が立っている。八メートルあった天井の高さが、瞬く間に四メートルになった。

四メートルもない。

三メートル。

船外機がうなりを上げる。

三メートルを切った。

今だ!

大砲のようにゾディアックは発射された。キャビンの屋根がゲートの枠を激しくこする。波の上に出ると一瞬空中を飛び、勢いよく着水した。

海は嵐のように荒れていた。険しい波が押し寄せる。彼は関節が白くなるほどハンドルを握りしめた。迫り来る波頭に乗り上げ、向こうの奈落に落ちる。ふたたび波の山を駆け上り、谷に転落する。やがて彼は速度を落とした。ゆっくり走るほうがいいだろう。波はまだ高いが、もう険しくはない。ゾディアックの向きを百八十度まわし、ゆっくりと波に乗って視線を上げた。

不気味な光景だった。

炎に包まれたアイランドが、薄い雲に覆われた空に向かって灰色の海からそそり立っている。まるで、海底火山が大海の真ん中で噴火したようだ。フライトデッキは波間に沈み、燃えさかる廃墟となったアイランドは抗（あらが）えない運命にまだ逆らい、その存在を主張していた。ゾディアックは艦から遠く離れていたが、炎の立てる轟音が彼の耳まで届いた。

彼は息をするのも忘れて目を凝らしていた。

クロウが横に現われた。死人のように蒼白の顔。紫色の唇をして激しく震えている。上着の前をきつく合わせ、怪我をした足をかばっていた。

「知性体のつくりだしたものなんて、トラブルを生みだす以外の何ものでもないわね」

アナワクは無言だった。
インディペンデンスが沈んでいくのを、二人はともに見つめていた。

第五部　コンタクト

地球外知的文明の探索とは、われわれ自身を探すことだ。

——カール・セーガン

夢

目を覚ましなさい！

わたしは眠ってはいない。

どうしてわかるの？　まわりは真っ暗。あなたは世界の底に近づいている。何を見ているの？

何も見てない。

何を見ているの？

目の前にある、コントロールパネルの赤や緑のランプ。水圧や内部の気圧を教えてくれる表示。潜水艇ディープフライトの酸素量。海底に向かう角度。燃料ゲージ。速度計。水質の分析結果。水温表示。

ほかには？

渦を巻く粒子。ヘッドライトの光芒の中に降る雪。沈んでいく有機物。海水は有機化合物で満ちている。水は濁っている。いや、かなり濁っている。

まだ見えるでしょう？　全部を見たいと思わないの？

全部？

カレン・ウィーヴァーは水深千メートルに達するところだ。何の攻撃もない。オルカにもイールにも遭遇しなかった。ディープフライトは順調に潜降を続けた。大きな楕円の螺(ら)旋(せん)軌道を描いて、潜水艇は海底をめざしていた。ときどき小さな魚がライトに捉えられ、すぐまた消えた。あらゆる物の残骸(デトリタス)がぐるぐるまわって落ちていく。オキアミや小さなエビ、かすかな小さな白い点がヘッドライトの光をきらきらと反射した。

彼女は十分前から、ディープフライトのライトが照らしてできる、薄汚れた白い光の繭(まゆ)を見つめていた。人工の光に照らされた闇。何も明らかにしない光。十分間で彼女は上下の感覚をなくした。数秒ごとに計器をチェックする。計器は、自分の目では見えない速度や潜降の角度、時間の経過を教えてくれる。

コンピュータへの信頼。

いつしか自分の声と会話をしていた。それは経験の本質、培(つちか)われた人生の本質、次第にはっきりする認識の本質。それは、これまでもずっと自分の中にいたのに、その存在を明かさなかったもの。それは頭の中にいて、彼女に質問し、提案し、困惑させる。

何が見えるの？

ほとんど何も。

ほとんどなんて、まだ大げさすぎる。感覚器官が機能しないところで、感覚を信頼しようとするのは人間だけ。カレン、計器は目的地を正確に教えてくれるけれど、ライトは役には立たない。そこにある光芒は牢屋のように狭い空間。あなたの理性を解き放ちなさい。全部を見たいと思わないの？

見てみたい。

それなら、ライトを消しなさい。

彼女は躊躇した。いずれ消すつもりではいた。そのときが来たら、闇の中で青い光を見るのにはライトを消さなければならない。でも、それはいつ？　不意に、小さなライトの光芒に執着しすぎていたことに気がついた。しかも長いこと。ベッドサイドの灯りに執着するように。彼女は次々とライトを消した。残っているのは、コントロールパネルの小さなライトだけ。粒子の雨は消えた。

完全な闇に包まれた。

極地の海は青い。北大西洋や南極大陸の沿岸には、葉緑素を持つ生物が少ないからだ。水面から数メートル下に広がる青い海は、どこか青い空と似ている。宇宙飛行士は、地表から離れるほど空の青が深い青色に変わるのを知っている。やがて宇宙飛行士が宇宙の暗黒に包まれるように、潜水艇も反対の方向ではあるが、謎に満ちた光のない世界に沈んでいく。内なる宇宙と言おうか。空を上昇しようが海を潜降しようが、人間の感覚、特に視覚のように感覚を感情に変える機能は、重力に影響されて消えていく。宇宙空間とは異なり、海は重力の法則に支配される。水深千メートルの闇の世界に行く者は、デジタル表示を信じて上下を知るしかない。内耳も視力も教えてくれないからだ。

ディープフライトは最高速度で潜降していた。上下の感覚をなくしたウィーヴァーの頭上には、北極の空が広がっている。その空は急速に暗くなった。深度六十メートルでは、水面の光の四パーセントの光度しか存在しない。そのときすでにヘッドライトは点灯していた。それは、宇宙空間の暗闇をスタンドの灯りで照らすのと同じだ。

カレン、目を覚ましなさい。

わたしは起きている。

あなたは覚醒し懸命に集中している。けれど、あなたは間違った夢を見ている。人類は存在しない世界の白昼夢に捉われている。客観的な自然を知覚できないまま、種の分類や統計的な平均値の宇宙を夢想する。人間を頂点とする序列を作ることで、人間の目には見えない絡まりをほどこうと試みる。偶像や一面だけに納得し、それを真実だと説明する。順番や階級を作り、時空を歪める。人間は見えないものを理解しない。しかし、目に見えた瞬間に理解力は奪われてしまう。見ようとしても、それでもまだ何も見えない。カレン、闇に目を凝らしなさい。生命の根源は暗闇。

暗闇は威嚇的だ。

そんなことはない！　闇は人間の存在の座標を奪いとるけれど、それが悪いことなの？自然は客観的で多様性に富んでいる。先入観という眼鏡を通して見た自然は貧弱になる。なぜなら、人間が好き嫌いで自然を判断するからだ。人間は自らをきらきら輝く存在だとみなしている。コンピュータやテレビは真の世界を映しだすの？　〝ネコ〟とか〝黄色〟というプロトタイプを必要とするかぎり、人間の感覚は多様性を生みだしはしない。人間の脳が無限の多様性から平均値を手に入れるとは驚きだ。このトリックを使えば、不可能なことを理解できる。しかし、それは抽象という犠牲を伴う。その結果、理想化された社会が生まれる。そこでは、十人のスーパーモデルが数百万人の女性の手本となる。一家族の子どもの数は平均一・二人。中国人男性の平均余命は六十三歳、平均身長は一・七メートル。標準だけに目を奪われると、標準を逸脱したところに存在する正常性を見逃してしまう。統計の歴史は誤解の歴史だ。統計は全体を一望するには役立つが、多様性を否定し、わたしたちから世界を遠ざける。

近づけることもある。

本当にそう思うの？

イールと意思疎通を図ろうとしたでしょう？　失敗だったの？　数学が共通の基礎だと発見したわ。

ちょっと待って！　それはまったく違う。ピタゴラスの定理の中には例外のための余地はない。光速はいつも同じ速さであり、数学の公式は同じ物理空間であるかぎり普遍だ。数学には価値を見いだす余地がない。数式は穴の中や木の上に住んでいるものではないし、近づいてきたら撫でてやったり、歯をむきだして威嚇するようなものとは違う。平均的な重力の法則というものは存在しない。あるのは唯一の法則だ。確かに、人間は数学を使って情報交換するけれど、それで互いを理解し合えるの？　数学は人間同士を接近させたの？　社会は文化の歴史によって区別される。それぞれの文化圏の人々は異なる世界観を持っている。イヌイットには〝雪〟という言葉はないが、雪の種類を描写する言葉は山ほどある。ニューギニアの先住民ダニには、色を描写する言葉はない。

あなたは何を見ているの？

ウィーヴァーは闇を凝視した。潜水艇は六十度の潜降角で十二ノットを保ち、静かに螺旋軌道を描いて進んでいる。すでに深度千五百メートルに達していた。ディープフライトの外殻はびくともしない。隣のコックピットにはミック・ルービンが横たわっている。彼のことは極力考えないことにした。死者とともに夜を駆けるのは不思議な感覚だ。

希望を運ぶ死者。

つかの間、何かが輝いた。

イール？

違う、イカだ。イカの大群の中に入ったのだ。さながら海中のラスベガスだった。深海の永遠の夜では、派手な衣装もダンスもパートナーを引きつけない。相手を探す男の子たちは光り輝いてアピールする。イカは小さな透明のポケット状の発光器を持ち、中に発光するバクテリアがいる。ポケットの開閉に合わせてイカの器官が脈打つように輝く。しかし、イカはヴィーヴァーの潜水艇に言い寄るのではない。さっさと消えろと、光を放って威嚇しているのだ。彼女が立ち去らないことがわかると、イカはポケットを開いて光り輝く衣装を纏(まと)い、彼女のまわりに群がった。イカのあいだに、赤や青に輝く丸い小さな生物が見えた。クラゲだ。

そこにもう一つ何かが加わった。ヴィーヴァーには見えないが、ソナーが感知した。大きくて固い物体。一瞬、イールかと思ったが、集合体なら発光するはずだ。それはまわりの海と同じように黒かった。形は長く、一方の端はこんもりと盛り上がり、もう一方は流線型をしている。彼女はまっすぐそれに向かっていた。ディープフライトを少し上に向けて、その物体を追い越した。瞬間、その正体を知った。

クジラは水を飲まなければならない。奇妙に聞こえるかもしれないが、クジラにも難破した人々と同じように喉が渇いて死ぬ可能性がある。クラゲは体のほとんどが水分でできている。もちろん淡水だ。クジラにとってはイカもクラゲと同様、生存に不可欠な水分の供給源なのだ。マッコウクジラはイカやクラゲを求めて、水深千メートル、二千メートル、ときには三千メートルの深海に潜る。一時間以上も深海にとどまり、やがて海面に戻って十分間呼吸をし、ふたたび深海に向かう。

ヴィーヴァーはマッコウクジラに遭遇したのだ。優れた目を持ち、じっと動かない肉食獣。深海では、生き物は素晴らしい視力を持っている。

何が見えるの？　何が見えないの？

あなたは通りを歩いている。前から男が歩いてくる。その少し手前で、女性がイヌを散歩させている。ここでシャッターを切る。写真には、いくつの生き物が映っているでしょうか？　あなたとの距離は、それぞれどれくらい？

生き物は四つ。

不正解。もっといる。木立に鳥が三羽。すると答えは七つ。男は十八メートル離れている。女性は十五メートル。イヌは十三・五メートル。首輪につけたリードで、女性を引っ張っている。鳥は高さ十メートルのところにいて、それぞれ五十センチメートル離れて枝に止まっている――違う！　現実には、この道には何十億もの生き物がいる。そのうち人間は三人で、イヌが一匹。三羽の鳥のほかに、木には五十七羽の鳥が止まっているが、わたしに見えないだけ。木々そのものも生物だ。木の葉や樹皮には昆虫が無数にいる。鳥の羽には、人間の毛穴に巣くうように無数のダニがいる。イヌの毛には、ノミが五十四、ダニが十四匹、カが二匹。胃や腸には無数の小さな虫がいる。唾液はバクテリアだらけで、それは人間も同じだ。これらの生物の距離は実際にはゼロになる。胞子やバクテリアやウイルスは空中を漂い、人間もその一部を担う食物連鎖を形成している。人間は極小の超生命体と絡み合っている。それは海の世界も同じなのだ。

カレン・ウィーヴァー、何が見えるの？

見わたすかぎり、ルービンを除いて、唯一わたしが人間の形をした生命体。彼は死んでいるから、もう生命体ではない。

あなたは粒子。

さまざまな粒子のうちの一つ。一つとして同じ細胞がないように、あなたと同一の人間はいない。常にどこかが違うもの。同じように世界を見なければならない。類似性の広がりとして。あなたを粒子にたとえても、あなたには個性があるから、慰めになるでしょう？

あなたは時空を漂う粒子。

深度計が点灯した。

深度二千メートル。

十七分。出発してから十七分が経過。

この時計が教えてくれるの？

そうよ。

世界を理解するには、違う時間を発見しなければならない。きっと覚えているにちがいないけれど、あなたは思い出せない。人類は二百万年前から、近視眼的な見方をして生きてきた。人間の脳を作った。ホモサピエンスは進化の過程の大部分を狩りと収穫に費やし、それが今日の人間の脳を作った。先人にとって、未来とはすぐ次にやって来るもの。未来にやって来るものは遠い過去と同じくらい曖昧なものだった。人は今を生き、いちばんの関心は子孫を残すこと。大惨事の記憶は忘れ去られるか、伝説の仲間入りをする。忘却は進化の贈り物だったが、今では災いになった。人間の視野には時間という限界があり、数年前の過去や数年先の未来までしか眺められない。世代が進めば、記憶は排除されて無視され、忘れ去られる。過去を見て学ばなければ、未来を見ることは不可能だ。人間は時間のすべてを見て、その中で果たす自己の役割を知ることはできない。人間は世界の記憶を分かち合わないのだ。

ばかげている！　世界は記憶を持たない。記憶を持つのは人間であり、世界ではない。地球の記憶など部外者のたわごとだ。

そうかしら？　イールはすべてを記憶する。彼らは記憶そのもの。

ウィーヴァーは目眩がした。

酸素供給をチェックする。頭が混乱してきた。潜降は幻覚の旅に変わってしまったらしい。思考はグリーンランド海の闇に拡散していった。

イールはどこ？

彼らはここにいる。

どこ？

きっと見える。

あなたは時間を漂う粒子。

静かな闇の中を、あなたはほかの粒子とともに沈んでいく。冷たく塩辛い水の粒子。熱帯を出発した水はすっかり冷えてこの不毛の地にたどりつき、疲れ果て、重くなり沈んでいく。あなたたちはグリーンランドやノルウェーの深海にある海盆に集まった。そこは氷のように冷たく重い水が入ったプール。あなたはそこを出ると、グリーンランドとアイスランドとスコットランドのあいだにある深海の山脈を越えて、大西洋の海盆に流れこむ。そして、溶岩や泥の堆積した深海底を休みなく流れ続ける。あなたたちは強大な流れになる。ニューファンドランドのあたりで、少し暖かくて軽いラブラドル海の水と合流し、さらに大きな流れとなる。バミューダまで南下すると、地中海から流れでてきた大西洋を渡るいくつもの渦に遭遇する。ジブラルタル海峡から出てきた、暖かく塩辛い水の渦だ。地中海、ラブラドル海、グリーンランド海の水が混ざり合い、あなたは深い海の底をさらに南下する。

あなたは地球の活動の証人になる。

あなたの道は大西洋中央海嶺に沿って続く。大西洋を貫く巨大な海底山脈だ。すべての大陸を合わせたほどの岩塊が六万キロメートルにわたって連なり、活火山や休火山の頂が続く。山脈は海底から三千メートル以上の高さにそそり立つが、その上にはさらに膨大な海水がある。海嶺は海洋プレートが生まれる場所だ。頂の連なる軸部にマグマが地底深くから上がってくる。低い水温と深海の水圧のために、地上の火山のような噴火はせず、溶解した岩石をゆっくりと海洋に向けて放出する。そのため海嶺は左右に開き、新しいプレートが生まれる。こうして、永遠の時間をかけて左右のプレートは離れていく。新たに生まれたプレートは熱く、溶岩が真っ暗な海の底で赤く輝いている。地震が峰々を揺るがし、尾根を左右に広げる。その先の斜面は冷め、先に流れでた溶岩が、山脈から充分離れたところに新たな海底地形を作りだす。そこにあった冷たく重い海底は押されて底なしの深海平原に落ちていく。いくつもの山があり、堆積物がいく層にも覆う深海平原は遠い過去を運ぶベルトコンベアだ。海嶺の西側はアメリカ大陸に、東側はヨーロッパやアフリカ大陸に向かって移動し、いつの日か大陸プレートの下に沈みこむ。さらに地底のマントルに達し、アセノスフェアというプレートの下層で溶解する。数百万年後、ふたたび赤く燃えるマグマとなって上昇し、海嶺から放出される。

なんと壮大な循環だろうか！　海洋プレートは根気よく地球をめぐる。地球内部の圧力で海嶺から湧き、自身の重さで地底に沈みこむ。押され、引かれ、切り裂かれる生みの苦しみと、葬送のセレモニー。それらが地球の顔を形作る。いつの日か、アフリカはヨーロッパとつながるだろう。大陸は移動し続ける。その動きは、砕氷船のように脆い地殻を砕くものではなく、ゆっくりと引きずられるようなものだ。先カンブリア時代に、最初の超大陸ロディニアが二つに引き裂かれて以来、プレートは動き続けている。大陸の破片は離れてゴンドワナ大陸となり、やがてパンゲア大陸が生まれ、さらに分裂した。散らばった大陸は、まわりを一つの海に囲まれた陸塊の記憶とともに、マグマの動くスピードで互いの大陸を探している。

あなたは粒子。

一瞬で、あなたはすべてを体験する。大西洋の海底が五センチメートル動くあいだに、一年間あなたは海底を旅する。その旅で、あなたは光のない世界の生物を見る。溶岩は急速に冷え、断層や裂け目を形成する。海水は新たにできた穴の多い海底に浸入する。水は灼熱のマグマ溜まり近くまで千メートルも進むと、温められてミネラルをたっぷり含み、硫化物によって真っ黒に染められてふたたび上昇を始める。そして大きな煙突状の熱水噴出孔から、煮えたぎるような熱水となって湧きだす。けれど深海では三百五十度の水は沸騰しない。ただ流れだし、水に含まれる栄養素が周囲に分配される。その水は、周囲の海水の百倍も栄養を含んでいる。あなたは未知の世界の旅をして、光を必要としない未知生物の前線基地に初めて到達した。そこには、体長一メートルものゴカイや、腕ほどの長さがある貝、目のない白いカニ、魚、そして特にバクテリアが生息している。人間が依存する地上の植物が光合成をするように、ここでバクテリアは自給自足の生活を送る。もちろん光は必要ない。バクテリアは地底から湧く硫化水素を酸化する。海底を覆い、ゴカイや貝、ときにはカニと共生する。さらにゴカイや貝を餌とする別種のカニや魚が生息するが、そこではひと筋の太陽光線も必要とされない。

地球で最初に生物が生まれたのは地上ではなく、光のない深海だ。カレン、あなたは大西洋の深海を旅しながら、本物のエデンの園を見ているのよ。イールは二つの知性体のうち、先に生まれたことは間違いない。一方、人間は地上を相続し海の揺りかごを失った。

イールは特別な種だと考えなさい。

神の創造物。

ディスプレイをチェックする。

ウィーヴァーは、アフリカを通過したばかりの粒子の旅から現実に戻った。この瞬間に集中しなければならない。もう百年間も旅を続けているような気がした。少し離れたところを、幽霊のような光が通りすぎた。イールではなく、小さなエビの一群だろう。はっきりとは見えなかったが、小さなイカかもしれない。

深度二千五百メートル。

海底まであと千メートルだ。まわりには水しかないはずなのに、突然ソナーがあわただしいクリック音を立てはじめた。巨大なものの接近を告げていた。とてつもなく大きなものが接近してくる。厳密には、海面から沈んでくる見えないものが頭上に接近していた。心の奥にあった恐怖がパニックに変わる。潜水艇の向きを百八十度変えた。集音マイクが拾った異様な音がディープフライトの中に響いた。音は次第に大きくなり、幽霊が吠えているようだ。逃げようかと思ったが、興味には勝てなかった。彼女は充分な距離をとる。追ってくる気配はない。

生物ではないのかもしれない。

速度を緩めてもう一度大きくカーブを切り、ふたたびそれに向き合った。ちょうど今、同じ深度だ。非常に接近している。ディープフライトが激しい水流に震えた。

水流？

流れを作るほど大きいものとは？　クジラだろうか。それなら十頭、百頭、それ以上だ。

彼女はヘッドライトをつけた。

その瞬間、考えていたより接近していたことがわかった。ライトの光芒の端に、それはあった。一瞬、彼女は呆然となり、沈んでいく物体のなめらかな表面が何なのか特定することができなかった。突然、明るいものがライトに反射した。それは、何メートルもある長い弧と直線だった。彼女が恐ろしいまでによく知るもの。

USSインディ……

彼女はショックで悲鳴を上げた。

悲鳴は響きを残さず消えていき、彼女は我に返った。潜水艇に閉じこめられて、なんと寂しいことか。艦が沈んでいくのを見ると、さらに寂しさがつのる。アナワク、ヨハンソン、クロウ、シャンカーやほかの人々が頭をよぎった。

レオン！

彼女は夢中で目を凝らす。

フライトデッキの縁が現われて、すぐまた消えた。あとの部分は闇に隠れたままだ。激しく噴きだす気泡だけが見えた。

そのとき、ディープフライトが激しく下に引かれた。

やめて！

必死で潜水艇の体勢を立て直す。ばかな好奇心だった！　なぜ安全な距離を保って待てなかったのだろう。ディスプレイにコントロール異常を示す表示が映しだされた。最大パワーで潜水艇を上昇させる。インディペンデンスは墓場への道連れにと、猛烈な力で潜水艇を引っ張った。艇は抗って激しく揺れる。それでもディープフライトは自らの性能を証明し、一気に艦の引力から逃れて急上昇した。

次の瞬間には、何ごともなかったかのようにすべて元に戻った。

ウィーヴァーは心臓が早鐘のように鳴る音を聞いた。耳には雷鳴が轟いていた。体中の血液がどくどくと頭に流れていく。彼女はヘッドライトを消し、慎重にディープフライトを下に向け、グリーンランド海盆に向かって潜降していった。

数分あるいは数秒後のことだろうか、彼女は大声で泣いた。泣いてもしかたない。インディペンデンスが沈むのはわかっていた。誰もが知っていた。けれど、こんなにも早く？

いや、それもわかっていたのだ。

レオンは無事なのか、シグルはどうなったのか、まるでわからない。

恐ろしいまでの寂しさを感じた。

戻りたい。

戻りたい！

「戻りたい！」

涙が溢れでる。唇を震わせて、この作戦の意義を疑いはじめた。刻一刻と海底に近づいているのにイールは現われない。計器をチェックする。コンピュータが彼女を落ち着かせてくれた。コンピュータは、三十分が経過し、深度二千七百メートルに達したと告げていた。

三十分。あとどのくらい、深海で辛抱しなければならないのか。

全部を見たくないの？

何を？

全部を見たくないの？

ウィーヴァーは洟をすすり上げた。思考という真っ暗な不思議の世界で、地上にいるようにすすり泣く。

「パパ？」

大丈夫。落ち着きなさい。

どれだけ時間がかかるか、粒子は尋ねない。粒子は単純な動きをするか、静かに止まっているかだ。粒子は万物のリズムに従う。万物の従順なしもべ。所要時間を尋ねるのは人間の特徴だ。自身の本質と戦い、人生の時間を分配する無意味な試み。イールは時間に興味がない。単細胞として生きはじめたときに、時間を遺伝子の中に組みこんだ。それは、二億年前に海洋の岩塊が、今日の北アメリカを形成する大陸の塊と結びついた頃。六千五百万年前に、グリーンランドがヨーロッパから離れはじめた頃。三千六百万年前、大西洋が今の形になりはじめた頃。スペインがアフリカからずっと遠くにあった頃。二千万年前、あなたが旅を始めたあたりの海底が沈み、北極海と大西洋のあいだに水の流れができた頃。グリーンランド海盆を出た粒子は、アフリカを過ぎて南下し、南極に向かう。

あなたの旅は南極周極海流、海流の操車場、永遠の循環へと続く。

冷たい海から冷たい海に。

あなたは一粒の粒子だけど、幾筋もの遠大な流れの一部だ。あなたは海底を流れ、赤道を越え、南大西洋の海盆に到達し、南米大陸の先端をめざす。そこから、あなたたちは静かに流れていく。けれど、ホーン岬を過ぎると激流に流れこむ。それは、正午のパリ凱旋門のロータリーをまわる交通量に匹敵する流れで、あなたは激しく翻弄される。南極周極海流は、氷に覆われた白い大陸を西から東にまわり、すべての海の海水を輸送する。この海流は決して止まらず、陸にぶつかることもなく、永遠にまわり続ける。海水を何百、何千の海流に運び、全世界の海水を呑みこむ。引きこまれた海水は混ざり合い、起源はわからなくなる。南極大陸のすぐ手前で、あなたは海面に押し上げられて恐ろしいほどの寒さを味わう。泡立つ砕け波とともに海面を漂うと、ふたたび周極海流のメリーゴーラウンドにゆっくりと沈んでいく。

あなたはしばらく流れに乗り、やがて放りだされる。

水深八百メートルを北に向かって流れていく。海水は、この南極をまわる海流からすべての海に供給される。一部は大西洋の中層に戻り、一部はインド洋に流れていくが、大部分は太平洋に流れこむ。あなたもそこに向かう。南米大陸の西側を赤道まで北上する。そこで熱帯の熱に温められて表層まで上昇する。貿易風に運ばれてインドネシアに向かって流れていく。大小の島々からなるインドネシアには小さな流れや渦があり、通過するのは難しそうだ。そこでフィリピンを通過し、カリマンタン島とスラウェシ島のあいだのマカッサル海峡を通り抜ける。そのまま狭いロンボク海峡を抜けてもいいが、よりよいルートは東側のティモール海を通るバイパスだ。そこを通れば、ついにインド洋に到達する。

さあ、次はアフリカだ。

アラビア海の暖かい上層で、あなたはたくさんの塩分を受け取る。モザンビークの沖をアガラス海流に乗って南をめざす。生まれ故郷の大西洋に帰る喜びで、流れは速くなる。けれど、海の男たちが命を懸けた冒険があなたを待ち受ける。喜望峰だ。そこでは無数の流れがぶつかり合い、あなたは投げ返されてしまうかもしれない。さながら金曜日の午後の南極版エトワール広場だ。苦労なしには前進できない。ついに、あなたは本流の渦に溶けこみ、南大西洋に到達する。赤道流によって西に運ばれ、巨大な渦に巻かれながらブラジル、そしてベネズエラを通過する。フロリダまで来ると、流れは二つに引き裂かれる。

あなたはメキシコ湾流生誕の海盆に到達した。熱帯の熱をいっぱいに蓄えて、旅はニューファンドランド、さらにアイスランドへと続く。あなたは誇らしげに上層を流れ、熱はいつまでも失わないというように、気前よくヨーロッパに分け与える。けれど、知らず知らずのうちにあなたは冷たくなり、北大西洋の海が塩の重荷をあなたに背負わせる。重くなったあなたは、いつの間にかグリーンランド海盆にいることに気づく。あなたの旅の出発点だ。

あなたは千年の旅を終えた。

三百万年前にパナマ地峡が太平洋を大西洋から分離して以来、水の粒子はこのルートで旅を続けている。以来、この熱塩循環のベルトコンベアを変化させるのは、大陸移動の動きだけだ。いや、そうだと考えられてきた。人類は気候のバランスを奪い去った。地球温暖化で極地の氷が解け、そのためメキシコ湾流が止まるのではないかと議論しているあいだに、イールがメキシコ湾流を止めてしまった。彼らは水の粒子の旅を止め、ヨーロッパへの熱供給を止め、神に創られた種を自称する人類の未来を止めた。彼らはこの大循環が止まればどうなるか、充分に知っているのだ。一方、彼らの敵である人類はその結果をまったく知らない。将来をまるで想像できない。なぜなら、人間には遺伝子の記憶がない。終わりは始まりであり、始まりは終わりだと見ることができないからだ。

千年。人類でいえば十世代以上をかけて、小さな粒子のあなたは世界をひとめぐりした。この旅を千回するあいだに、海底はまったく新しい形に変わった。百回、海底が形を変えるあいだに海が消え、大陸が生まれていくつもに分かれた。新たに大洋が誕生し、地球の顔が変わった。

あなたの旅の一秒間に、単細胞生物が生まれて死んでいく。ナノ秒間で素粒子が移動し、さらに短いあいだに化学反応が完結する。

そのどこかに人類が存在する。

イールはそのすべてに存在する。

自意識を持った海。

あなたは始まりも終わりもない大循環の一部となって、過去と現在の世界を旅してきた。

地球は誕生以来、その姿を変えていない。単細胞生物は地球を覆い、食物連鎖のネットワークの中でほかの生物と緊密に結びついている。ときに単細胞は多細胞に変わり、絶滅するものもあれば、進化するものもある。多くの単細胞は、地球が太陽に呑みこまれるときまで存在を続ける。

そのどこかに人間が存在する。

そのすべてにイールが存在する。

何が見えるの？

何が見えるの？

ウィーヴァーは何年も旅を続けたような、想像を絶する疲労を覚えた。疲れ果てた小さな粒子。一人ぼっちで悲しい粒子。

「ママ？　パパ？」

視線をディスプレイに向けなければならない。

内圧、オーケー。酸素、オーケー。

傾斜角、ゼロ。

ゼロ？

ディープフライトは水平だ。彼女は我に返った。一瞬にして覚醒した。潜降速度もゼロを示していた。

深度三千四百六十六メートル。

暗黒。

潜水艇はもう沈まない。海底に横たわっている。グリーンランド海盆の底に到達した。けれど、時間の表示を見ることはできなかった。そこに恐ろしい数字がきらめいていたら――実は何時間も海底にいて、海面に戻るだけの酸素が残っていなかったら。しかしデジタル表示は静かに光り、出発から三十五分が経過したと告げていた。決して放心状態だったわけではない。海底に到着したことだけを覚えていないのだ。だが、すべて正しく操作したようだ。プロペラは停止し、システムは稼動している。すぐにも上昇できるだろう。

そして、突然それは始まった。

目の錯覚だろうか。弱々しい青い光が、少し離れたところで輝いていた。手のひらにのせた濃青色の塵(ちり)を吹き飛ばしたように、巻き上がってはすぐに消えた。

新たな光が現われた。今度はもっと近くで広範囲に輝いている。光は潜水艇の上を漂っていき、ウィーヴァーは頭上を見上げた。それは宇宙の星雲を彷彿させた。大きさも距離もわからない。海底ではなく、遠い銀河の果てに到達してしまった気がした。

青い色がかすんだ。一瞬、光が弱まったと思ったが、それは錯覚だった。実際は、潜水艇をめがけて沈んでくる、もっと大きな靄(もや)に吸収されたのだ。

ルービンを放出するのなら、海底にいるのはいい考えではない。

海底を離れるなら今しかない。

両翼を傾け、プロペラを始動させた。ディープフライトは海底を少し進み、やがて堆積物を巻き上げて浮上した。暗闇のどこかで閃光がきらめいた。彼女はイールが集合体を形成したことを知った。

それは巨大だった。

全方向から青白い光が向かってきた。ディープフライトは集合体の靄の中に浮いていた。ゼラチン質は極限まで薄くのびる。単細胞生物でできた膜に閉じこめられたら、潜水艇がどうなるか考える気はしなかった。生卵を握りつぶす拳(こぶし)のイメージが浮かんだ。

潜水艇は海底から十メートルほど浮上した。

それで充分だろう。

今だ。

キイを押せばすべてが決まる。緊張と恐怖で震え、間違ったキャノピーを開けてしまえば、一瞬で死ぬだろう。水深三千五百メートルの水圧は三百八十五気圧だ。人間の形は失わないが、確実に命はない。

ウィーヴァーは正しいキャノピーを開けた。

助手席のキャノピーが開き、垂直になって止まった。内部の空気が一気に噴きだし、ルービンの死体が持ち上がる。彼女はキャノピーを開けたまま、潜水艇を急速に沈めた。ルービンは艇の外に出た。嵐のように押し寄せる青白い光を背景にして、ルービンは黒いシルエットになった。彼の組織や器官が押し潰される。頭蓋が潰れ、筋肉の下で骨が砕け、体液が海中に押しだされた。

あたり一面が輝いていた。

ゼラチン質が回転するルービンの体を捉え、逃げる潜水艇に向かって押しだす。生命体は別の方向からもやって来た。上からも下からも、あらゆる方向からいっせいに、潜水艇とルービンのまわりに押し寄せた。彼女は恐怖に悲鳴を上げ……

潜水艇は解放された。

イールは迫ってきたときと同じくらい速く、潜水艇から後退していったのだ。その瞬間のイールの反応を人間の言葉で描写するならば、心底驚いた、だろうか。

彼女は自分がすすり泣くのを聞いた。

まわりの海は今も青く光っている。潜水艇を果てしない壁のように取り囲んだゼラチン質の中で、淡い光が次々と走った。彼女は首をまわしてルービンの潰れた顔を見た。コントロールパネルのライトに弱々しく照らされている。キャノピーのガラスに押しつけられた彼の顔にある、二つの黒い穴が彼女を見つめていた。眼球は水圧で飛びだし、そこから黒い液体が漏れでていた。やがて死者の体はゆっくりと離れ、闇に溶けた。やがて、ふたたびルービンは背後から照らされて、シルエットが浮かび上がる。ルービンは、異教の神々を敬うような奇妙なダンスをゆっくりと踊っていた。

ウィーヴァーは大きく息を吸い、自制心を保った。この状況でなければ、とっくに吐いていただろう。しかし、今は何かを感じている暇はない。

光の輪は後退を続け、縁が盛り上がった。下から闇が迫っていく。輪の縁が波打っていた。輪はさらに上方に向けて遠ざかり、ルービンの体は闇に溶けこんだ。同時に上方から細く先の尖った触手が無数に伸びた。原始の森の蔓のようだ。まっすぐルービンをめざし、体をさわりはじめた。ウィーヴァーの目にルービンは見えないが、ソナーが彼の体の位置を教えてくれた。慎重にさわる触手が人間の輪郭を作りだしている。

繊細な触手は熱心に体の一部をさわり、次の部分に移動する。ときどき触手は枝分かれした。無言で相談するように、たまに重なり合うこともある。これまで見てきたイールとは違い、触手は白っぽい玉虫色に輝いていた。まるで音のないバレエを観ているようだ。そのとき、子どもの頃によく聞いた音楽がウィーヴァーの耳に響いた。ドビュッシーの『レントより遅く』、父の大好きだった曲。彼女は唖然とし、一度に恐怖が吹き飛んだ。もちろん海底で誰かが演奏しているのではないが、この光景にぴたりと合っている。触手の動きは美しかった。この瞬間、彼女が認めることができるのは……

美しさ。

この美しさの中に、彼女は両親を見つけた。

顔を上げる。

頭上には、青く輝く巨大な鐘がまるで天を覆うドームのように浮かんでいた。

彼女は神を信じないが、それも忘れて祈りの言葉が口から出そうになった。クロウが、エイリアンを擬人化する傾向を警告したことを思い出した。人間は大胆な発想をしないで、人間の姿と似たエイリアンを想像する。クロウが見たら、この美しい光さえ非難するかもしれない。彼女なら、聖なる白よりもっと象徴性の少ない光を望んだだろう。発光生物は青や緑や赤い光と同様、白い光も放射する。当然ここに神が現われたのではなく、発光能力を持つ単細胞が活性化しているだけのことだ。それは別としても、人間のそばにいる神が触手の中に姿を現わすだろうか？

ウィーヴァーが圧倒されたのは、もう後戻りできないという認識だ。単細胞生物が知性を発展させることができるかという論争。単細胞が集合体を構成すれば自意識を持つと結論できるのかという疑問。それは、高度に発達した擬態の形ではないのか。イールは触手を揺らしてインディペンデンスに侵入したときには、H・G・ウエルズの火星人など比べ物にならないほど、残忍な一面を見せた。しかし、この幻想的な光景をまのあたりにすると、すべてが意味を失ってしまう。人間ではない素晴らしい知性体の存在の証明は、この幻想的な光景を見るだけで充分だった。

彼女の視線は青い丸天井を上り、天頂に達した。そこから何かがゆっくりと下りてくる。先端から触手が伸びる物体だ。ほぼ円形で月のように大きい。白い表面に灰色の影が差し、複雑な模様が一秒のあいだにいくつも現われる。白から白へ変わるニュアンス。左右対称の光。点や線の列が次々と輝き、さながら暗号の祭典だ。彼女には生体コンピュータのように思えた。恐ろしく複雑な計算を完結するコンピュータ。そう考えながら眺めていると、それは頭上に広がる青い天空とともに思考しているのだと、彼女は気がついた。そして、その正体がついにわかった。

女王を見つけたのだ。

女王と接触した。

ウィーヴァーは息ができなかった。途方もない水圧がルービンの中の液体を凝縮した。同時に、液体は潰れた体から押しだされて水中に拡散する。体じゅうに注入されたフェロモンが染みだす。イールが本能的に反応するフェロモン。集合体は形成され、瞬く間に終わった。この作戦がうまくいくかどうかはわからない。彼女が正しければ、集合体はバビロニアの人々のように困惑するだろう。しかし、神からそれぞれ異なる言葉を与えられ、互いを知りながらも理解できなくなって混乱したバビロニアの人々とは違う。イールにとり、仲間と認識しないのに理解できるという混乱だ。フェロモンによるメッセージは、いまだかつてイール以外のものから伝えられたことがない。集合体はルービンを認識できない。彼はイールが絶滅しようと決めた敵だ。ところがその敵が、集合しろと言っている。ルービンは言っている。私はイールだ。

女王の中で何が起きるだろうか？　このトリックを見抜くのか？　女王は知っているのだろうか。ルービンがイールの集合体ではないこと、彼の細胞は固く結びついているということ、彼には受容体が欠けているということを。ルービンは、イールが調べた最初の人間ではない。彼に関するデータから、彼は敵に分類される。イールの論理によると、イールでないものは無視するか戦う。かつてイール同士で戦ったことはないのだろう。

それは確かだろうか？

少なくともこの点に関しては、ウィーヴァーは疑っていない。ヨハンソンやアナワク、ほかの人々もそうだろう。イール同士では殺し合わない。病気のイールや欠陥を持つイールは殺す。この細胞の死のプログラムにフェロモンが関与するが、人間で言えば、死んだ皮膚細胞を振り落とすのと同じことだ。それを細胞同士の戦いと描写する者はいない。イールは何十億個の単細胞だが、たった一つの記憶を持つ一つの生命体だ。一つの脳である単細胞はさまざまな集合体も、結局は同一の記憶を持つ一つの生命体だ。それぞれにそれぞれの女王を持つ間違った決定を下すかもしれないが、道徳的な罪の意識は決して知らない。個々の単細胞が思考する余地はあるが、一つの単細胞が優先権を主張することはできないし、集合体の中で罰を与えたり、戦いを引き起こしたりはしない。健全なイールと欠陥を持つイールが存在するだけだ。そして、欠陥を持つイールが死ぬだけなのだ。

死んだイールからフェロモンによるメッセージは放出されない。ところが、明らかに死んだ人間の肉体からフェロモンが放たれている。ということは、この肉体は敵でもなく、死んでもいないと、そのフェロモンが告げたことになる。

カレン、クモは放っておきなさい。

カレンは小さい。同じように小さいクモをたたき殺そうと、本を手に取った。クモがこの世に誕生したときに、修正できない間違いが始まっていたのだ。

つまり？

クモは醜い。

見る者の目に、そう映る。なぜクモが醜いのだろうか？

くだらない疑問だ。なぜクモが醜いのか？　そういう生き物だから。クモはかわいい目をしていないから、愛くるしくないから、撫でることができないから、異様な姿をしているから。だから殺される。

本が振り下ろされ、クモは潰れた。

彼女が激しく後悔するまで時間はかからなかった。テレビの前に座り、『みつばちマーヤの冒険』を見ているときのことだ。ハチがかわいいことは、すでに知っている。その日の話にはクモが登場した。八本の脚と睨みつけるような目を持つクモには、すぐに本を振り下ろしても当然だ。ところが、突然そのクモが唇のない細い口を開けて、潑剌とした子どもの声で話しはじめたのだ。クモは少女が感じるような脅威は放っていない。善良で愛らしい本性を持っていたのだ。

突如、彼女はクモをたたき殺すなんて考えられなくなった。さらにクモが夢に現われ、子どもの声で文句を言う。とてつもなく恐ろしいことだ。カレンは大声で泣きはじめた。

彼女は生き物を敬う気持ちを学んだ。

そのとき学んだことが、何年ものち、インディペンデンスで一つのアイデアとなって実を結んだ。高度に進化した知性体を欺き、彼らから猶予をもらう。そして互いに理解し合うためのアイデアを思いついたのだ。人間は、高等な知性体ほど自分たちの姿に似ていると考えてきた。イールに、人間はイールに似ていると示せばいいのではないか。

神の創造物にとってはなんと無理な要求だろう！

たとえ相手がどのような種であっても。

頭上では、白い月が漂い思考していた。

そして、沈んできた。

ルービンは触手に包みこまれ、ゼラチン質に覆われたミイラになった。触手が彼を内部に引きずりこんだ。女王は悠然とディープフライトに向かって下りてくる。潜水艇の何倍もの大きさだ。突如、深海の闇が消え去り、すべてが明るく照らしだされた。女王の体が潜水艇を包みはじめた。ウィーヴァーのまわりで白い光が脈打っている。女王は潜水艇を取りこみ、自身の思考に組み入れた。

ウィーヴァーはふたたび恐怖を感じ、茫然とした。早く立ち去りたい一心だが、プロペラを始動させる衝動と戦う。魔法は消え去り、真の脅威が現われた。しかし、強靭に粘りつくゼラチン質に捉われたままプロペラを動かしても、それは彼らを怒らせるだけだ。もちろん、彼らはそれを楽しむかもしれないし、無関心かもしれない。けれども、逃げることだけは考えないほうがいい。

潜水艇が持ち上げられていく。

この生命体は自分を見ることができるのだろうか？

彼らがどのような方法で見るのか、想像もできない。集合体に目はないが、だから見えないと結論できるのだろうか。

彼らは、インディペンデンスではもっと多くの時間をかけたのかもしれない。

イールは自分が見えるのだろう。ガラス越しでもなんとかして知覚してほしい。女王が自分にさわろうとして、キャノピーの開閉スイッチだけは押さないでほしい。それはウィーヴァーにとって、まったく致命的なコンタクトになるだろう。

女王はそんなことはしない。彼女には知性がある。

彼女？

いつの間に擬人化していたのだろう？

ウィーヴァーは笑うしかなかった。それが合図になったかのように、まわりの白い光が薄くなった。特徴ある方法で四方に遠のいていく。女王が崩壊していくのだ。女王の体はわずか一瞬で薄くのび、誕生したばかりの宇宙の星屑のように輝いた。頭上にできたドーム天井のあたりに、白い小さな光点がいくつも揺れていた。それも単細胞だとすると、えんどう豆ほどもある、かなり大きな細胞だ。

やがてディープフライトは解放された。新たな月が生まれ、今度は潜水艇の下で揺れている。月はまわりに、どこまでも広がる深い青色の円盤を従えていた。女王は、潜水艇をかなり高く持ち上げていたにちがいない。青い円盤の表面では、光の交通渋滞のようにも見える事象が起きている。無数の光を放つ細胞が円盤の上を動いていた。表現しようのない幻想的な魚の姿が複雑な模様の中に輝きはじめ、ゼラチン質の内部からいくつも飛びだして合体すると、また円盤に戻っていく。遠くには花火のような閃光がきらめいている。そのとき潜水艇のすぐ前で、赤い光点が滝のように輝きはじめた。それは目で追えないほどの速度で常に形を変えて輝いた。やがて次第に沈み、白い女王の中心に近づきながら、ゆっくりと形を変えた。女王のすぐ上に接近すると、初めて真の姿を現わした。ウィーヴァーは目眩（めまい）がした。それは小さな魚の群れではなく、長細い体に十本の脚を持つ巨大な一つの生物になった。

ダイオウイカだ。バスほどの大きさがある。

女王が明るい色をした触手を一本伸ばし、ダイオウイカの中心に触れた。すると、赤い輝きが消えた。

何が起きたのだろう？

ウィーヴァーは視線をはずせなかった。目の前をプランクトンの群れが、下から上に向かって雪のようにきらめいていた。有柄眼を持つ、鮮やかな緑色に輝くエビの一団が通りすぎていく。彼女の視野の果てまで続く青い円盤に閃光が走った。

彼女は夢中で凝視する。

一度に、あまりにも多くのことが起きた。

突然、彼女は見つめていられなくなった。潜水艇は輝く月に向かって沈みはじめた。この恐ろしいまでに美しく、恐ろしく異様な世界にふたたび近づけば、そこから出るチャンスは二度とないだろう。

それはだめだ！

彼女は、急いで隣のキャノピーを閉めて圧縮空気を注入した。ソナーによると、潜水艇は海底から百メートルのところを下降している。彼女は内圧、酸素量、燃料の残量をチェックした。まったく問題ない。全システムが作動している。翼を傾けてプロペラを始動させた。潜水艇は上昇を始めた。初めはゆっくりと、次第に速度を増して、グリーンランド海盆の底に広がる見知らぬ世界から離れ、懐かしい空に向かった。

地上に帰る。

ウィーヴァーはこれまでの人生で、このような短時間にさまざまな精神状態を耐え抜いたことはない。突然、いくつもの疑問が頭に浮かんだ。イールの都市はどこにあるのか？彼らのバイオテクノロジーはどこにあるのか？　スクラッチ信号をどのように生みだしたのか？　自分は未知の文明の何を見たのか？　彼らは何を見せてくれたのか？　それがすべてなのか、それとも一部なのか？　水中を漂う都市だったのか？

それとも、ただの歩哨なのか？

あなたは何を見ているの？　何を見たの？

わたしにはわからない。

精霊たち

上がっては下りる。その繰り返し。

退屈だった。

ディープフライトは波に高く持ち上げられ、また下降した。潜水艇は波間を漂っている。ウィーヴァーが海の底を離れてから、かなりの時間が過ぎた。壊れたエレベータに乗っている気分だった。上昇、下降、上昇、下降。波は高いが単調だ。めったに波頭は砕けず、灰色の波が単調なうねりを作っていた。

キャノピーを開けるのは危険すぎる。あっという間に水が入りこむかもしれない。だから、そのまま波に身をまかせて漂っていた。いつか海も静まるだろうと思いながら、外を眺めていた。燃料は残っているが、グリーンランドやスヴァールバル諸島に到達するには足りない。しかし、その近くまでは行けるだろう。海が荒れているあいだは、燃料を節約する。大きな波を乗り越えて進むのは無意味だし、潜って進む気にはなれない。波が静まれば、クルージングができる。たとえ、どこに向かうにしても。

自分が何を見たのか、本当にわからなかった。人間がイールと共通のものを持つと彼らが考えれば、それが匂いというものであっても、感覚が理論に打ち勝つかもしれない。そうすれば、人類は猶予を与えられることになる。考え直し、行動し直す時間ができる。イールは誕生から進化、存続に至るまで、すべてコンセンサスに基づいている。いつの日か新たなコンセンサスに到達する日が来るだろう。どのようなコンセンサスに至るのか、人類はそこに関与するだろう。

ウィーヴァーはほかのことは考えたくなかった。シグル・ヨハンソンのこと、サム・クロウやマレー・シャンカーのことも考えるのは嫌だった。命を落としたスー・オリヴィエラ、アリシア・デラウェア、ジャック・グレイウォルフのことも。サロモン・ピークやジャック・ヴァンダービルト、ルーサー・ロスコヴィッツのことも。誰のことも考えたくない。とりわけジューディス・リーのことは。

レオンのことも考えたくない。考えれば不安になるから。

それでも考えてしまった。

ホームパーティーにでもやって来るように一人また一人と現われて、彼女の頭の中に腰を下ろした。

「この家のホステスはかわいいね。けれど、上等なワインを船に積んでないのは残念だ」

ヨハンソンが言った。

「潜水艇を何だと思っているの？　ワインセラーじゃないのよ」

オリヴィエラが応じる。

「ワインのないパーティーは考えられない」

「おいおい、シグル。彼女にお祝いを言わなくては。世界を救ってくれたんだ」

アナワクが笑いながら首を振って言った。

「それは立派なことだ」

「彼女が何をしたの？　世界と言った？」

クロウが訊いた。

救いようのない沈黙。

デラウェアがチューインガムを反対側の歯に嚙み替えて言った。

「世界はどうでもかまわないのよ。人間がいても、いなくても、地球は宇宙をめぐっている。わたしたちが救ったり壊したりできるのは、わたしたちの世界だけ」

グレイウォルフがあきらめたように、ふうと喉を鳴らした。

「人間が呼吸できる大気があるかないかの問題だ。人間が存在をやめれば、人間の不運な価値観は消滅する。硫黄が湧きだす沼が、陽光を浴びたトフィーノの町と同じように美しいのかどうか、それは人間の価値観だ」

アナワクが言った。

ヨハンソンが賞賛の声を上げた。

「まったく的を射ている。さあ、知識のワインを飲もう！　人類は進化の下向きの枝にいるんだ。コペルニクスは地球を世界の中心から追いだした。ダーウィンは、人間が神の創造物だとする考えを頭から奪い去った。フロイトは、無意識下では人間の知性は破綻すると教えてくれた。つい最近まで、われわれは地球で唯一の賢い生き物だった。ところが、もっと前からいる借家人が現われて、われわれは追いだされた」

「神がわたしたちを見捨てたのだわ」

オリヴィエラが怒って言った。

「決まったわけじゃない。カレンが時間かせぎをしてくれた」

アナワクが言った。

「それが何の価値がある！　われわれの何人かは命を落とした」

ヨハンソンが悔しそうに言った。

「ちょっと人口が少なくなっただけよ」

デラウェアが冗談を言った。

「強がりを言ってはいけないよ」

「どういう意味？　わたしは勇敢だったと思う。これが映画だったら、死ぬのはいつも年寄りで、若者は生き残るのよ」

「それは、わたしたちがサルだから。古い遺伝子は、最大限の生殖を保証する若くて健康な遺伝子に道を譲る。その逆は機能しない」

オリヴィエラがクールに言った。

クロウがうなずいた。

「映画の中だけじゃない。年寄りが生きのびて若者が死んだら、大騒ぎになる。大半の人間の目に、それはハッピーエンドと映らない。わかる？　とってもロマンチックなハッピーエンドにすら、生物学の必然があるのよ。自由な意志って、誰か言わなかった？　誰か煙草を持ってる？」

「ワインもなければ、煙草もない」

ヨハンソンが意地悪そうに言った。

「ポジティブに見たらどうだ」

シャンカーが柔らかな声で口をはさんだ。

「イールは奇跡だ。そして、その奇跡は人間よりも持続する。キングコングもジョーズも、伝説の怪物はいつも死ぬ運命だ。怪物に遭遇した人間は彼らを賞賛の目で見つめ、彼らの異様さに魅了され、ついには殺してしまう。われわれは本当にそんなことを望んでいるのだろうか？　われわれはイールから送られたスクラッチ信号の虜になった。不思議な未知の存在に魅了された。なぜだ？　この世界から追いだすためなのか？　なぜ、奇跡をあっさり消し去ろうとするのだ？」

「そしたら、ヒーローとヒロインが手に手を取り合って、つまらない子孫を残せる」

グレイウォルフがうなって言った。

「そのとおり！　つまり、賢いが年寄りの科学者は、若いってだけの能なしの小僧のために死ななければならないのだ」

ヨハンソンが胸をたたいて言った。

「お気の毒さま」

デラウェアが応じた。

「きみのことじゃないよ」

オリヴィエラが両手をあげて二人を制した。

「そう興奮しないで。単細胞、サル、怪物、人間、奇跡も全部同じなのよ。興奮する理由はないわ。顕微鏡を覗けば、あるいは生物学の言葉で言えば、わたしたちの姿はまったく別のものになる。男性と女性はオスとメスになり、単細胞生物の生きる最優先目的は栄養素を獲得すること。食物は餌になり……」

「セックスは」

デラウェアが意気揚々と大声を上げた。

「戦争は種の殲滅、あるいは存続の危機へと呼び名が変わる。そして、人間は自分たちの犯す愚かな行為に責任をとる必要がない。なぜなら、すべてを遺伝子や本能のせいにするから」

「本能？　それには賛成だ」

グレイウォルフは言って、デラウェアに腕をまわした。

小さな笑い声が上がり、申し合わせたように広がった。

アナワクは戸惑った。

「ハッピーエンドのことに話を戻すと……」

全員の視線が彼に集まった。

「人類は存在し続ける価値があるのかと、問うことはできる。けれど、人類なんていないんだ。いるのは人間、すなわち個々の人々だ。一人ひとりは、存在しなければならない理由を山ほど持っている」

「じゃあレオン、あなたの理由は？」

クロウが尋ねた。

「ぼくは……すごく簡単な理由。ぼくはある人のために、生き続けなければならない」

彼は肩をすくめた。

「ハッピーエンドだな。よくわかるよ」

ヨハンソンがため息をついた。

クロウがアナワクにほほ笑みかけた。

「レオン、ついに恋に落ちたのね？」

「ついに？　そうだ、ついに恋に落ちたんだ」

おしゃべりは続いた。その声がウィーヴァーの頭蓋に反響し、波の酔いと混ざり合った。

あなたは夢を見ているのよ。叶わぬ夢を。

彼女はまた一人になった。

ウィーヴァーは泣いた。

ちょうど一時間が過ぎると、波が穏やかになってきた。さらに一時間が過ぎると、風が凪いで、波の山はゆるやかな丘のように平らになった。

三時間後、彼女はキャノピーを思い切って開けた。

ロックがかちりと音を立ててはずれ、低い音とともにキャノピーが上がっていく。氷のような冷気が彼女を包みこんだ。あたりを見まわすと、遠くでクジラの背が波の上に浮かび、すぐまた沈んだ。オルカよりずっと大きなクジラだ。さらに近くに、クジラはふたたび浮上し、また潜る。巨大な尾びれが水面にそそり立った。

ザトウクジラだった。

キャノピーを閉じるべきか。それで、巨大なザトウクジラに抵抗できるだろうか？　キャノピーを閉じて操縦席に横たわろうが、キャノピーを開けたまま座っていようが、結果は同じだ。クジラが彼女を生かしておかないと決めれば、生き残るチャンスはない。

灰色のさざ波のあいだに、クジラはまた姿を現わした。巨大な体がすぐそばの水面を漂った。手を伸ばせば、フジツボが密生するざらざらとした頭にさわれそうだ。クジラが横を向いた。数秒間、クジラの左目が潜水艇の中の小さな彼女を見つめた。

ウィーヴァーは見つめ返した。

クジラは音を立てて潮を吹いた。やがて、一つの波も立てずに、ゆっくりと潜水を始めた。クジラは灰色の海に消えた。記憶だけを残して。

彼女は潜水艇の縁にしがみついた。

襲って来なかった。

クジラは何もしなかった。

信じられなかった。頭の中に轟音が響いた。強烈な耳鳴りがする。海の中を凝視していると、その轟音が接近した。頭の中で響いているのではない。空から聞こえてくる。轟音は耳をつんざくローターの音に変わり、彼女は空を仰いだ。

ヘリコプターが頭上に静止している。

開いた扉から身を乗りだす人々が見えた。兵士に混じり民間人の姿もある。両腕を振りまわして合図していた。口を大きく開けて叫んでいるが、ローターの轟音にかき消される。

ついに、声は轟音に打ち勝った。いや、またヘリコプターが勝利する。

ウィーヴァーは泣きながら笑った。

それは、レオン・アナワクだった。

エピローグ　サマンサ・クロウの日記より

八月十五日

何もかもが変わってしまった。

インディペンデンスが沈み一年が過ぎた。わたしは今日から日記をつけることにする。何かを始めたり、やめたりするには、記念となる日が必要だ。この数ヵ月の出来事はさまざまな人々が記録に残した。しかし、そうしたことを日記に書く気はない。いつの日にか、わたしの記憶が妥当かどうか確かめたいと思っている。

今朝早くレオンに電話をかけた。あのとき彼がいなければ、わたしに残された選択肢は焼死か、溺死か、凍死だった。結局、彼には二度命を救われた。インディペンデンスが沈没したあと、わたしは死んでも不思議ではなかった。足首を骨折し、全身ずぶ濡れで、誰かに発見される希望もなく死んでいたかもしれない。ゾディアックには救命用具があったが、わたしには使い方さえわからなかった。しかも沈没直後にわたしは意識を失った。今日まで、最後に起きたことを思い出せないでいる。ランプウェイを転落して最後に目にしたものは水で、次に目を覚ましたときは病院だった。低体温、肺炎、脳震盪（のうしんとう）、そしてニコチン不足の状態で。

レオンは順調だ。カレンとともに今はロンドンにいる。わたしたちは亡くなった人々のことを話した。ノルウェーの湖の別荘に二度と戻れなかったシグル・ヨハンソン。スー・オリヴィエラ、マレー・シャンカー、アリシア・デラウェア、グレイウォルフのこと。レオンは今日のような日は特に、友人たちがいなくなって寂しいと感じている。人間とは皆そういうものだ。故人を偲（しの）ぶにも記念となる日が必要だ。その日があるから、胸の痛みを箱にしまって翌年までとっておくことができる。次に箱の鍵を開けたとき、痛みがずっと和らいでいることに気づく。死者は過ぎ去りし者たちなのだ。

レオンとわたしの話題はすぐに生き残った人々に移った。最近、わたしはゲーアハルト・ボアマンと知り合った。感じのいい、気さくな人物だ。わたしなら二度と海には近づかないだろうが、彼はラ・パルマ島沖での体験よりひどいことは起きないと考えている。彼は、大陸斜面の状態を確認するために再度潜った。海はふたたび人間が潜れるようになっている。

事実、インディペンデンスの沈没直後に攻撃は終わった。攻撃が終わる少し前にSOSUSの地上ステーションが、海中を行き交うスクラッチ信号を傍受した。ボアマン救出部隊が数時間後にラ・パルマ島沖の海底火山の斜面に潜ったときには、サメは二度と現われなかった。クジラは一夜にして本来の自然な行動に戻った。ゴカイやクラゲの大群もどこかに消え、毒を持つカニが海岸線を襲うこともなくなった。北極海にある海のポンプも少しずつ機能を取り戻し、新たな氷河期はやって来ないだろう。ボアマンの話では、メタンハイドレートでさえ安定を取り戻したそうだ。

今でもカレンは、グリーンランド海盆の底で何を見たのか確信を持てないと言う。けれども、彼女の作戦はうまくいったにちがいない。スクラッチ信号が発信された時刻は、彼女が女王とコンタクトをとった時間と一致した。それは、ディープフライトの搭載コンピュータの記録でわかったのだ。ルービンの遺体を深海に放つため、キャノピーを開けた時間が記録されていた。そのわずかあとに、世界中を襲った恐怖が収束した。

それとも、中断したと言うべきだろうか。

このチャンスを、わたしたちは生かしているのだろうか。

わたしにはわからない。ヨーロッパは津波が残した爪痕（つめあと）からゆっくりと回復した。アメリカ東海岸を襲った感染症はいまだに猛威を振るっているが、病原体の毒性が弱まり、免疫を強化する新薬が効果を見せはじめた。

しかし、明るいニュースとは対照的に、世界は苛立ちに揺れていた。アイデンティティが粉々(こなごな)になった人間は、どうすれば健全に戻れるのだろうか。確立されていると思われていた宗教も、その答えを出すことはできない。

たとえばキリスト教だ。アダムとイブは進化の礎石からとっくの昔に立ち去っている。教会は、人間がタンパク質とアミノ酸でできていると認めて生き残った。重要なのは、神が人間を創ったという意志だ。神の気に入るように創られたのであれば、正確にどのように生まれたかは問題ではない。アインシュタインは、神はサイコロを振らないと言った。神は、成功が保証された計画を実行する。神が間違いを犯さないということは、初めから決められているのだ。

ほかの惑星の知性体について考えるとき、キリスト教も話題に乗り遅れなかった。なぜ、神はお気に入りの創造物をほかの惑星にも創らなかったのか？　エイリアンが人間とは異なる姿をしていることさえ、それは神の意志にほかならないはずだ。神の意志の力によって定められた地球の条件に、人間というモデルは最大限に適応する。神はほかの惑星には別の条件を与えたので、知性体は地球とは別の姿を持つのだろう。どのような場合も、神は自分のイメージに従って生き物を創造する。姿により、生き物を隠喩的に理解することができるからだ。神が創造を始めるとき、創造物は神自身の姿ではなく、神が意義あると思うイメージに一致するのだ。

すると、疑問が出てくる。宇宙に住む未知の知性体のすべてが神の創造物だとすると、どの惑星でも神の子の物語が同じように進行しなかったのだろうか？　エイリアンは、罪を犯して救済されたのではないのか？

もちろん、神に創られた種は必ずしも人間と同じように罪を犯す必要はないと、反論することはできる。人間とはまったく異なる発展を遂げたのかもしれない。遠い惑星の住人は神の掟に従っているから、人間には必要な救済者はいらないのだ。しかし、それは難題を隠している。別の種が常に神の言葉に従い生きてきたとしたら、神の目にはそちらのほうが人間より優れた種に映るのではないか？　神にふさわしいのは人間ではなく、彼らだと証明され、神は彼らに優位を与えるにちがいない。そのため、人間は第二級の創造物に降格してしまう。しかも、道徳的に不充分だとして、人間はかつて神に洗い流された前科を持つ。もっと思い切った表現をすれば、人間は神の傑作ではない。神は失敗した。人間が罪深くなるのを防ぐことができず、その罪を消すために、神の子を犠牲にせざるをえなかった。神の無条件の信用を、人はキリストの血で償(つぐな)って獲得したのだ。神は気楽にそのようなことをするはずがない。神自身は、人間は失敗作だという結論に至ったにちがいない。

現代科学は、宇宙の何千という文明の存在を前提としている。銀河に住む知性体のすべてが模範的であるはずがない。いくつかの種は救済が必要なほどの罪を犯しただろう。宗教では、教義と道義が重要であり、罪の微妙な色合いの違いはたいしたことではない。いくつの罪を犯したかではなく、〝罪を犯したこと〟が問題となるのだ。つまり、神は罪を値引いてはくれない。罪人は罪人、罰は罰、救済は救済なのだ。

もしかすると、救済の物語は宇宙で何度も起きたのかもしれない。しかし、それは神が自分の創造物の過ちを償う別の方法を見つけたということなのか？　〝神の子の死〟ではない、別の贖罪なのか？　ここで新たな問題に直面する。キリストの死は、つらいが避けては通れないものだった。なぜなら、神が選んだ唯一実行可能な道だからだ。だが、ほかに正しい道はなかったのか？　罪を洗い流すために、神が地球では神の子を犠牲にし、別の惑星では犠牲にしなかったのであれば、神の不可謬性はどうなってしまうのか？　神はキリストの受難を遺憾とし、ほかの惑星では誤りを繰り返さなかったのか？　万能ではなかった神に祈りを捧げて、いったいどのような意味があるのだろうか。

実際にキリスト教は、受難の歴史を持つ知性体しか受け入れることができない。さもなければ、人間か神に悪い結果が訪れる。しかし、キリスト教の教義の番人たちですら、宇宙が受難の歴史に満ち溢れているとは想定していない。では、残る選択肢は？

〝人間が地球で唯一無二の存在であること〟だ。

神は人間のために地球を創った。神は人間を創り、地球を支配する使命を与えた。ほかの惑星の知性体が地球にやって来たとしても、それを変えることはできない。地球は人間のもので、エイリアンには彼らの惑星がある。それぞれの惑星に、神の望んだ種が存在する。

ところが、完璧だと思っていた砦は崩れた。イールは、キリスト教に最後まで残っていた大きな主張を破壊した。人間の優位だけでなく、神の計画をも疑問視されたのだ。神が地球に二つの同等の種を創造したことを受け入れるとすれば、イールは受難を経験したか、神の掟に従って厳格に生きているかのどちらかでしかない。イールが罪を犯し救済されていないとすれば、なぜ神の怒りをまぬがれたのかという疑問が生じる。

もちろん、イールは神の掟に従って生きているのではない。イールは欠陥のある細胞を殺すための〝細胞の死〟を遺伝子に組みこんでいる。その生化学システムからして、〝殺してはならない〟と定めた、モーゼの十戒の第五の掟を守ることができないのだ。そこで言えることは、〝神は存在しない〟のか、〝神が支配していない〟のか、〝神はイールの行ないを是認した〟のか——そのいずれかだ。すると、わたしたちは人間の歴史を誤解していたことになる。結局、人間は創造物ではなかったのだ。

こうして、キリスト教もイスラム教もユダヤ教ももがき苦しみ、衰弱した。どの宗教もイールの事件を定義し、分析し、解釈しようとしている。しかし、これらの宗教の構造は崩壊したし、考えていた以上にこうした宗教に依存していた経済も、ともに崩壊した。一方、ほかの生命体との共生を受け入れるヒンズー教や仏教は、かつてないほど多くの人々を引きつけた。秘教が栄え、新しい宗教運動も現われ、古代の自然崇拝も復活した。モルモン教は果敢に息を吹き返し、彼らの神は無数の世界を創りだしたと主張した。しかし、なぜ神が二人の子を同じ子ども部屋で育てたのかという疑問には、今も答えられないでいる。

先日、カトリックの司教がローマの使節団とともに海に出かけ、波間に聖水をまいて悪魔に立ち去るように命じたそうだ。注目すべき行為だ。神の原理をばかにし、創造物を冒瀆することに慣れてしまった種が、敵を叱るために、いわゆる信仰の代表者を派遣したのだから。すでに失った神の代理人としての振る舞いを、あつかましくもいまだに行なっているのだ。それはまるで赦しを願い、神に福音を説こうとしているかのようだ。

世界は荒廃した。

国連はアメリカ合衆国から指揮権を取りあげた。当惑の新たな幕が上がる。多くの国で無秩序状態となった。どちらを見ても疲れ果てた人々が地上をさまよい、世界中で武力紛争が勃発した。弱者がより弱い者を襲う。人間の本質にあるのは親切心ではなく、動物的本能だったことがあからさまになった。地に横たわる者はほかの者の獲物となり、蛮行は数えきれない。イールは都市を破壊しただけでなく、人々の心も荒廃させた。人々は信じるものを失い、放浪した。捨てられて残忍になった子どもたちは、瞬く間に進化を逆行した。

それでも希望はある。人類が地球上で果たす役割を考え直そうという兆しが現われたのだ。多くの人々が自然の多様性を学び、分類体系を取り払って真の関連性を把握しようとしている。結局、人間の存続を可能とするのは、その関連性なのだ。かつて人類は、貧しい惑星を子孫に残せば、子孫がどうなるか考えたことがあるだろうか？　ほかの生物が人間の精神に与える意義を評価しただろうか？　わたしたちは森林や珊瑚礁やたくさんの魚が泳ぐ海に憧れる。清涼な空気や澄んだ川や湖に憧れる。それなのに、人間は地球を傷つけ続けてきた。人間の勝手な生活様式は、わたしたちが理解していない、自然界の複合性を破壊する。わたしたちは新しく複合性を作りだすことはできない。人間が引き裂いたものは元には戻らないのだ。複雑に絡まった自然の一部分が欠けて、人間は生きていけるのだろうか？ 自然の関連性の秘密は自然の健全なつながりにある。人類は道を大きく踏みはずし、その罰として、自然界から排除されるところだった。しかし、それは今のところ中断されている。イールがどのような結論を下すにしても、彼らが率直に決断を下せるように、わたしたちは最善を尽くすべきだろう。カレンのトリックは二度は使えない。

インディペンデンス沈没から一年を経た今日、〈イールは世界を永遠に変えてしまった〉という見出しが新聞に躍った。

本当にそうなのだろうか？

イールが人類の運命に大きな影響を及ぼしたのは確かだ。けれども、わたしたちは彼らのことをほとんど知らない。彼らの生化学システムを知ることはできるが、それで彼らを知ることになるのか？ あれ以来、彼らとの遭遇はない。彼らのシグナルは海中に響いているが、人間のためのものではなく理解することはできない。ゼラチン質の生命体はどのように信号を発し、受信するのだろうか。疑問は無数にある。答えを探すのはわたしたちだ。

おそらく人類は新たな進化の段階を迎えており、知性の発展と、太古から受け継いできた遺伝子を調和させるときが来たのだろう。人類に贈られた地球の尊厳を認めるのなら、人類が探求するのはイールではなく、結局、わたしたち自身なのだ。摩天楼とコンピュータに囲まれて、わたしたちは本当の本質を否定するようになってしまった。よりよい未来に通じる道は、人類の起源を知る中にのみ存在する。

イールは世界を変えたのではない。世界の真実の姿をわたしたちに見せてくれたのだ。何もかもが変わってしまった。けれども、一つ変わらないことがある。わたしは煙草をやめなかった。

変わらないことが少しあっても、かまわないでしょう？

謝辞

ドイツ語で千ページにもなる、科学的事象と知識に溢れた本を書くには、多くの有識者の助言によるところが大きい。本書もまさにそうである。次の方々に感謝申し上げたい。

ウヴェ・A・O・ハインライン博士（ミルテニーバイオテク株式会社）
　イールと思考する遺伝子について、グラスを傾けじっくり語ってくださった。

マンフレッド・ライツ博士（イエナ分子生物学研究所）
　地球外知性体の洞察と、奇想天外なイールの発想にご助力いただいた。

ハンス＝ユルゲン・ヴィシュネフスキ（元国務大臣）
　自身の半世紀を三時間で語ってくださった。芥子（けし）のケーキをごちそうさまでした。

クライヴ・ロバーツ（バンクーバー、シーボード海運株式会社　専務取締役）

専門知識と、気さくな義父らしいアドバイスをいただいた。
ブルース・ウェブスター（シーボード海運株式会社）
二十六の不得要領な質問に、根気よく丁寧(ていねい)に回答してくださった。
ゲーアハルト・ボアマン博士（キール、ゲオマール研究所、ブレーメン大学）
ガス・ハイドレート崩壊のメカニズムを教えてくださり、本書でも重要な役まわりを演じていただいた。
ハイコ・ザーリング博士（ブレーメン大学）
ゴカイを解剖し、すりつぶして見せてくださった。本書に登場いただいた。
エアヴィーン・ズース博士（ゲオマール研究所）
深海について詳しく教えてくださり、本書に登場いただいた。
クリストファー・ブリッジズ博士（デュッセルドルフ大学）
光の届かない深海を見せてくださった。
ウォルフガング・フリッケ博士（ハンブルク＝ハールブルク工科大学）
破壊的な目的のために、きわめて建設的な二日間を提供していただいた。
シュテファン・クリューガー博士（ハンブルク＝ハールブルク工科大学）
船が沈没する正確なメカニズムを教えてくださった。

ベルンハルト・リヒター博士（ドイツ・ロイド船級協会）
　フリッケ博士にお話を伺う際に、電話にて参加してくださった。
ギーゼルヘア・グスト博士（ハンブルク＝ハールブルク工科大学）
　南極周極海流について教えてくださった。
トビアス・ハアク（ハンブルク＝ハールブルク工科大学）
　船体構造を教えてくださった。
シュテファン・エンドレス
　ホエールウォッチング、先住民、小型飛行機を飛び越える海棲哺乳動物について教えてくださった。
トールステン・フィッシャー（ブレーマーハーフェン、アルフレッド＝ヴェーゲナー研究所）
　急遽お訪ねしたにもかかわらず、海洋調査船について快く教えてくださった。
ホルガー・ファライ
　乾ドックにて、ポーラーシュテルン号について興味深い情報を教えてくださった。
ディーター・フィーゲ博士（フランクフルト、ゼンケンベルク研究所）

ゴカイについて、一日たっぷり教えてくださった。

ビョルン・ヴァイヤー（艦隊防衛のエキスパート）

敵に協力する心構え——もちろんフィクションの中で——を伺った。

ペーター・ナッセ

いつでもお力添えいただいた。いつの日にかスクリーンでお目にかかりたい。

インゴ・ハーバーコルン（ドイツ連邦刑事局）

人間以外による不法行為と危機管理法を教えてくださった。

ウヴェ・シュテーン（ケルン警察・広報部）

イールが出現したら、人はどのように行動するか教えてくださった。

ディーター・ピッターマン

海洋プラットフォームおよびトロンヘイムの科学界にコンタクトをつけてくださった。

ティナ・ピッターマン

父上にご紹介くださった。おばあさまの本を長いあいだ貸してくださった。

ティナのおばあさま

本をお借りした。

パウル・シュミッツ
　写真と髭の植毛、二年のあいだ音楽をあきらめてくれた。「絶対に歳は取るな！」とアドバイスしてくれた。
ユルゲン・ムスマン
　ペルーの漁業事情を教えていただいた。飛行機嫌いの作家のために、遠距離にもかかわらず緊密にコンタクトをとってくださった。
オーラフ・ペーターセン（キーペンホイヤー＆ヴィッチュ出版社の信頼をおく編集者）
　私の語彙に〝削除〟という言葉を加えてくださった。
ヘルゲ・マルヒョウ（キーペンホイヤー＆ヴィッチュ出版社社長）
　私を信用し、出版社創設以来の大長篇を発行してくださった。
イヴォンヌ・アイザーフェイ
　目を凝らして、スペルチェックしてくださった。
ユルゲン・ミルツ（友人でありパートナー）
　私を理解してくれた。強烈な嵐の中でも小型船を操船できる腕前を持つ。
キーペンホイヤー＆ヴィッチュ出版社のマーケティング、宣伝、広報、営業、編集、制作、総務の皆さん、本書の出版に際し、多大なご尽力をいただき、ありがとうございました。

さらに、ハンス＝ユルゲン・ヴィシュネフスキにコンタクトをとってくれた、ケルン市長を長きにわたり務めるノーベルト・ブルガー。ベン・ヴィッシュに手紙を書いてくれたハンス＝ペーター・ブッシュホイヤー。医学的なアドバイスをいただいたクラウディア・ダンボイ。グリーンピースの資料を提供してくれたユルゲン・シュトライヒ。深海のビデオ映像を提供してくれたヘーヨ・エーモンズ。そして、いつでも助けてくれたワヒダ・ハモンドに、心より感謝したい。

両親のロルフ・シェッツィング、ブリギッテ・シェッツィングには特に感謝する。二人は常に私のそばにいてくれ、穏やかな波の日も、荒れた波の日も、そして霧の日も、私を正しい針路に導いてくれた。

大自然の中では、終わりは始まりだ。自然の摂理のとおり、私の謝辞の最後には、いちばん大切な人に感謝したい。私が望むことのできる最高のものである大きな愛とともに、私の一日は始まって終わり、また次の一日が始まる。ザビーナは私の秘密の編集者だと言う人もいるし、私の幸運そのものだと言う人もいる。どちらも正しい。最愛のきみのために、私はこの小説を書いた。きみの財布には、〝すべてに！……そして海に〟と書かれたコースターが入っているのだったね。

訳者あとがき

ドイツのベストセラー作家フランク・シェッツィングが、エコ・サスペンス*Der Schwarm*を発表したのは二〇〇四年。発行されるやいなや、いきなりベストセラーリストの四位に登場。以来、ダン・ブラウンの『ダ・ヴィンチ・コード』などとトップを競い合い、何度も一位に輝いた。これまでに累計四百五十万部を売り上げ、世界の二十七言語に翻訳されている。邦訳『深海のYrr（イール）』は二〇〇八年に発刊。日本でも発売当初、書店で売切れ続出するなど、大いに人気を博した。

当初から大型映画化の話はあったが、原作の出版から二十年近い時を経て、ついにドイツのテレビ局ZDFを中心とするヨーロッパ共同制作チームによる『THE SWARM/ザ・スウォーム』のテレビドラマシリーズ化が実現した。キャストには木村拓哉、平岳大の両氏も加わり、日本ではオンライン動画配信サービスHuluが二〇二三年三月四日から配信を開始する。

それを機に『深海のYrr』も、上中下の三分冊（全一六五八ページ）から、読みやすい大きな字体の四分冊（全一八〇〇ページ超）に趣を変えた新版を発刊することになった。テレビドラマを観て本書を手に取ってくださった皆さまはもとより、十九年前、地球の七十パーセントを占める海の謎と興味に夢中になってくださった皆さまも、あらためて原作の魅力を存分に味わっていただければ幸いです。

作者のフランク・シェッツィングは一九五七年ドイツ、ケルン市生まれ。彼の夢は、デヴィッド・ボウイのようなロックスターになることだったそうだ。夢は叶わなかったが、大学卒業後はクリエーターとして活躍し、広告代理店や音楽プロダクションを設立。音楽制作などを手がけるかたわら小説の執筆を始め、一九九五年、中世のケルンを舞台にした歴史ミステリ、処女作の『黒のトイフェル』（原題 *Tod und Teufel*）でいきなりベストセラー作家の座を獲得した。その後、『砂漠のゲシュペンスト』（原題 *Die dunkle Seite*）、『沈黙への三日間』（原題 *Lautlos*）やミステリ短篇集を発表、ベストセラーリストを賑わせた。

そして二〇〇四年、本書『深海のＹｒｒ』で、小説の舞台は筆者の長年の夢であった海洋へと大きく飛躍する。

異変は海からはじまった。

ペルーでは、風の凪いだ日に沖に出た漁師が、大海原に葦舟だけを残して消息を絶つ。ヨーロッパの北に位置するノルウェー海。ノルウェーの石油会社スタットオイルがさらなる資源を探査中、深海の大陸斜面に蠢く何百万匹というゴカイに遭遇する。海洋生物学者シグル・ヨハンソンが調査した結果、それは強大な顎を持つ新種の生物だと判明した。ノルウェー沖の大陸斜面は、燃える氷と呼ばれる新エネルギー資源のメタンハイドレートに覆われている。メタン氷を強大な顎で掘り進むゴカイ。その不可解な行動の理由は何か。氷の層が崩壊するなら大陸斜面はどうなるのか。謎は尽きない。

カナダのバンクーバー島では、生物学者のレオン・アナワクが回遊してくるクジラを待っていた。しかし、例年なら現われるはずのクジラはやって来ない。やがて、ようやく姿をみせたクジラの群れは、アナワクの目の前でホエールウォッチング船を襲う。バンクーバー島ではじまったクジラの襲撃事件は、瞬く間に北米大陸西海岸に広がった。

さらに、美食の国フランスでは、ロブスターが宿主と思われる謎の病原体に襲われる。水道水を介して感染が広まり、人々はパニックに。世界各地の海岸に猛毒を持つクラゲが出現して多くの犠牲者を出し、漁船の行方不明事件はあとを絶たない。通行量の多い水域では原因不明の海難事故が多発。もう誰も海には近づけなくなった。やがて、ノルウェー沖で巨大な海底地滑りが発生、それに続く大津波がヨーロッパ北部の沿岸都市を殲滅する。

ついにアメリカ、ニューヨークにも病原体を運ぶ深海のカニが群れをなして上陸。パンデミックに陥った都市は封鎖され、死の街と化した。

こうした異常事態を収拾すべくアメリカ合衆国が立ち上がる。アジア系の美女、アメリカ海軍司令官ジューディス・リーが、世界最高の科学者を招集した。異常事態の原因を、CIAのヴァンダービルトが国際テロリズムであるとする一方、ヨハンソンは深海に潜む未知の何かではないかと考えていた。ヨハンソンはその何かを、指が偶然キーボードを滑って画面に現れた意味のない言葉Yrrと呼ぶことにした。

シェッツィングは本書の取材に四年をかけている。調べ上げた分野は幅広く、地球科学、海洋生物、生態系、海洋大循環、プレートテクトニクス、遺伝子学、地球外知的生命、海に生きる人々、石油資源産業、最新の海洋科学技術など、ひと口では紹介しきれない。本書の一ページ一ページには、著者が得た膨大な知識がぎっしりとつめこまれている。そして、架空の登場人物たちが実在の科学者や専門家とともに繰り広げるストーリーは、単なるフィクションとは異なり、リアリティに満ちている。本書を手にする読者は、次々と明らかになる未知の世界──海の謎解きに夢中になるだろう。

また、シェッツィング作品の特色である緻密な描写は、最初の一ページから、わたしたち自身が本書の登場人物の一人になったかのように、物語のシーンにいざなう。あるときは、課外授業でゲオマール研究所を訪れた子どもたちの一人となって、ボアマン博士からメタンハイドレートの授業を受ける。あるときは、シャトー・ウィスラーで異常事態の原因について激論を戦わせる科学者の一人に。あるときは、リーの奏でるピアノの音色とともに大空を昇り、人工衛星となって地球を見下ろす。またあるときは、アナワクといっしょに白夜のアラスカを旅して、イヌイットの物語に耳を傾ける。そして、水の粒子の一つになって、深海を巡る海流に乗って悠久の旅に出かける。そうして、シェッツィングが調べ上げた知識を吸収し、わたしたち人類は、四十六億年という地球の歴史の中の、ほんの一瞬にしか生きていないことを実感する。

シェッツィングは人物描写にも決して手を抜かない。人類が大惨事に襲われる中で繰り広げられる人間ドラマ。愛、友情、陰謀、自己のアイデンティティーの探求。著者によってリアルな人物像を与えられた魅力的な登場人物たち一人ひとりの人生が至るところに織りこまれ、長大なサイエンスフィクションに人間味という彩りを与えている。

さて、シェッツィングは、二〇〇九年に『LIMIT（リミット）』（原題 *Limit*）を、二〇一四年に『緊急速報』（原題 *Breaking News*）、二〇一八年には *Die Tyrannei des Schmetterlings*（蝶たちの帝王）を発表している。『LIMIT』では、二〇二五年の地球と月を舞台にした、新エネルギー、ヘリウム3を巡る米中対立の構図を、*Die Tyrannei des Schmetterlings* では、二〇一七年と二〇五〇年の平行宇宙と人間を支配するAIを描いている。環境問題にも積極的に取り組み、二〇〇九年にはエリザベート・マン・ボルゲーゼ海洋賞を、二〇一一年にはドイツ海洋賞を受賞した。

また、二〇二一年、コロナ禍にあって *Was, Wenn wir einfach die Welt retten?*（もし地球を救うとしたら？）というノンフィクションを発表し、地球環境の悪化に警鐘を鳴らしている。

二〇〇三年、ヨハンソンたちの懸命の努力で、人類はイールから猶予を与えられた。それから十九年、二〇二三年の現実世界では温室効果ガスの排出量は一向に減らず、地球の温暖化は着実に進んでいる。イールから与えられた猶予は、果たしてまだ有効だろうか。
日本でも新潟県沖の日本海にメタンハイドレート層があり、メタン回収・生産技術の研究が行われている。本書に登場するトルヴァルソン号のような探査船やROVを用いた海域環境調査もなされているが、強大な顎を持つゴカイの群れは現れてはいないようだけれど……

二〇一一年三月十一日、三陸沖を震源とするマグニチュード9・0の巨大地震が発生。岩手、宮城、福島県を中心とした太平洋沿岸部を未曾有の大津波が襲った。その津波をテレビニュースで見たとき、わたしは本書で海底地滑りが起きて大津波がノルウェー沿岸部を襲うシーンをすぐさま思い出した。被害に遭われた方々の恐怖、愛するご家族をなくされた方々の悲しみを思うと心が痛んだ。そしてイヌイットの伝説のように、死が新たな生命に生まれ変わるチャンスであることを祈った。
イールは他の個体の経験を自己の経験としてDNAに記憶できる。もちろん人間にそのような能力はないから、地球が生きている証は、後世に語り継いでいかなければならない。

二〇二三年三月

本書は二〇〇八年四月にハヤカワ文庫NVから三分冊で刊行された『深海のYrr（イール）』に修正を加え、四分冊にした新版の第四巻です。

トレインスポッティング

Trainspotting

アーヴィン・ウェルシュ
池田真紀子訳

不況にあえぐエディンバラで、ドラッグとアルコールと暴力とセックスに明け暮れる若者たち。マーク・レントンは仲間とともに麻薬の取引に関わり、人生を変える賭けに出る。彼が選んだ道の行く先は？　世界中の若者を魅了した青春小説の傑作、待望の復刊！　解説／佐々木敦

ハヤカワ文庫

訳者略歴　ドイツ文学翻訳家　訳書『黒のトイフェル』『砂漠のゲシュペンスト』『LIMIT』『沈黙への三日間』シェッツィング（以上早川書房刊），『ベルリンで追われる男』アンナス他多数

HM=Hayakawa Mystery
SF=Science Fiction
JA=Japanese Author
NV=Novel
NF=Nonfiction
FT=Fantasy

深海のＹｒｒ〔新版〕
4

〈NV1510〉

二〇二三年三月二十日　印刷
二〇二三年三月二十五日　発行
（定価はカバーに表示してあります）

著者　フランク・シェッツィング
訳者　北川和代
発行者　早川浩
発行所　株式会社早川書房
郵便番号　一〇一 - 〇〇四六
東京都千代田区神田多町二ノ二
電話　〇三 - 三二五二 - 三一一一
振替　〇〇一六〇 - 三 - 四七七九九
https://www.hayakawa-online.co.jp

乱丁・落丁本は小社制作部宛お送り下さい。送料小社負担にてお取りかえいたします。

印刷・三松堂株式会社　製本・株式会社川島製本所
Printed and bound in Japan
ISBN978-4-15-041510-5 C0197

本書は活字が大きく読みやすい〈トールサイズ〉です。